슬기로운 방탄생활

너와 나, 우리 모두가 후회없이 행복하게

"즐거운 청취 경험을 위한 사용설명서"

○ 이 책은 방탄소년단 팬 4인(팀명 '누나즈')이 2019년 9월부터 12월까지, 그리고 2021년 12월에 다시 모여 방탄소년단에 관한 이야기를 나눈 녹취록을 기반으로 재구성한 책입니다.

○ 말맛을 살리기 위해 구어, 속어, 비표준어를 의도적으로 순화하지 않은 부분이 있습니다.

○ '방탄소년단', '방탄', '탄이들', '친구들' 등 그룹 방탄소년단을 지칭하는 여러 명사가 등장합니다. 대화의 자연스러운 맥락을 위해 혼용하였으니 참고 부탁드립니다.

○ 도서명은 『』으로, 콘서트·전시·TV·라디오·영화·시상식명은 「」으로, 음반명은 《》으로, 곡명은 〈〉으로 표기했습니다.

○ 이 책에 실린 방탄소년단과 멤버에 관한 의견은 모두 지극히 개인적인 견해일 뿐이니 혹 동의할 수 없는 의견이 나오더라도 '세상에 이렇게 생각하는 인간도 있구나' 하고 너그럽게 넘어가 주시면 감사하겠습니다.

○ 누나즈는 플미*, 매크로**, 대리 티켓팅과 같은 정당하지 않은 방식으로 공연 티켓을 구매하는 행위에 반대합니다.

○ 누나즈 4인은 방탄소년단의 모든 멤버를 동등하게 사랑합니다♡

．．

* '프리미엄(premium)'의 줄임말로 '암표'와 비슷한 의미로 사용한다. 티켓을 정상가에 구매한 뒤 프리미엄을 붙여 비싸게 되파는 행위를 말한다.

** 본래 컴퓨터 프로그래밍에서 사용하는 단어로, 자주 사용하는 여러 개의 명령어를 묶어 하나의 키 입력 동작으로 만든 것을 말한다. 공연 티켓팅의 세계에서는 빈 좌석을 찾아 자동으로 클릭하게 만든 불법 프로그램 사용을 의미한다. 평범한 인간은 매크로(macro)를 절대 이길 수 없다는 것이 학계의 정설.

너와 나, 우리＿＿＿＿＿＿＿＿＿＿모두가 후회없이 행복하게

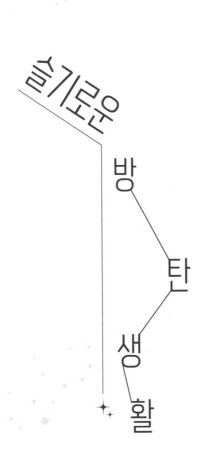

슬기로운

방

탄

생

활

팀
누
나
즈

가디언

누나즈 소개

몽

"근데 남준이… 시인 아니야?"
나이 3n
취미 방탄 가사 곱씹으며 눈물짓기
좌우명 게을러질 때 고개를 들어 방탄을 보라!

〈Reflection〉을 들으며 석양이 지는 한강을 걷노라면, 어쩐지 뭉클해지는 마음을 주체할 수가 없는 감성충. 동시에 〈Pied Piper〉를 들을 때마다 눈물 흘리는 방탄 가사 처돌이. 그런 그녀의 뮤즈이자 롤 모델은 당연히 '김남준 아니면 RM'. 남준의 감성뿐 아니라 세계 최고를 꿈꾸는 야망도 닮고 싶지만, 어째서인지 몽의 평생 소원은 아무것도 안 했는데 갑자기 잘되기. 삶의 인질임은 틀림없으나 야망 대신 방구석을 선택해 버린 누나.

그러나 지금은 현생에 치여 잠시 방탄적 거리두기 중이다.

· ·

"일주일이 7일인 이유는 방탄소년단이 일곱 명이기 때문!"
나이 3n
취미 방탄 영상 보고 또 보고
좌우명 애쓰지 좀 말자, 져도 괜찮다

봄이

일할 때는 누구보다 이성적. 그 모습이 마치 드라이아이스로 빚은 엘사보다 더 하다는 후문. 하지만 방탄 앞에선? 그저 오구오구 주접퀸일 뿐! 현생에선 까칠하기 그지없지만, 단톡방에선 쉴 새 없이 방탄 짤을 뿌리는 능수능란함을 갖췄다. 그녀가 뿌린 짤로 입덕한 아미만 해도 한 트럭. 핸드폰 갤러리에 넘쳐나는 방탄 짤만큼 최애가 누구냐는 질문이 세상에서 제일 어려운 누나즈 대표 회전문소년단러. 확신의 방탄 올팬(all fan) 지민이와 '지옥에서 온 올팬' 대결을 해도 밀리지 않을 최애 결정 장애 누나.

시리

"나, 방탄 볼 수 있게 태어난 것 맞나요?"

나이 3n
취미 티켓팅 연습하기
좌우명 존버는 승리한다

선천적 경험주의자로 입덕 후 목표는 오로지 하나. 방탄을 생눈으로 보는 것! 하지만 그 욕심(?) 때문에 연이은 티켓팅 광탈을 겪었고 멘탈 쓸어 담기가 일상이 됐다. (우리 콘서트 표 절대 없어…) 늦덕임을 땅을 치며 후회하면서 모니터를 눈물로 어루만지던 그녀, 그런데 문득 정신을 차려보니 해외 투어에 가 있었다고?!
한때는 자신이 방탄을 볼 수 있게 태어난 게 맞는지 하는 존재론적 회의도 느꼈으나, 이제는 생눈을 넘어 코앞에서 방탄을 마주치는 날을 상상하는 재미로 하루하루 현생을 존버하고 있는 누나.

· ·

"나는 아미가 아니니까!"

나이 3n
취미 세트 리스트 짜서 방탄 노래 부르며 춤추기
좌우명 못 먹어도 GO, 고민보다 GO!

쥬

자칭 간잽이, 타칭 찐아미. 가장 자주하는 말은 "나는 아미가 아니니까!"지만 어쩐지 사무실 책상은 BT21 굿즈로 뒤덮여 가고, 방탄과 본인의 인생이 동기화되는 느낌까지 받는다는데? 회식에서 방탄 세트리스트(setlist)로 노래 부르고 안무까지 따라 추는 바람에 동료들에게는 '아미 대장'으로까지 불린다는 쥬. 사실 이 책을 만들자고 누나즈를 모집한 것도 쥬다! 누가 봐도 '핵 코어 보라해'로 달려가는 그녀가 아미가 아니라고 강력히 주장하는 이유, 대체 무엇일까?

차례

전
轉

결
結

起

起

Intro

맞아요,
저 아미인데요?

"맞아요, 저 아미인데요?"

"어머, 아이돌 좋아하세요⋯?"

당당하게 덕질하던 10대, 20대 때와는 다르게 30대의 덕질은 어쩐지 자꾸만 속으로 움츠러든다. 오빠들이 내 인생의 전부였던 그 시절, 'OO 부인', 'OO 마누라'로 불리던 게 부끄럽지 않고 혈기왕성하던 그때와는 다르게 30대가 되어버린 지금은 아이돌을 좋아한다는 사실을 내 취향 중 하나로 당당하게 드러내기란 쉽지 않다. "아직도 연예인 좋아해?, 연애할 생각은 없는 거니?, 돈 아깝지 않아?" 같은 소리들. 이런 오지랖과 편견에 이 나이 먹고 내가 이래도 될까? 하는 괜한 자기 검열 조금을 더하면, 덕심으로 충만했던 마음 한구석이 자꾸만 쪼그라드는 것만 같다. 덕질 앞에 나이가 있는 것도 아닌데, 누가 그만하라고 등 떠민 것도 아닌데.

그럼에도 방탄소년단 덕질을 포기하지 않기로 선택한 누나 팬 네 명(몽, 봄이, 시리, 쥬)이 모였다. '아니, 어차피 하는 덕질! 행복한 덕후가 되는 게 어때서?'라는 마음으로 뭉친 네 명이었다. 우리는 방탄소년단 덕후가 된 계기와 시기, 심지어 최애까지 다 달랐다. 유일한 공통점이라고는 방탄소년단을 좋아하는 30대라는 것뿐. 하지만 그 공통점 때문에 우리는 덕질의 위기마다 서로의 멘탈을 부여잡는 덕메(덕질 메이트)가 되었고, 그래서 우리가 할 말은 너무나도 많았다.

우리는 눈 뜨는 순간부터 잠들기 전까지 (아니, 사실 꿈속에서까지) 방탄소년단으로 하루를 꽉 채운 그야말로 '오늘의 할 일이 방탄'인 우리의 이야기를 가감 없이 털어놓았다. (머리부터 발끝까지 존재만으로도 사랑하는 방탄이지만) 가장 좋아하는 부분에 관하여 침 튀겨가며 열정적으로 '왜 방탄하는가'를 논했다. 음악과 무대, 콘텐츠, 멤버들에게서 느낀 '입덕 포인트'를 넘어 30대 사회인으로서 느끼는 '덕질하는 나'에 대한 고찰과 회사에서 느끼는 '일반인 코스프레'의 필요성, 생각만으로도 눈물 나고 아련한 최애 자랑과 안방 1열에서 찾아오는 현자 타임을 짚어보는 것까지. 30대 누나 팬으로서 방탄소년단을 덕질하며 느낀 개인적인 감정과 경험담은 그야말로 끝이 없었다. 끓어오르는 덕심과 넘쳐나는 시간을 바탕으로, 우리는 더할 나위 없이 솔직하게 그리고 쓸데없이 진지하게 우리가 사랑하는 방탄과 그 마음에 대해 떠들었다.

사랑하는 것에 대해 하나부터 열까지 까놓고 말한 우리의 수다가 당신의 덕질에 조금이나마 위안이 되었으면 좋겠다. 덕질의 모양과 결이 어떻든 간에, 우리는 조금 더 행복하기 위해 방탄하고 있는 거니까. 오지랖이건, 편견이건, 자기 검열이건 어떤 이유에서든 덕질 앞에 쪼그라드는 누나들, 형님들, 그리고 동생들 모두가 조금은 더 편안하게 방탄하기를. 그래서 저 물음에 걱정 없이 답할 수 있길 바라며 우리의 수다를 다시 시작해 본다.

"맞아요. 저 아미인데요?! (찡긋)"

우리는
조금 더
행복하기 위해
방탄하고 있는 거니까.

기
起

Track
1

n년 차 누나즈,
방탄을 만나다

"덕질, 몇 년 차입니까?"

용   안녕하세요 누나즈 여러분!

누나즈   와! (짝짝짝짝짝)

용   방탄소년단을 사랑하는 마음 하나로 이렇게 네 명의 누나들
이 모였어요. 반갑습니다.

쥬   방탄소년단을 사랑하는 모임인가요? 줄여서 방.사.모.

시리   반갑습니다! 근데 방사모라니 너무….

용   제가 먼저 질문 던져도 될까요? 드디어 첫 질문입니다! 우리
누나즈 네 명을 모두 아우르는 유일한(!) 공통점이 사회생활
을 하는 30대 누나 팬이라는 거잖아.

쥬   진짜 비슷한 듯하면서도 막상 공통점은 방탄이랑 30대라는
것밖에.

시리   방탄이면 됐죠! 첫 질문 떨린다!

용   n년차 사회인인 누나들답게, 경력 검증부터 시작하는 건 어
떨까 해. 첫 질문은 "몇 년 차세요?"입니다. 아이돌 덕질* 경

---

* 우리는 '덕질의 시작점'을 팬클럽 가입 등의 적극적 행위에 한정하지 않고 스스로 누군가의 팬
이 되었다고 자각한 상태로 합의하고 이야기를 나누었다.

력과 그중에서도 방탄소년단 덕질 경력은 얼마나 됐는지 궁금해.

쥬 이 '덕질'이라 함은 아이돌 덕질?

룡 응, 아이돌 덕질 한정. 나부터 말해볼게. 나는 처음으로 아이돌에 빠진 순간이 정확하게 기억나. 아홉 살 때 S.E.S. 1집을 아빠가 선물해줬는데, 〈I'm Your Girl〉 전주를 듣자마자 완전히 빠져들었어. 그 순간부터 S.E.S. 덕후가 되었고, 이후에도 쭉 아이돌에 관심이 많았지. 특히 SM 엔터테인먼트에서 데뷔한 아이돌은 거의 다 좋아했어. 시작은 1997년*이었으니까 총 21년 차인 셈이지. 방탄은 〈쩔어〉라는 노래를 듣고 입덕했으니까 이제 6년 차 정도 됐구나. 그러고 보니 첫 아이돌이나 방탄소년단이나 입덕 계기는 결국 노래네!

쥬 고해성사 같고 재밌다. 처음으로 내가 빠진 사람은 사실 차인표였는데.

누나즈 차인표? 되게 조숙했네.

쥬 아이돌 덕질의 역사로만 보자면… 나도 1997년. H.O.T. 〈행복〉활동할 때가 처음이었어. 초등학교 5학년 때쯤 신화의 신

....

* 그 유명한 「응답하라1997」의 해. 1세대 아이돌이 등장했고 하필이면 그 시점에 우리는 학교생활을 시작해서 또래 집단에 들어갔다. 초·중·고 내내 "너, 누구 좋아해?"라는 말을 새 학기 첫인사로 나누던 기억이 생생하다. 그렇게 자라난 우리는 30대 누나 팬이 되고야 마는데….

혜성을 진짜 좋아했었고, 그다음에 UN 김정훈을 거쳤다가 2007년 고3 때, 수능 두 달 앞두고 아라시(嵐, Arashi)의 사쿠라이 쇼(櫻井翔)에 빠져서 재수를 했어.

용 재수라니…. 덕질이 이렇게 위험합니다.

쥬 당시에는 정말 사쿠라이 쇼 이름 한자 석 자만 봐도 두근거렸거든. 그렇게 사쿠라이 쇼를 10년 정도 쭉 좋아하다가 워너원(Wanna One)을 1년 정도 바짝 좋아했어. 사실 방탄소년단도 워너원 보려고 시상식에 갔다가 무대를 보고 관심 갖게 됐어. 그러다가 2018년 KBS「가요대축제-대환상파티」에서 〈아모르 파티〉*에 맞춰 춤추는 김석진한테 빠져가지고…(말잇못). 그 후에 〈피 땀 눈물〉 뮤직비디오를 추천받아서 찾아봤는데, 뮤비 퀄리티에 반해서 그때부터 제대로 입덕했지요.

봄이 차인표까지 거론된 마당에 고백하자면 나는 김원준으로 시작했어.

누나즈 만만치 않은데? 이때부터 얼빠의 기질이 있었네.

봄이 맞아. 그다음에 쭉 없다가 신화 잠깐 좋아하고, 그리고는 없었어. 고등학교, 대학교 때까지 계속 없다가 「프로듀스 101」을

---

* 2018 KBS「가요대축제-대환상파티」에서 피날레 곡 김연자의 〈아모르 파티〉가 나오자 흥을 주체하지 못한 멤버들의 춤사위가 수많은 움짤을 생성한 바 있다. 마치 내일이 없는 자들처럼 놀던 방탄의 모습에 '대환상'이 아닌 '대환장파티'라 불린다.

보면서 다시 아이돌 세계에 관심을 갖게 된 것 같아. 방탄소년단 무대 영상도 유튜브에서 워너원 리액션 비디오로 우연히 보게 되었고. '방탄 지민 보면서 입 벌리는 윤지성'*이라는 제목이 아직 기억나. 윤지성이 입을 벌리는 순간에 나도 같이 입을 벌리고 말았지. 그게 그 유명한 '먼지 지민'**이 나오는 〈봄날〉 무대였어. 그때부터였던 것 같아요…. 그렇게 방탄 덕질은 2017년 연말부터 시작된 거 같네.

시리 　오, 역시 다들 방탄이 첫 덕질은 아니네? 나도 첫사랑은 확실하게 말할 수 있어. 유승준***.

누나즈 　이쪽이 최고시다.ㅋㅋㅋ

시리 　1999년이었는데, 팬클럽도 가입하고 「드림 콘서트」도 가고 할 건 다 했지. DVD나 굿즈도 샀고. 그러다 갑자기 그 사건****이! (충격) 어린 나이에 진짜 좋아했기 때문에 사건 터

---

* 영상의 정확한 제목은 '방탄소년단 〈봄날〉을 보면서 입을 다물지 않는 워너원 윤지성'

** 〈봄날〉에서 지민이 현대무용을 접목한 독무를 추는 부분을 일컫는 말. 그야말로 허공을 떠도는 먼지처럼 아련하고 처연하게 춤을 춘다. 자매품으로 RM 버전이 있다. TV조선 「아이돌잔치」 11회 참조

*** 그때 그 시절, 모두 당연하다는 듯 H.O.T. 〉 S.E.S. 〉 신화로 이어지는 SM 아이돌에 취하거나, 젝스키스(SECHSKIES) 〉 핑클(Fin.K.L) 〉 클릭비(Click-B)로 이어지는 DSP 엔터테인먼트 아이돌 노선을 타거나, 혹은 god 같은 어느날 갑자기 급부상한 슈퍼 루키 아이돌에 빠져 있었다. 그러나 그 당시에도 꼿꼿한 취향을 굽히지 않았던 친구들도 있었으니. 유승준 팬클럽 '웨스트사이드' 1기 선민, '빠빠라기'에서 임창정을 열렬히 응원하던 J, 보고 싶다.

**** 그 유명한 병역 비리로 인한 입국 금지 사건

지고 나서 울기도 했어. 그때부터 아이돌을 좋아하지 않기로 결심했지. 그래서 중·고등학교 때 애들 다 신화, god 좋아할 때도 관심이 없었어.

용　경력이 뚝 끊기셨네요.

시리　응, 그러다가 20대에 잠깐 빅뱅(BIGBANG) 태양이 눈에 들어온 거 빼고는.

쥬　취향 소나무다. 퍼포먼스와 머리 짧은 사람 조합인가!

시리　그러게. 난 항상 강렬한 퍼포먼스에 끌리는 거 같아. 아무튼, 그렇게 30대가 될 때까지 딱히 덕질을 하지 않았는데 뉴스에서 2017년 「AMAs(American Music Awards)」 방탄소년단 무대*에 관한 기사를 본 거야. 그래서 찾아봤는데 '어? 뭔가 좀 다르네?' 싶더라고. 그리고 2018년 「빌보드 뮤직 어워드(Billboard Music Award)」 공연을 집에서 실시간으로 봤는데, 십수 년 전에 꺼진 덕질의 불씨가 확 살아나는 느낌이 왔어! 〈Fake Love〉 퍼포먼스를 보면서. 그렇게 빠져 든 후 쭉 방탄 덕후로 지내고 있답니다.

....

* 방탄소년단의 미국 TV 데뷔 무대가 된 시상식. 데뷔 무대임에도 불구하고, 〈DNA〉 떼창이 널리널리 울려 퍼졌다.

"방탄, 나의 N번째 덕질"

룡 그러니까 덕질 경력을 되돌아보면 다들 마음의 이직을 한 건데, 결정적인 이유가 뭐였어? 이직 사유가 궁금합니다! 방탄소년단으로 옮겨간 이유, 입덕 계기가 뭘까?

시리 이직ㅋㅋㅋ 결정적인 이유는 그룹의 조화로운 분위기! 방탄소년단은 일곱 멤버의 조화가 좋아서 덕질하는 재미도 큰 것 같아. 멤버 개개인의 캐릭터도 돋보이지만 팀으로 일곱을 같이 보는 재미가 있어. 멤버들 특유의 서로 부둥부둥해 주는 유한 분위기도 한몫하고. 개인적으로는 아이돌 팀에서 서열 같은 게 보이는 순간, 꼭 회사에서 부장님이랑 차장님의 그 수직적인 관계를 목격하는 것 같아서 보기가 힘들더라고.

누나즈 어우, 그거 너무 싫지. (극공감)

봄이 나는 신화 이후로 최애가 없었으니까 이직은 아니고, 재취업 사례인데.

룡 아, 그러네.ㅋㅋㅋ 굉장히 긴 공백기를 깨고 이 세계로 다시 돌아온 이유는 무엇인가요? 왜 방탄하게 됐나요?

봄이 뭐랄까, 그냥 방며들었습니다…. (아련) 근데 그전에 아이돌을 좋아하던 DNA는 일단 「프듀」*가 깨워줬어. 「프듀」 보면서 응원했던 친구들을 보면, 건실하고 능력 있는 친구들이라는 공통점이 있긴 하거든. 그 이후로도 내 기준을 충족시키는 그룹이 눈에 띄지 않다가 마침 방탄이 보였어. 보통 보면 대표 멤버 한두 명만 노출해서 인기를 견인한다든가, 반짝 인기 있다가 오래가지 못하는 아이돌 그룹이 정말 많은데 방탄소년단은 그렇지 않아서 다른 느낌이었어. 또 결국 중요한 건 노래 같아. 아까 말한 '먼지 지민'을 시작으로 유튜브를 항해하면서 방탄 노래가 좋다는 걸 알게 됐고, 멤버들 캐릭터도 한 명 한 명 너무 매력적이더라고. 그렇게 빠져버렸습니다♡

쥬　나도 똑같이 「프듀」로 덕후 DNA가 깨어났어. 그런데 알다시피 워너원 자체가 계약 기간이 지나서 활동이 끝났으니까. 나는 이직이라기보다 계약 만료로 재취업 하게 된 거지.

몽　깨어버린 DNA는 어쩔 것이야.ㅠㅠ

쥬　맞아. 대상이 필요했지. 그리고 나도 취향은 한결같았어. 잘생겼는데 웃긴 사람. 웃기는데 예의 바르고 재밌는 사람. 그런데 마침! 2018 KBS 「가요대축제-대환상파티」에서! 그런 내 취향을 저격하는!〈아모르파티〉를 추는 김석진을 보고 만 거야!

---

* 말맛을 위해 Mnet에서 방송되었던 「프로듀스 101」 시리즈를 「프듀」로 줄여 사용했다.

그래…, 그렇게 좋아하게 되지 않을 수 없었다는 이야기.

용　「가요대축제」가 큰일 했네.ㅋㅋㅋ 나는 말했듯이 결정적인 입덕 계기는 노래였어. 1997년부터 SM 아이돌을 쭉 좋아했던 이유도 다 노래 때문이었고. 'SMP(SM Music Performance)'라는 유영진 작곡가 특유의 댄스곡, 특히 신화와 유영진의 케미에 빠졌던 사람이라. 그런데 SM에서 나오는 신곡들도 내 취향이 아닌 쪽으로 변하면서 슬슬 흥미가 떨어지고 있는데 어쩌다 방탄소년단 〈쩔어〉를 듣고 귀가 탁 뜨이는 느낌이었달까?《화양연화》앨범 다 듣고 바로 반해버렸어. 그리고 결정적으로 방탄소년단은 작업에 스스로 참여하는 걸 강조하는, 아티스트로서의 면모가 돋보인다는 거였지. 나도 취향은 소나무여서 자기 자신을 아티스트로 생각하는 아이돌에 끌리거든.「프듀」방영할 때도 김재환, 정세운에 투표했고. 확실히 작곡이나 작사에 참여해서 곡을 만들 수 있는 친구들한테 항상 꽂혔던 것 같아.

"방탄, My Persona?"

뭉 이야기 들으면서 재밌다고 느낀 게, 덕질 대상은 바뀌어도 공통점이 있는 거 같아. 나는 내 소나무 같은 취향을 돌아보면서 내 페르소나(persona)랑 비슷한 사람한테 끌린다고 느꼈거든. 내가 추구하는 모습, 동경하는 모습이 보이는 아이돌한테 빠지는 거지. 그래서 이번엔 페르소나에 대해 같이 이야기해 보고 싶어. 여러분 각자의 페르소나*가 덕질할 때도 관련이 있었는지도!

쥬 나는 석진이가 나랑 비슷한 점이 많아서 좋아하게 됐으니까 확실히 관련이 있지. 내가 보기엔 석진이가 조용하고 얌전한 편이었는데 〈쩔어〉 이후로 보이는 모습이 많이 바뀐 거 같거든? 더 적극적이고 활발하게. 나도 처음 회사에 입사했을 때만 해도 그냥 시키는 일만 잘 해내자고 생각하고 회사 사람들과 거리를 두고 생활했어.

그런데 어느 순간, 그렇게 벽을 치면 스트레스를 더 받는다

---

* 우리는 '페르소나'를 사회인으로서 내가 추구하는 모습, 즉 지향점으로 정의하고 이야기를 나누었다.

는 걸 느꼈어. 지금은 석진이처럼 같이 일하고 싶은 사람이 되는 게 목표야. 그래서 사람들한테 더 다가가려고 노력하고. 만나면 기분 좋은 사람이 되고 싶은데, 그렇게 보이는지는 모르겠어.

몽 　나도 자기 생각과 주관이 있고 그걸 직접 만들어 낼 수 있는 능력자, 아티스트 캐릭터를 덕질하면서 대리만족을 느끼는 것 같아. 아마 내가 추구하는 모습이 시키는 걸 수동적으로 하는 사람이 아니라, 내가 생각하는 것을 스스로 만들어내는 사람이라서 그런 것 같아. 그래서 회사원이 되겠다고 진로를 정하고서도 굳이 콘텐츠를 만드는 분야에만 국한해서 취업 준비를 했고. 그래서 그런지 유난히 '아티스트' 캐릭터인 아이돌한테만 눈길이 가. 가끔은 너무 심하게 능력자 캐릭터만 좋아하는가 싶기도 하고. 성적충은 되고 싶지 않은데….

봄이 　나도 비슷한 거 같은데? 메시지나 주제 의식이 있는 콘텐츠를 만드는 사람이 되고 싶거든.* 결국 방탄을 좋아하는 이유도 기계적이거나 수동적인 모습이 아니라 자신만의 서사가 있어서 좋아하는 거라고 생각해. 어쨌든 나는 여전히 주제 의식

* 누나즈 모두는 문화콘텐츠 업계에서 일하고 있다. (몽: 출판, 봄이: 드라마, 시리&쥬: 광고)

이 있는 콘텐츠를 만들어 내는 캐릭터를 좋아하고, 그렇게 되고 싶다는 페르소나가 있는데 그걸 계속 지키느냐 마느냐 기로에 있는 느낌이야. 사실 가끔은… 시키는 것만 하는 게 좋을 때도 있잖아. (쓸쓸)

누나즈 휴, 뭔지 알 것 같다.

시리 나는 무채색 인간이 되는 게 싫었어. 내 페르소나는 자기만의 색깔이 확실한 사람인데, 아직은 잘 하고 있는지 모르겠어. 내가 눈치를 많이 보는 편이기도 해서 내 생각을 강하게 주장하기 힘들 때도 있고. 방탄소년단이 미국에서 인터뷰할 때 영어를 못해도, 한국말로 의사를 표현하고 하고 싶은 이야기 다 하잖아.

봄이 맞아. 나도 처음 방탄소년단에 관심 가지게 된 계기 중 하나가 방탄 미국 인터뷰 모음이었어. 언어가 통하지 않는 것과 상관없이 멤버들 매력이 그대로 드러나더라고.

시리 그치? 그런 자신감 있는 영상을 보면서 나도 눈치 보기보다는 내 색깔을 표현하는 게 더 중요하지 않을까 생각할 때도 있어. 또 곡을 들으면 '이건 누가 작곡한 곡이겠다, 누가 참여한 곡이겠다' 예측 가능 정도로 일곱 멤버들 각자 색이 뚜렷한 것도 대단한 거 같아. 그런 부분이 내가 지향하는 바랑 비슷하고….

방탄소년단 앨범 중에서 나는 《화양연화》를 제일 좋아하거든? 그 이유도 아무도 낼 수 없는 색깔이라고 생각해서야. 그러니까 색깔이 뚜렷한 인간이 되고 싶다는 욕구는 분명한데 아직 내가 무슨 색인지는 모르겠네.

"누구나 방탄소년단에게서
자기 모습 하나씩은 찾을 수 있지 않을까?"

몽 그런데 내가 꿈꾸는 모습이랑 실제 모습이 너무 달라서 괴로웠던 적 없어? 한마디로 페르소나랑 실제 나의 차이. 사실 방탄소년단도 아티스트라는 페르소나랑 아이돌이라는 평가에서 오는 갈등을 가사*에서 여러번 이야기하기도 했잖아. 사회생활하면서 우리도 비슷한 감정을 겪지 않나?

봄이 있지. 아이돌로 비유하자면 내 꿈은 스타디움 투어하는 슈퍼스타인데 주구장창 연습생만 하고 있는 느낌!

누나즈 8년째 연습생! (공감)

쥬 이제는 좀 데뷔해서 터져야 할 때인데, 그럴 때도 됐는데!

봄이 응. 하고 싶은 것도 있고, 내 능력이 되는지 아직 모르지만 할수 있다고 믿고 싶어. 근데 그러려면 외부뿐 아니라 나 자신과의 충돌을 피할 수 없을 때도 있고 성장통이랄까, 그런 힘든

....

* RM은 〈Reflection〉, 〈Intro: Persona〉 등 다수의 곡에서 개인 정체성에 관한 질문을 던지고 답을 찾기 위해 노력하는 모습을 보였다. 그 외 〈Cypher Part.1~4〉, 슈가 믹스 테이프 〈August D〉, 〈땡〉 등에 아이돌이라며 무턱대고 색안경을 끼고 바라보는 헤이터(hater)들에게 해주고 싶은 말이 일목요연하게 잘 정리되어 있다.

과정을 이겨내야 한다는 부분과 게으른 나를 극복해야 한다는 점이 장벽이지. 해야 할 일이 무엇인지는 알지만 충실하게 해내지 못하는 게으른 나 자신과 훨훨 날아가는 방탄소년단 멤버를 비교한 적도 있어. 내가 지금 연습생이라면 '진짜 데뷔를 하고 싶기는 한 건가?' 하는 의문도 들고.

시리　월급만 잘 준다면 연습생으로 사는 것도 괜찮겠지? 사실 그런 마음은 회사 다니면서 다들 있잖아? 편한 게 장땡 아닌가 할 때도 있고.

룡　근데 나는 시키는 일을 편하게 하는 내 모습에서 오히려 스트레스를 받기도 했었어. 내 페르소나는 진짜 내 능력으로 뭔가를 만들어내는 사람인데, 냉정하게 내 능력으로만 봤을 때는 회사에서 그다지 성과를 내는 것 같지 않았거든. 남준이가 곡이나 가사를 정말 많이 쓰고 고쳤는데 겨우 하나 통과되는 작업 과정이나 비하인드를 이야기할 때 공감이 많이 갔어. 회사는 자율성이 거의 없으니까.

나는 특히 성향이 내가 원하는 공간에서, 내가 시간을 조절하는, 그야말로 자기 주도적으로 일하면 결과가 훨씬 더 좋게 나오는 사람이라는 걸 너무 잘 알고 있었거든. 자율성이 보장되지 않는 환경에서는 성과를 낼 수 없다고 판단해서 결국 프리랜서로 커리어를 바꿨고. 그러니까 지금은 다행히 내가 바라는 나에 더 가까워지는 중입니다!

봄이 잘됐다! 나도 위에서 말한 것처럼 만년 연습생에 대한 고민을 한 적이 분명 있었지. 그런데 '연습생으로 남을까 말까'가 내 고민인 것 같았지만, 사실 아니었어. 방시혁 대표처럼 '네가 연습생으로 남다니 그럴 순 없어! 당장 데뷔해!'라며 끌어주는 사람이 생기면 언제라도 데뷔하고 싶었던 거지. 그래서 결론은 부족하지만 전 강제로 데뷔를 했고(?) 연습생으로 살고 싶다는 것은 나의 거짓된 페르소나였다!

룡 ~라는 걸 깨달았다는 거지?

봄이 응. 그래서 방탄까지는 아니더라도 좋은 콘텐츠를 만들고 싶어. 나로부터 비롯된 좋은 콘텐츠 만들어서 마치 「빌보드」 같은 데 가보고 싶다는 생각이야.

룡 봄이는 그렇게 정리가 됐구나. 나는 완전 반대야. 오히려 나는 방탄소년단의 행보를 보면서 더 많은 사람의 갈채를 받는 그런 작품을 만드는 건 내 목표가 아니라는 것을 깨달았어. 그래서 방탄소년단에 내 페르소나가 이입되어 있지는 않아. 완전히 나랑 지향점이 다른 아티스트라고 느끼고. 개인적으로 나는 '내가 할 수 있는 범위의 이야기를 하고, 그것을 더 열심히 읽어줄 사람' 딱 그 정도 규모에만 만족하며 살고 싶고, 그 규모만 유지한 채 살고 싶어.

봄이   왜?

몽   왜냐면 방탄소년단이 「빌보드」에서 연이어 좋은 성적을 거두고 미국 중심으로 투어를 시작할 때부터 나는 거리감을 좀 느끼기 시작한 것 같아. 나는 영미권 콘텐츠를 소비하는 사람이 아니기도 하고, 유튜브나 트위터도 하지 않으니까 방탄의 소식을 따라잡기가 더욱 어려워졌다는 느낌? 그래서 난 내 독자들로부터 항상 가까운 거리에 있고 싶다는 생각을 했어. 예를 들면 '독자와의 만남'을 해도 동네 책방에서 10명 내외의 사람들과 내가 한 음식을 나눠 먹으면서 얘기하는 형태의 프로모션을 하고 싶어.

봄이   그렇구나. 하지만 나는 드라마 업계에 종사하는 바람에…. 아무래도 시청률은 고고익선(高高益善)이고, 드라마를 만드는 기간이나 과정도 녹록지 않다 보니 최대한 많은 사람이 봐줬으면 좋겠다는 게 있는 것 같아. 사실 「빌보드」나 「그래미 어워드(Grammy Awards)」 가는 게 목표라기보다는, 왜 예전에 탄이들이 어려울 때 이런 마음으로 극복했다고 하잖아. '들어주는 사람이 있어야 우리가 의미가 있는 것이다'라고 한 것처럼 그런 선상에서의 마음인 것 같아.

쥬   나 같은 경우에는 얼마 전까지 내 상태가 딱 2015년 방탄소년단 같다고 생각했었거든? 석진이가 연기 전공인데 가수로 데뷔한 것처럼 나도 전공이랑 다른 직무에 덜컥 합격을 해버렸 잖아. 처음엔 많이 힘들었는데 참고 견뎌서 지금은 스스로 나 쁘지 않은 수준으로 해내고 있다고 생각해. 뿌듯한 성과도 몇 가지 있어서 마치 이제 날개를 펴기 시작한 〈쩔어〉 때 방탄 같 다고 생각했었는데….

시리   그랬는데…?!

쥬   2019년 한 해 내가 회사 일을 정말 즐겁게, 열심히 했거든. 이 전과 다르게 큰 프로젝트를 맡게 되기도 했고. 처음엔 막 설레 고 기대가 됐는데 잘하고 싶은 마음이 점점 커지다 보니 너무 불안한 거야. 잘 안 되면 어떡하지? 같은 불안감이 항상 있는 상태가 됐지. 그렇게 우울감에 조금 빠지려던 찰나에 〈Black Swan〉과 《Map of the Soul :7》 앨범이 나왔는데, 거기서 슈가 의 솔로곡 〈Interlude : Shadow〉가 너무 내 마음을 대변해주는 느낌인 거야.

이런 가사가 있잖아. '정신없이 달리다 보니 여기까지 왔는 데, 발밑에 그림자 고개 숙여보니 더 커졌다' 정말 공감이 됐 어. 큰 프로젝트를 맡고 이것저것 벌렸는데, 결과에 대한 책임 이라는 게 너무 무겁더라고. 그 과정에서도 짓눌린 부분이 있 었고.

봄이   아무래도 같은 예술 쪽 분야에 종사해서 그런가? 내가 〈Black

Swan〉*을 처음 들었을 때는 '언젠가 탄이들에게도 이런 날이 올 텐데, 얼마나 고통스러울까' 생각하면서 조금 거리를 두고 봤던 것 같은데.

쥬 내가 하는 일이 광고업이라 상업적이기도 하지만 한편으로는 예술적인 부분도 있어서 어떤 부분에서는 음악과 연결되는 지점이 있다고 생각해. 내가 온 힘을 쏟았는데 결과가 안 좋을 수 있고, 생각보다 가볍게 했는데 대박이 날 수도 있는 거고…. 이렇게 예측할 수 없다 보니까 나는 분명 일을 좋아했는데 어느 순간 어떤 좋은 레퍼런스를 봐도 아무런 감흥이 안 생기더라고. 〈Black Swan〉에서 '심장이 뛰지 않는데, 더는 음악을 들을 때' 같은 가사가 '아, 내 상태가 지금 이거였구나'라며 마음속 안개 같던 감정을 대신 정리해 준 느낌이었어. 그래서 되게 고마웠고, 그 덕분에 좀 쉬어야겠다는 다짐을 했지.

봄이 얘기를 들어보니 나도 일부 공감이 간다. 나도 꽤 오랫동안 드라마 덕후였는데 드라마를 업으로 삼게 되면서 드라마를 안 보게 됐어. 예전에 순수하게 즐기던 마음으로는 다시 돌아갈 수 없을 것 같다고 해야 하나? 그런 건 좀 슬프지. 약간의 혼돈

---

* 2020년 발매된 《Map of the Soul : 7》에 수록된 〈Black Swan〉은 미국의 전설적인 현대무용가 마사 그레이엄(Martha Graham)의 명언 "무용수는 두 번 죽는다. 첫 번째 죽음은 무용수가 춤을 그만둘 때다. 그리고 이 죽음은 훨씬 고통스럽다"를 모티브 삼아 만든 노래로, 아티스트로서 더 이상 무대에 서지 못하게 되는 순간에 대한 두려움을 이야기한다.

기를 지나서 이제는 좀 받아들이게 된 것 같긴 해. 여전히 드라마를 보는 일은 일의 연장선 같지만, 아직 마음 저 깊은 곳에는 순수의 불씨가 남아 있다고 믿으며….

쥬 이게 또 우리가 방탄과 연차가 비슷하기 때문에 공감할 수 있는 포인트인 것 같아. 사실 사회 초년생들은 이 말을 아직 이해하지 못할 수도 있지 않을까….

묭 근데 이건 진짜 모든 분야의 직업인들이 한 번씩은 부딪히는 문제인 것 같아. 다음 단계에서 더 큰 기회가 왔을 때 무작정 설레어 하고 기대만 하기엔 책임이 너무 무겁고, 망했을 때 어떻게 하지? 같은 생각이 끊임없이 들잖아. 방탄소년단 앨범에서도 계속 반복되는 주제이기도 하고. '우리 지금 너무 높은 곳에 있는데 어떡하지?'

봄이 앞으로 더 좋은 모습을 보여줘야 할 텐데…, 같은 게 부담이고.

쥬 맞아. 근데 탄이들도 이후에 밝은 노래들을 냈잖아. 극복한 건가, 괜찮아진 건가? 그런 생각이 들고. 또 나도 잘 지나왔기도 하고. 지금은 그래서 페르소나랑 내 상태가 크게 차이 난다고 생각하지 않고, 일을 하고 있는 것에 감사하게 생각하는 편이야.

시리 맞아. 그리고 나도 페르소나랑 실제 나랑 차이가 많이 느껴져서 하던 일을 바꿨거든. 예전에 하던 일은 만년 연습생인데 월

급은 계속 나오는 일이라 몸은 편한데 마음이 힘들었어. 오히려 일이 바뀌고 나서는 재미있게 배우면서 갭(gap)을 줄여가는 과정이라고도 볼 수 있겠네. 그렇지만 한편으로는 우리가 페르소나에 관해 이야기할 때 너무 과업 지향적이지 않은가 하는 생각이 들어.

쥬　무슨 말이야?

시리　예를 들면 나는 이제 좀 더 마음 편안하게 일하는 게 목표가 됐거든. 남준이 솔로곡 〈Intro : Persona〉를 들으면 '영혼의 지도를 찾았다'고 하면서 좀 편안해 보이잖아? 그게 나한테 위안이 됐어. 어떤 커다란 목표를 세우고 달려가는 것도 좋지만, 페르소나에 꼭 답이 있는 건 아니잖아. 남준이도 '평생을 물어온 질문이고, 정답을 찾지 못할 것'이라고 하는 것처럼 그냥 어떤 목표를 세우지 않아도 내가 편안해지면 정답인 것이 아닐까? 워라밸(work-life balance)을 지키며 좀 편안하게 가는 것 자체가 하나의 페르소나가 될 수도 있다는 거지!

룡　나도 그래! 프리랜서로 신분이 바뀌고 커리어도 바꾼 지 오래되지는 않았으니까 좀 더 고생하는 게 당연하다는 의연한 마음가짐으로 화양연화를 기다리곤 했었는데, 여기에 더해 '편안한 상태로 일하기'가 중요하다는 걸 깨달았어. 굳이 일에 대한 목표라면 오로지 편안한 상태가 되는 것! 이제 그것만이 목표고.

봄이 3n살의 하루하루가 지나갈수록 다들 더 나아가 어떤 깨달음의 경지에 이르고 있네요. 누나즈 4인은 오늘도 에고(ego)를 찾아 끝나지 않는 여행 중!

룡 방탄소년단도 사실 꾸준히 성장했지, 데뷔하자마자 슈퍼스타였던 그룹은 아니잖아. 그러니까 사회생활을 해본 사람이라면 다 찌질한 시기가 있었잖아. 그러다가 누군가는 잘되기도 하고, 잘됐는데 오히려 무섭기도 하고 또 그걸 극복하기도 하고. 그렇게 누구나 겪을 수 있는 인간적인 모습이 방탄소년단에게서 잘 보인다고 생각해. 농담처럼 이야기가 나왔지만, 누구나 방탄소년단에게서 자기 모습 하나씩은 찾을 수 있지 않을까?

"노력? 존버? 혹은 운칠기삼?"

시리 다들 내가 꿈꾸는 모습과 실제 내 모습의 갭을 건강하게 잘 줄여가고 있는 것 같네. 근데 만약 그 갭이 안 줄어든다고 생각하면 나는 너무 슬플 것 같아.

용 아, 그렇게 생각하고 싶지는 않지. 이걸 극복 못 하는 차이라고 생각하면 너무 희망이 없으니까.

봄이 근데 그게 나한테 달려 있는데, 나 자신에 대한 자신감이 불확실할 때는 어떻게 해야 할까? 탄이들이 꿈을 이루고(?) 꿈과 현실의 간극을 어느 정도 극복했다는 게 증명이 됐는데, 물론 그들은 정말 열심히 했지만, 그런데 무조건 열심히 한다고 그 갭이 줄여지는 것 같진 않거든. 나만 해도 어떤 외부적 요인의 변화로 갭 차이를 극복한 부분이 있기도 하고.

용 그렇지. 나도 그들 수준으로 노력을 하든지, 어떤 외부 요인(?)이 있든지 해야 하는데….

봄이 물론 방탄도 저렇게 열심히 사는데, 나도 저렇게 열심히 살아야지 하는 사람도 많다고 하지만 너무 넘사인 느낌이 있잖아. 그들의 노력은 솔직히 일반적이지는 않기 때문에 '나도 저렇게 열심히 하면 되겠지'라고 에너지 받기는 힘든 것 같아.

룡 봄이 말에 동감해. 나도 저 말에 조금 회의적이기도 했어. 왜
냐면….

시리 결과론적인 이야기일 수 있으니까. 열심히 노력하지만 실패
하는 아이돌도 너무 많잖아.

룡 응. 그래서 오히려 너무 위험한 생각이지 않나? 그러니까 나
는 오히려 요즘 세상에는 '이거 안 되겠다' 싶을 때는 빠른 손
절이 차라리 나를 지키는 길일지도 모른다는 생각이 들기도
하고.

쥬 근데 결국 인생은 운칠기삼(運七技三)이 아닐까? 탄이들이 피
땀 눈물로 노력한 것도 맞고, 노력한 자에게 복이 오는 것도 맞
지만… 결국 어떤 '운'에 대한 것을 완전히 배제하긴 어려워.

시리 맞아. 3n년 밖에 안 살았지만 운칠기삼이 아니라 운구기일(運
九技一)이라고 생각되는 순간도 많았어.

봄이 완전. 근데 사실 그래, 한 방이라고 해야 할까? '기1'이 없으면
결국 '운9'도 무용지물이잖아. 거꾸로 '기1'이 있어도 '운9'
가 없으면 '10'이 못 되는 것처럼…. 결국 '기1'을 위해 끊임
없는 물장구를 치며 운을 기다리는 것이 인생인 걸까…

쥬 아이돌이라는 직업을 보면서 더 그런 걸 느껴. 분명히 이 친구
들 진짜 괜찮고 노래도 좋은데 운이 좋으면 터지고 아니면 안

되고. 그럼에도 꾸준히 가다 보면 어느 날 볕 드는 날도 있을 거고. 그래서 희망을 보고 꾸준히 계속하다 보면 '나도 되지 않을까?'라고 생각을 하고 싶지만….

봄이 하고 싶지만…. 사실 방탄소년단 같은 경우는 방시혁 대표와 이 일곱 멤버의 조합이 만난 모든 순간 자체가 운이 아닐까 싶어. 사실 기획하는 자의 혜안과 그에 맞는 인재가 그곳에 있었다는 것, 그리고 시너지를 이끌어낼 기획 등등의 '기3'이 있지만, 그들이 만나고 한데 모여 같은 목표를 향해가는 과정 속 모든 맞물림 같은 건 운이 없으면 안 되는 것이라고 생각해. 그래서 나는 '아, 열심히 해야지…' 정도까지밖에 말을 못 하겠네. 내 나름대로 열심히 할 뿐이지, 방탄의 '열심히'에 대해서 뭐랄까 동기화할 수는 없겠다.ㅋㅋㅋ

룡 맞아. 나도 '열심히'에 무조건 동기화할 수는 없지만, 자기 확신이 서는 어떤 시점이 있잖아. 버틸 수 있는 지점까지는 존버를 하는 게 맞는 것 같아. 어느 한 분야에서 내가 가진 확신이 아예 제로가 되는 순간에는 당연히 떠나야 하겠지만, 자기 확신이 남아 있는 상태까지는 존버한다면 진짜 방탄처럼 뭐가 돼도 되고, 터져도 터지기는 하지 않을까. 어느 업에서나…. 단지 요즘에는 버티기조차 쉽지 않은 세대니까.

쥬 슬픈 이야기다. 무엇보다 운칠기삼이라 하더라도 방탄소년단이 이렇게까지 올라온 게, 그들을 찾아온 행운이 행운이라는 걸 알아서인 것 같기도 해. '내가 잘났어'가 아니라 그 행운에 감사할 줄 아는 사람들이라 지금껏 사랑받고 잘할 수 있었던 게 아닐까….

봄이 맞아, 그러기가 쉽지는 않지. 나만 해도 뭐가 잘되면 그냥 내가 잘해서 잘한 줄 알게 돼.

사실 탄이들 본인들이 진짜 우리가 상상할 수 없는 노력을 한 것도 있으니, 주어진 상황에 감사하기가 더 쉽지 않을 것 같은데. 어쨌든 감사할 줄 안다는 것 자체가 이 그룹의 차별점이니까. 하다못해 방시혁 대표는 '초심을 잃어도 된다'고 하는 사람인데.*

쥬 우리만 봐도 신입사원 때 마인드랑 지금 마인드랑 다르잖아.

봄이 너무 달라요. 완전 달라요. 머리가 너무 컸죠.

용 아무튼 이렇게 자랑스러운 일곱 명의 멤버가 같은 시기에 만나 방탄소년단이란 이름으로 좋은 음악 들려주는 것 자체가 우리에겐 행운이다.

봄이 맞아. 요즘 대한민국의 최대 자랑거리가 방탄보유국이라고.ㅋㅋ

....

* 《Love Yourself 承 'Her'》앨범 기자간담회에서 RM은 방시혁 대표가 초심을 유지하지 말고 상황과 위치에 걸맞은 마인드를 가지라고 당부한다고 말했다. 하지만 방 대표는 빅히트(BIGHIT) 엔터테인먼트 상장 기념식에서 초심을 잃지 않고 전 세계인의 삶에 영향을 주는 엔터사가 되겠다고 말했다. 힛맨뱅에게 '초심'이란…?

글로벌 스타지만 방탄이 우리와 같은 언어를 쓰고 같은 시대에 태어난 존재로서 함께 즐거움을 누릴 수 있어서 너무 좋다. 근데 이건 내가 열심히 뭘 해서는 아닌데?! 운 100%인가? 아무튼 감사합니다.(?)

"You can call me artist
You can call me idol!"

시리   그러고 보면 페르소나 영향이 참 큰 거 같아. 모든 걸 다 이룬
       것 같은 방탄도 가사에서 계속 아티스트냐 아이돌이냐 하는
       두 가지 정체성 사이에서 고민하는 걸 보면.

용   맞아. 나는 개인적으로 방탄소년단이라는 그룹 자체가 '아티
       스트'라는 페르소나를 갖고 있다고 생각하는데, 그래서 아이
       돌이라는 세간의 꼬리표를 떼기 위해 유난히 고민을 많이 해
       왔던 게 아닐까 싶어. 특히 랩 라인은 '아이돌'이란 단어를 폄
       하의 의미로 사용하는 일부 사람들을 겨냥해서 속 시원하게
       저격하는 가사도 많이 썼고. 그런데 나도 가끔 방탄소년단을
       아티스트라 불러야 할지, 아이돌이라 해야 할지 궁금할 때가
       있긴 해.

봄이   아티스트의 정의가 뭐라고 생각하는지에 따라 다를 거 같아.
       어떤 사람은 작사, 작곡, 프로듀싱까지 해야 한다고 생각할 수
       있고, 어떤 사람은 수준급의 퍼포먼스를 보여주면 아티스트
       라고 생각할 수 있고. 다 다르니까.

룡 나는 자기 세계관이 있고 그걸 춤, 랩, 노래, 퍼포먼스 중 무엇이 되었든 어떤 방법으로든 그걸 스스로 표현해 내면 아티스트 같은데?

그래서 방탄소년단이 아티스트라고 생각해 왔고, 지금도 그렇다고 생각해. 랩 라인은 믹스 테이프(mixtape)*를 내고, 보컬 라인도 각자 개인 곡을 작업하니까. 곡을 쓰지 않더라도 매 앨범 자기 이야기가 충실히 들어가고.

시리 나는 어떤 분야에서든 일정 수준 이상을 보여주면 다 아티스트라 생각해. 방탄소년단만 봐도 우리나라에서 보지 못했던 수준의 퍼포먼스를 충분히 보여주고 있고, 그게 무대에서 어떤 경지에 이르렀다 느껴지는 수준이니까!

봄이 일단 나는 '아티스트냐, 아이돌이냐' 하는 문장이 잘못됐다고 생각하는 입장이야. 아이돌과 아티스트가 분리된 개념이 아니라고 생각해. 아이돌도 그 자체로 아티스트일 수 있는데 그 이분법이 잘못된 거지. 작사, 작곡하는 프로듀서가 몇 명이고 이래서가 아니라, 그냥 자기에게서 나오는 콘텐츠를 선보이는 사람들이기 때문에 방탄이 아티스트라 불릴 수 있다고

---

* CD나 음원 유통 사이트가 아닌 온라인상에서 무료로 공개되는 노래나 앨범. 주로 힙합 R&B 뮤지션들이 이용하는 방식으로 방탄소년단에서는 RM의 《RM》, 《MONO》, 슈가의 《Agust D》, 《D-2》, 제이홉의 《HOPE WORLD》가 발매된 바 있다. 방탄소년단 멤버가 아닌, 래퍼 라인 각각의 개성을 뚜렷이 확인할 수 있다. '사운드클라우드(SoundCloud)'에서 감상 가능.

생각해.

사실 작사, 작곡에 관해서도 혹자는 "방탄이 뭐 직접 하겠어?"라고 하는 사람도 있는데, 물론 그 회사의 시스템과 전문 음악팀도 있으니까 누가 주체가 되어 어떻게 결과물이 나오는지는 모르는 부분이지만, 어쨌든 그들이 '음악'을 하는 주체라는 걸 우리는 알잖아. 그래서 나는 그들이 기여한다고 생각하고, 그건 충분히 자기들로부터 비롯된 거라고 생각해. 예컨대 뷔가 표정 연기를 정말 멋있게 해서 감정을 표현하는 것도 아티스트적 면모이지 않을까? 춤, 노래, 애티튜드까지 그 모든 요건이 다 아티스트적 면모에 해당된다고 생각해!

쥬 확실히 방탄소년단이란 그룹은 일정 수준 이상의 무대를 보여주고 감동을 주니까 아티스트라고 할 수 있지. 멤버 한 명한 명의 역량은 다른 속도로 성장하는 중일 수도 있겠지만. 비티에스는 아티스트야!

시리 나는 〈Idol〉의 도입부 가사에서 'You can call me idol'이라고 선언하는 부분에서 팬으로서 오히려 안타까움이 느껴지기도 했어.

이미 너희들은 우리한테 훌륭한 아티스트인데! 아이돌이든 아티스트든 뭐든 상관없는데! 그렇잖아? 아직도 아이돌이면 아티스트가 아니라는 이분법에서 혹시나 벗어나지 못했을까

봐 속상한….(눈물)

몽 역시 찐 아미다. 아티스트든 아이돌이든 타이틀이 뭣이 중하겠
어. 남준이도 그런 의미로 'I don't care'라고 말한 게 아닐까.

나는 아미가 아니야

아미는 모두 착하다는 게 학계 정설

근데 진짜 어떻게 맞췄는지 너무 신기했음.

성덕 ENTJ (1)

나, 쥬는 주변에서 소문난 성덕이다.
광고 회사 아트디렉터인데
직업 특성 + 운빨 덕을 잘 본 케이스다.
(심지어 '헐 사람'이 나오는 그 영화의 #ㄷㅈ도 팬 미팅에서 받음)

그런 나에게 성덕 신께서 한 번 더 기회를 주셨나니

프로젝트 합류가 결정되고 나서 진짜 열심히 촬영 준비를 했다.
촬영 바로 전날까지도 계속 야근했을 정도로 몇 달을 야근하며 준비했다.

그리고 대망의 D-day.
덕질의 끝판왕이 된다는 기대와 함께 새로운 걱정이 하나 더 생기고 말았다…!!

도대체 쥬에게 무슨 일이!! (2)에서 계속

성덕 ENTJ (2)

바로 나는 ENTJ의 끝판왕이라는 것.
덕질도 진짜 중요하지만, 나에게는 프로젝트의 성공도
매우 중요한 사항 중 하나여서 마냥 행복할 수는 없었다.

덕질과 업무, 두 마리 토끼를 다 잡기 위해선 내 감정 컨트롤이 중요했기에
촬영 내내 '프로페셔널한 표정'을 유지하는게 너무 힘들었다.

촬영 내내 날뛰고 싶은 마음을 감추느라 너무 힘들었지만
그래도 ENTJ 답게 일에 집중할 수 있었고
모델분들도, 촬영 스탭분들도 다 잘해주셔서
촬영을 성공적으로 끝낼 수 있었다.

그리고 그날 느꼈던 감정은 이후에
같이 일했던 분들 중 원래 아이였던 분들과,
촬영하며 입덕을 해버린 분들과 함께 칭찬 릴레이를 하며
회포를 풀었다고 한다.

일도 재밌는데 성덕도 되어서 행복했던 시간! ㅎㅎ

우리 혈관 속 DNA

"어떻게 저렇게 열심이지?"

m을 볼 때마다 그런 생각을 했다. m을 만난 건 열일곱 살 때였다. 그 애의 책상 서랍에는 비상식량처럼 『나나』, 『파라다이스 키스』 같은 만화책이 있었다. 또 어느 날에는 만화에서 방금 튀어나온 것 같은 코스튬을 챙겨와 서울에서는 이런 걸 입은 사람으로 미어터지는 '코스프레(kosupure)'라는 문화가 있다는 사실을 알려주기도 했다.

한마디로 m은 전교에 소문이 난 '오타쿠'였다. 좋아하는 게 있으면 드러내지 못해 안달이었고, 언제나 무엇이든 '심하게' 사력을 다해 좋아했다. 매일같이 이상한 만화책과 기묘한 판타지 소설을 학교에 들고 와서 반 아이들에게 돌렸다. 그중에는 19금 딱지가 붙은 일본에서 물 건너온 만화책도 있었고, 일명 'BL'이라 불리는 남성 간의 사랑(이라 쓰지만 '포르노'라 읽는다)만 다룬 장르물도 있었다. 개개인의 내밀한 취향까지 고려하여 작품성(!) 있는 BL만 추천해주는 능숙한 m의 모습은 당시에는 존재하지도 않았던 콘텐츠 큐레이션 서비스 그 자체였다.

m을 대하는 반 아이들의 태도는 딱 두 가지로 나뉘었다. 대놓고 경멸을 드러내거나 호기심을 갖고 접근한 뒤 깜짝 놀라 발을 빼거나. 나는 후자에 가까웠다. '가까웠다'라고 표현한 이유는 호기심을 갖고 접근한 건 맞지만, 발을 빼지는 않았기(못했기) 때문이다. 어떤 대상에 대책 없이 빠져들고 열성을 다해 몸을 내던지는 그런 사람들한테 나는 늘 약했다. 빠져 죽을까 봐 물가에 가지도 못하는 나와는 달리 수심도 재지 않고 발부터 담그는 거침없는 m이 멋있어 보였고 m의 남다른 취향이, 그 뾰족하고 예리하게 갈고 닦은 고유한 특성이 부러웠다.

m의 사랑은 넘치고 또 넘쳐서 만화 캐릭터, 판타지 세계관, 고대 룬 문자(Runes), 점성술까지 훑더니 마침내 실존하는 '남자 사람'에게 닿았다. 모 아이돌 그룹의 한 멤버에게 빠져버린 것이다. (편의상 멤버 이름은 '익명의 아이돌'을 줄여 '익아'로 부르겠다.) 익아를 향한 m의 마음은 단전에 에너지를 모아 한 방에 발산하는 드래곤볼의 원기옥처럼 '펑' 하고 폭발해 버렸다. 당시 m의 열정을 막을 수 있는 것은 없었다. 고등학생이라는 신분도, 대입이라는 숙제도, 돈이 없다는 현실까지도 m의

원기옥 앞에서 형체를 잃고 재가 되어 사라졌다. m은 팬클럽, 굿즈, 콘서트라는 미션을 완수하더니 드디어 익아를 주인공으로 한 팬픽(!)까지 쓰기 시작했다.

그때쯤 나는 자연스레 깨달았다. 무언가를 사랑하는 마음의 크기, 사랑을 나눠줄 수 있는 그릇의 크기도 타고난다는 것을. 나에겐 그런 마음이 없었다. 아무리 따라가려 해도 m만큼 집요하지도 못하고, 끈기도 없었다. m을 따라 아이돌 그룹의 음악을 들어보기도 했고, 무대 영상을 따라 보기도 했지만 그 이상 나아갈 수는 없었다. 만화책도, 소설도, 음악도, 한번 빠지면 끝까지 파고드는 m과는 달리 나는 인내심이 없어서 m이 추천하는 모든 분야의 주변부만 맴돌다가 그만두는 식이었다. 시험 공부도 제쳐두고 팬픽을 쓰느라 밤을 지새우는 m의 불타는 열정에 반응하는 일도 슬슬 시간 낭비처럼 느껴졌다.

야자를 튀고 익아를 보러 간다는 m, 팬픽을 써서 올리는 m, 팬픽의 세계관을 구상하느라 늘 바빠 보이던 m, 익아가 교통사고를 당한 날 충격으로 학교에 나오지 않은 m. m의 그 모든 마음이 해석이 불가능한 고대 문자처럼 불가해한 것으로 느껴졌다. 고작 아이돌 때문에? 이 중요한 시기에? 나는 여전히 m이 알려준 '라르크 앙 씨엘(L'Arc~en~Ciel), 엘르가든(Ellegarden), 동경사변(東京事變), 메탈리카(Metallica), 너바나

(Nirvana), 라디오헤드(Radiohead), 오아시스(Oasis), 블러(Blur)'를 들으면서도 아이돌의 세계에 푹 빠진 m의 마음만큼은 이해하지 않으려 했다. 서울에서 열리는 익아의 콘서트를 같이 가자던 m의 제안을 거절하는 것을 시작으로, 나는 m에게 거리를 두었다. 내가 m에게 거리를 두면 두는 만큼 m은 착실하게 멀어져갔다. 언젠가부터 m은 선을 넘지 않으려는 사람처럼 애썼고, 나는 그런 m의 태도를 알면서도 그대로 조용히 거리를 유지한 채 고3을 보냈다. 벌어진 간격을 무시한 채 우리는 수능을 쳤고, 졸업과 동시에 연락이 끊겼다.

－뭉, 오랜만이다. 나 다음 주에 미국으로 유학 가.

m에게 연락이 온 건 고등학교를 졸업하고도 두 해가 더 지나서, 그러니까 우리가 스물하나였을 때다. 다니던 학교를 자퇴하고 미국으로 떠난다는 m의 폭탄 선언을 소화하기도 전에, m은 또 한 번 폭탄을 던졌다.

－나 이제 한국에 올 일은 없을 거 같아. 그러니까 네가 미국에 놀러 와.

다시는 한국에 오지 않겠다는 말을 하면서도 m은 어쩐지 연신 밝은 말투였다. 거의 2년 만에 연락이 닿았지만 우리는 시간을 거꾸로 돌려 2년 전 같은 반에서 똑같은 옷을 입고, 같은 메뉴의 급식을 먹던 그때처럼 재잘거렸다.

- 그래, 내가 미국 꼭 갈게. 옛날에 네가 말했던 글래스톤베리 그거 꼭 같이 가자.

나는 그때 지키지 못할 약속을 했고,

-그래~ 우리 락페는 꼭 가야지! 놀러 와.

m은 늘 그렇듯 내가 별 뜻 없이 하는 말이란 걸 다 알면서 또 그러려니 하고 내 말을 받아주었다. (나중에 알았지만 당시 내가 유일하게 알고 있던 락 페스티벌의 이름인 '글래스톤베리(Glastonbury)'는 영국에서 열리는 페스티벌이고, m은 미국 서부로 유학을 간다고 했으니 내가 무턱대고 했던 약속은 앞뒤가 하나도 맞지 않는 무의미한 말이었다.)

그때 잘 알지도 못하던 외국의 락 페스티벌 따위를 있어 보이려고 꺼내들 게 아니라 내가 정말 하고 싶었던 말은 이런 게 아니었을까. '사실 열아홉의 내가 질렸던 건 네가 아니라 뭐든 빠져들지 못하고 간만 보고 끝내는 내 얄팍한 성향이었어. 언제나 진심을 다하는 네 모습과 뭐든 끝까지 가보지 않고 도중에 포기하는 내 모습을 비교하다 지쳤던 거야. 그리고 아직 그때 네가 듣던 익아의 노래가 내 플레이리스트에 남아 있어.'

열아홉의 m이 열렬히 사랑했던 아이돌, 악아를 주인공으로 쓴 팬픽은 이제는 역사의 뒤안길로 사라진 모 그룹의 '레전설'이 되어 아직도 검색하면 쉽게 찾을 수 있을 정도로 회자되고 있다. 그리고 십여 년이 지난 후, 2019년의 나는 '방탄소년단'을 소재로 책을 만들어 보겠다고 무려 네 달, 두 번의 계절이 바뀌는 동안 기획을 하고, 팀원들과 수다와 주접을 떨고, 편집회의를 하고 있다. 지금 내 모습을 보면 m은 뭐라고 말할까? "어떻게 저렇게 열심이지?" 그러면 나는 아마도 이렇게 말하려나. "어떻게가 어딨어, 그냥 우리 혈관 속 DNA 때문이지."

이제는 부정하지 못하겠다. 내 혈관 속에는 m에게 이식받은 덕후 DNA가 흐르고 있다는 걸. 지금은 상상할 수 없을 정도로 유연하고 말랑말랑한 심장을 지녔던 시절에 m을 만났던 것은, 아무리 생각해도, 그 모든 건 우연이 아니니까! 방탄소년단 노래를 흥얼거리며, 내 생애 첫 덕메 이야기에 마침표를 찍는다.

"
어제보다 더,
내일보다 덜
사랑합니다.
"

기
起

Track

2

이쯤이면
인생이 걸렸다

"내가 바로 방탄 처돌이?!"

몽 자, 우리 다 사회생활하는 30대인데, 진짜 어느 날 갑자기 방
탄에 빠졌잖아. 한 마디로 덕통사고가 일어난 건데, 어떤 후유
증이 있었는지 궁금해. 각자 '방탄에 처돌아서(!) 이 짓까지
했다' 하는 경험 있어?

나부터 먼저 말하면… 정말 내 인생에 전무후무한 일이었는
데, 바로 일본 아미에 가입한 거야.

누나즈 네?ㅋㅋㅋ

봄이 몽을 아는 사람이라면, '그때 그거 나 맞나요?' 거의 이 수준
아니야?

몽 응, 완전 다른 자아가…. 나에게 그런 면이 있는지 처음 알았어.
우리나라는 잠실에서만 콘서트를 하니까 기회가 적잖아. 그런
데 일본에서는 도시별로 투어를 돌더라고. 그것도 무려 아홉
개 도시였어! 그래서 일본 아미가 되기로 마음먹었지. 일본 팬
클럽 사이트에 번역기 돌려가며 들어가서 가타카나(カタカナ)
로 막 이름 적고. 그때 내가 어떻게 그랬는지는 아직도 이해가
되지 않습니다만… 방탄을 보고 싶다는 생각에 그만!

시리 그때 내가 몽이랑 같이 그 짓(!)을 했는데, 우리 그때 진짜 갈 수 있을 줄 알았어. 일본콘 가서 브이로그까지 찍자고 들떠 있었죠…. (아련) 그러나 아홉 개 도시, 총 36만석 중에서 우리의 단 두 자리가 없었다는 사실!

누나즈 와….

몽 나는 사실 일본 아미에 가입만 하면 당첨은 다 되는 거라고 생각했거든. 마음은 이미 일본 어느 도시에서 아미밤 흔들고 있었는데, 기대가 와장창 무너졌지. 일단 당첨 발표날 사이트가 폭파 상태라 확인조차 불가능했고, 메일로 당첨 결과를 알려주는데 구글 번역기까지 돌려서 '탈락'이라는 결과를 확인할 때는 정말 마음이….

시리 심지어 시야 제한석*도 넣고 시야 제한석보다 더한, 그런 좌석이 있다는 것도 놀랍지만, 아예 무대 뒤쪽에서 오디오만 들리는 좌석까지도 넣었는데! 다 떨어졌어! (대흥분) 말이 돼?!

봄이 아… 이 자리에 함께 있다는 것만으로도 충분하다는 사람들이 넣는다는 그 좌석….

쥬 숨을 함께 쉰다는 것만으로도 충분하다는….

⋯⋯⋯⋯⋯⋯⋯⋯⋯⋯⋯⋯⋯⋯⋯⋯⋯⋯⋯⋯⋯⋯⋯⋯⋯⋯⋯⋯⋯⋯⋯⋯

* 공연장의 구조상 무대 및 아티스트가 일부 가려져 보이는 좌석. 하지만 뭣이 중하리. 하늘에서 내려다보듯 아티스트가 면봉처럼 보인다는 '하나님석', 어딘가에 줄줄이 매달려서라도 아티스트를 보고자 하는 염원을 담은 '굴비석'도 없어서 못 가는 것을…!

시리   엄청난 현타가 왔지. 36번이나 떨어졌으니까….

룡   그게 메일이 하나씩 오는 거거든? 그게 36개 쌓인다고 생각해
봐! 대학교 원서 넣었는데 36군데에서 탈락 소식 받은 거랑 똑
같은 느낌이라고! 그렇게 돈은 날렸지만 '방탄 영접은 하늘이
허락하는 것이다' 라는 소중한 교훈을 얻었지. 어쨌든 나한테
엄청난 일이었지. 1997년부터 여러 아이돌을 좋아해 왔지만
항상 방구석 1열이었거든. 아무리 진심으로 좋아해도 아이돌
을 보겠다고 적극적인 행동을 했던 적은 없었어. 그런데 이렇
게 현해탄을 건널 생각까지 하다니. 방구석에서 음악 듣고, 자
료 보는 게 내 애정의 한계라고 생각했었는데 이런 일까지!

시리   방탄이 한계를 넘어서게 했다!

룡   선을 넘었죠! 이전의 나라면 상상도 못 했을 일이고. 이런 일
은 다시는 없을 것 같아. 내 인생 마지막!

봄이   찌르르 삘이 왔어?

시리   내 생애 이런 티켓팅 더는 없어! 아니 그런데 룡은 여기에서
끝이 났잖아. 나는 멈출 수가 없었어….

봄이   지옥의 서막이었지.

시리   그 뒤로 오히려 더 불타올라서 미국이나 유럽은 못 가도 아시
아 투어는 내가 가겠다는 마음으로 태국, 대만, 싱가포르 티켓
팅까지 다 했는데 전부 떨어진 거야. 심지어 중화권 티켓팅 할

때는 중국어로 문제까지 풀었는데!

누나즈 ㅋㅋㅋㅋㅋㅋㅋㅋㅋㅋ

시리 중국어 잘하는 선배한테 부탁해서 문제 같이 풀었는데 떨어졌어. 참 나, 지금 생각해도 기가 막힌다. 아무튼 티켓팅에 다 실패하고 처음으로 알게 된 세계가 '양도'였어. 나도 뭉처럼 신세계였지. 어느 날 회사 게시판에 방탄소년단 홍콩콘 티켓을 원가 양도한다는 글이 올라온 거야! 원가 양도라니 정말 천사아니냐?

쥬 그분은 정말 양심 있는 천사야. 아미들은 다 천사야.

시리 맞아. 정말 기적적으로 티켓을 받아서 홍콩을 가게 된 거지. 일본부터 싱가포르, 태국 등 다 떨어지고 나도 내가 홍콩을 가게 될 줄은 몰랐다 진짜.

용 나도 기억이 난다. 시리가 전날까지 "나 홍콩 가면 뭐 하지? 콘서트 보는 것 말고는 계획이 하나도 없는데"라고 말했어. 정말 방탄 콘서트 빼고 홍콩 여행에는 아무 관심이 없던 거지. 콘서트 티켓을 샀더니 홍콩 여행이 덤으로 딸려 왔어요. 방탄 투어 일정에 맞춰서 휴가까지 맞춘 덕질.

봄이 홍콩은 거들 뿐.

시리 그때 회사가 좀 바쁜 시기였거든. 팀장님이 "진짜 (휴가) 꼭 가야겠니?"라고 물었는데 "네, 꼭 가야 합니다!" 하고 갔어.

생각해 봐. 그렇게 천사가 주신 기회를 회사 때문에 놓칠 수 없잖아? 일은 다시 돌아오지만, 그때 그 방탄 콘서트는 딱 한 번뿐이라구! 근데 생각보다 나처럼 해외 콘서트에 휴가를 맞춘 사람들이 많아 보이더라. 홍콩행 비행기에 20대 후반에서 30대 초반 정도로 보이면서 BT21* 굿즈를 들고 있는 사람들이 제법 보였고, 어느 카페를 가도 한국어로 방탄 이야기하는 우리 또래 사람들이 많았거든. 심지어 콘서트장 내 옆자리에도 한국 사람들이었다? 여기 홍콩인데…. 신기한 경험이었어.

봄이 하긴 홍콩은 가까워서 많이들 가지 않을까.

시리 맞아. 그리고 더 신기했던 경험이 있지!

봄이 뭐죠?!

시리 내가 원가 양도를 한 번 더 받은 거야! 바로 서울에서 했던 「Love Yourself: Speak Yourself」 콘서트(스픽콘)!

룡 진짜 대박.

시리 그러고 보니 난 콘서트를 양도만 받아서 겨우 다녔네. 어쨌든 서울콘 티켓팅 실패하고 트위터를 보는데 어떤 분이 "성인 아

---

* 라인프렌즈(LINE FRIENDS)와 방탄소년단이 콜라보해 만든 방탄소년단 캐릭터. 캐릭터 자체가 귀엽기도 하고, 방탄소년단이 직접 디자인부터 캐릭터 콘셉트 구상에 참여했기에 아미들의 폭발적인 사랑을 받고 있다. BT21 유튜브 채널에서 캐릭터의 탄생과 서사의 진화 과정을 확인할 수 있다.

미이면서 아미임을 인증할 수 있는 분께 원가 양도를 하겠다"
고 올린 거야. 바로 DM을 보냈는데 아미인 걸 인증해 달래.
그래서 내가 아미인 것부터 인증했는데, 내가 2019년 멤버십
가입이라 찐아미는 아니라고 생각했는지 "더 없으신가요?"
이러는 거야.

뭉   헉, 진정성을 보고 싶으셨구나.

시리   어. 워낙 장난치는 사람도 많고 해서 그런가 봐. 여튼 고민하
다가 홍콩콘 갔던 사진을 주르륵 보냈더니 양도하겠다고 하
시더라!

봄이   찐아미 인정 받았네.

시리   응. 어쨌든 현장에서 줄을 같이 서야 해서 양도한 분을 직접
만났는데, 사실 되게 어색하고 뻘쭘할 줄 알았거든? 그런데
만나자마자 먼저 "어휴, 표 구하느라 너무 힘드셨죠~"하면서
따뜻하게 다가오는데 같은 대상을 사랑하는 마음이 얼마나
대단한지 알았어.ㅠㅠ 정말 감동적이었던 게, 내가 물어봤거
든. 플미(프리미엄)* 붙여서 팔라는 사람도 많지 않냐고. 그랬
더니 그분이 완전 단호하게 "돈이 중요한 게 아니라, 꼭 진짜
아미에게 주고 싶었다"고 말씀하시더라고.

··

* 누나즈는 티켓팅을 대신 해주는 '대리 티켓팅', 웃돈을 얹어 파는 '플미' 등 정당하지 않은 티켓
팅 문화에 강력히 반대하는 입장임을 다시 한번 밝힌다.

누나즈　감동이다….

시리　정말 색다른 경험이었어. 방탄을 좋아한다는 이유만으로 초면인 사람이랑 이렇게 자연스럽게 말이 통하고, 금전적인 이득을 떠나 순수한 마음으로 표를 양도해 줄 수 있다는 것까지.

쥬　아, 정말 티켓팅이 힘드니까. 또 그걸 아미들은 다 아니까…. 나도 피시방까지 가서 티켓팅 도전했거든. 그런데도 실패했지만. 그때 나는 회사 근처에 피시방이 하나도 없어서 급하게 택시 타고 다른 동네까지 갔어. 그때가 티켓팅 딱 10분 전. 겨우 도착해서 도전했는데 인터파크 창은 하얘서 로그인도 안 되고, 뒤에서는 "됐다!" 이런 소리가 들려서 우울했어. 피시방 나와서 집까지 30분 정도만 걸어가면 되니까 우울한 마음 가라앉힐 겸 걸어가자, 하고 하염없이 걷는데 같이 티켓팅 했던 선배가 "친구가 티켓팅 성공해서 가게 될 것 같아"라고 하는 거야. 순간 허탈했지. 심지어 길도 잘못 들어서 완전 반대 방향으로 가고 있었어! 그 와중에 앞을 딱 봤는데 간판에 '진 헤어'가 있더라. 와, 이럴 때도 석진이 이름이 보이네!

누나즈　ㅋㅋㅋㅋㅋㅋ

쥬　하, 정말 어이가 없다, 하면서 택시를 타고 집으로 돌아왔지.

봄이　맞아. 보면 쥬는 '이런 짓' 경험 제일 많은 것 같은데. 'BTS 월드(BTS WORLD)'에 나온 태형이 공룡 옷 입고 핼러윈도 즐기지 않았어?

쥬 앗, 아냐 아냐! 그건 정말 우연히 똑같이 사게 된 거야. 태형이가 입은 거 공개되기 3일 전에 배송이 와 있었다구! 하지만… 운명이구나 했지. 후후.

시리 어 그래, 알겠어.ㅋㅋ

쥬 사실 무엇보다 '방탄을 위해 이 짓까지 해봤다'에 제일 걸맞은 건… 몸과 마음의 피로로 휴직을 했는데 방탄 프로젝트 제안을 받고 바로 휴직을 청산하고 돌아왔다는 것?

용 맞아. 좀 오래 쉰다고 했었는데 복직을 해버렸어?!

쥬 응. 회사에서 방탄이 모델인 브랜드의 프로젝트가 시작된다고 해서 같이 해볼 생각이 없냐는 제안이 왔었어. 그래서 돌아왔는데, 운 좋게 같이 프로젝트를 준비하는 팀원들이 다 아미여서 평소보다 더 즐겁고 디테일하게 준비했던 것 같아.
아! 심지어 나 이런 것까지 했었다. 아무래도 팬이 아닌 사람들은 알기 어려운 멤버 한 명 한 명의 매력 포인트를 따로 다 정리했었지. "남준이는 키가 크고 비율이 멋있으니까 이 부분을 잘 살려야 하고, 자전거를 좋아해요. 지민이는 요정미가 낭낭한 아이예요. 석진이는 얼굴이 '월드와이드핸섬'이라서 얼굴을 특히 멋있게 잘 부탁합니다. 정국이는 턱이 황금 각도여서 턱이 멋있게 나오는 각도로 잘 찍어주세요. 슈가는 고양이처럼 새침하고 피부가 하얀 것이 매력 포인트입니다. 호석이는 춤을 잘 추는 친구여서 그루브를 잘 잡아요. 뷔는 말할 것도 없이 잘생겼고 무드를 잘 잡는 장점이 있어요" 이런 식으로 어떻게든 탄이들이 잘 나오게 하려고 별짓을 다했다, 내가.

용　근데 이거는 진짜 애정이 없으면 할 수 없는 거다. 촬영하는 데 이렇게까지 가이드 오는 데가 어디 있냐고!

쥬　없어요. 자발적으로 야근을 해도 행복했습니다. 이 프로젝트 아니었으면 회사에 돌아오지 않았을 거예요. 그리고 결과물 업로드하는 시간도 일부러 6시 13분*이나 생일시**로 올리고 그랬어. 사소한 건데 아미들이 알아주니까 희열이 느껴지더라고. 우리가 이렇게, 아미들이 이렇게 열심히 했습니다 여러분.

봄이　인정. 나도 해봤던 짓 중에 티켓팅이 제일 기억에 남아. 물론 난 모든 게 거의 처음이긴 했어. 콘서트 티켓팅도, 단콘에 가 본 경험도 방탄이 처음이야. 「Love Yourself」 콘서트(럽셀콘) 티켓팅 할 때만 해도 살짝 입덕 부정기인 데다가 일반 예매를

---

* 방탄소년단의 데뷔일 2013년 6월 13일을 기념하는 시와 분
** 멤버들의 생일을 의미하는 시와 분. 예를 들어, 12월 4일생 석진이를 기념하는 석진시는 12시 4분

해야 하니까 "안 되면 마는 거지, 뭐"라고 마인드 컨트롤을 해 보려고 했어. 근데 이건 나의 머리, 이성.

누나즈 ㅋㅋㅋㅋㅋㅋㅋ

봄이 7시 40분부터 초조해지는 거야. 그때 회식 자리였는데 계속 시계 보고 있고, 한 7시 55분에는 안 되겠다 싶어서 화장실을 갔어. 비좁은 회식 장소 화장실에서 5분 동안 대기를 탔지. 근데 티켓팅이라는 게 사실 '8시 정각 땡' 하면 끝나는 게 아니라 버티면서 있어야 하는 거잖아. 그때 그 화장실에서 20분은 버틴 거 같아. 계속 클릭하면서. 나와서도 슬쩍슬쩍 계속 확인하고. 결국 그날은 실패했는데, 첫콘 당일 새벽에 취켓팅* 성공해서 콘서트에 갔지! (감격)

몽 그게 가능합니까?!!

봄이 전날 저녁 6시부터 커뮤니티에 "취켓 나왔다!"라는 말이 보일 때마다 바로 클릭하고 그랬어. 두 자리씩, 세 자리씩 간격이 나올 때마다 정말 미쳐버리겠더라. 클릭하면 다 이선좌** 뜨는데도 기계처럼 계속하는 거야. 이걸 왜 계속하는지 나도 모르는 채로 그냥 계속하는 거야. 이선좌를 한 5천 번은 봤을

---

* 드문드문 풀리는 취소표를 예매하는 것. '취소 표 티켓팅'의 준말
** '이미 선택된 좌석입니다'라는 팝업 창을 이르는 말. 잔여 좌석이 보여서 황급히 클릭해도 대부분 이미 선택된 좌석이라 예매할 수 없기 때문에 어마어마한 희망 고문만 당하며 마음이 괴로워진다.

이쯤이면 인생이 걸렸다

거야.

쥬 공감 간다. 분명 머리로는 안 돼도 상관없다고 생각은 하는데, 몇 시간이고 붙잡고 있는 거야. 오기가 생겨가지고. 게다가 2, 30분에 한 번씩 자리가 또 떠! 희망 고문도 아니고….

봄이 맞아! 안 볼 수도 없고, 볼 수도 없어. 그래서 진짜 인터파크!! 하며 부들부들 떨면서 계속했어. 이선좌, 확인. 이선좌, 확인. 그렇게 거의 AI가 되어갈 때쯤, 갑자기 내가 보던 화면이랑 다른 화면이 나왔고!

누나즈 오!

봄이 한 10초간은 상황 파악이 안 됐어. 된 건가? 결제 누르면 그냥 되는 건가? 이것은 현실인가? 원래 시리랑 같이 티켓팅하기로 했었거든. 새벽 2시라 시리를 깨울 수도 없어서 일단은 그렇게 한 자리 확보하고, 시리 것도 잡으려고 또다시 시작했지. 일단 한 번 희망을 보니까 또 계속 클릭하면서 아침 8시까지 했던 것 같아. 그러니까 거의 12시간은 같은 화면을 본 거지.

시리 그렇게 봄이가 취켓팅에 성공하고, 나는 그날 봄이랑 현장 가서 현장 표 구하려고 별짓을 다 한 게 생각이 난다. 심지어 전날 회사 1박 2일 워크숍하고 돌아오는 날이라 짐을 한 무더기 가지고 희망 한 자락을 품은 채 찾아갔지. 왜냐면 가기 전에 보니 트위터에 '원가 양도합니다' 이런 글들이 있길래 그것만 믿고 갔는데, 여러 번 뒤통수를 맞았어.

뭉 사기였던 거야?

시리 아니, 그건 아닌데, 원가 양도 글에 DM을 보내면, 오고 있다고 하다가 갑자기 다른 사람이 돈을 더 얹어줬다고 하면서 사라져 버렸어. 티켓으로 장사를 하려던 거지! 그걸 한 세 번 당했어. 포토카드까지 인증해 가놓고…. 그때 생각하면 스픽콘 때 원가 양도해 준 아미분은 정말 천사였어.

뭉 아, 맞아! 나는 어느 날 아는 작가님한테 연락이 왔는데, 그분이 방탄소년단을 좋아하면서 있었던 이야기를 담은 에세이를 내셨다더라고.* 근데 그분이 사실은 나 덕분에 방탄소년단에 입덕했다는 거야. 내가 옛날에 그분 앞에서 방탄소년단 좋아한다는 얘기를 열을 내면서 한 적이 있었거든. 그때부터 작가님이 '방탄소년단이 뭐길래' 하고 검색하다가 입덕을 하게 됐고, 뭉 님 덕분에 책이 나왔다면서 연락을 주셨어.ㅋㅋㅋ

봄이 너의 '방탄 때문에 이 짓까지 해봤다'에는 '내가 방탄을 좋아하는 바람에 다른 사람한테 책까지 내게 해버렸다!'도 있는 거네?

뭉 그러게 말이야. 정말 신기했어.

....

* '사적인 서점'의 정지혜 대표님의 『좋아하는 마음이 우릴 구할 거야』(휴머니스트)

"누나, 돈 버는 덕후야…"

용   확실히 예전에 10대 때 덕질할 때랑 비교하면 많이 달라진 부분이 있는 거 같아. 해외 콘서트에 가는 건 어릴 때는 상상도 못 했을 일일 테니까. 30대 직장인 덕후라서 가능했던 짓이지 않을까? 10대, 20대 때의 덕질과 30대의 덕질이 다르다고 느껴지지 않아? 어때?

쥬   그렇지. 10대, 20대 때 나는 서울에 살지 않았으니까 서울에서 하는 콘서트도 갈까 말까 많이 망설였었어. 하지만 이제는 어디에서 하든, 사실 한 번 정도는 돈 써서 갈 수 있다고 생각하니까.

봄이   나는 굿즈를 사게 된 게 많이 달라진 부분이야. 생전 사본 적 없는 타임(TIME)지를 사보기도 했고, ⟨SUGA's interlude⟩ LP가 나온다는 것도 해외 직구였는데 고민 없이 "어멋, 이건 사야 해!" 하고 바로 샀어. 오는 데 1년 걸린 것 같지만.

그리고 여러분, 지금 보시다시피 저희 집에서 녹음 중이잖아요. 그럼 알 텐데, 저 미니멀리스트거든요.

용   맞아, 집이 진짜 깔끔해.

봄이 그런데 자세히 보시면 시리가 선물해준 거긴 한데, 향초 위에 코야* 피규어가 있고요. 앨범 나오면 LP나 카세트테이프 에디션도 사려고 해요. 이번에 〈Butter〉는 LP를 놓쳐서 카세트테이프를 샀어요. 서랍 속에는 슈키** 볼펜이…. 아, 맞다. 그리고 나 그거 있어. 남준이 DTS*** 오리 집게.

쥬 나 이거 너무 웃겼어.

봄이 남준이가 DTS 만들어서 올렸을 때 바로 샀어. 남준이도 집게 사고 바로 못 만들고 1년 기다렸다 만들었단 말이야. 근데 나도 사고 나서 여태 못 만들고 1년 기다리고 있네. 나는 원래 나중에 처치 곤란한 물건은 정말 안 사는 편인데 뭐, 남준이 영업에 당한 거지.

용 미니멀리스트를 추구하는 사람이 오리 집게 산 건 진짜 크다.

봄이 가장 최근에 한 소비는 후지 필름 인스탁스 미니 카메라 'Butter' 에디션. 날 위한 크리스마스 선물이야. 나, 미니멀리스트 맞지…?

누나즈 (할말하않)

. . . .

* 라인프렌즈 캐릭터 BT21의 코알라 캐릭터. 남준의 아들 혹은 딸
** 라인프렌즈 캐릭터 BT21의 쿠키 캐릭터. 윤기의 아들 혹은 딸
*** 2021년 1월 7일, RM이 오리 집게를 사용해서 일곱 마리의 눈 오리를 만들고 'DTS'라 명명했다. DTS는 Duck(오리)과 BTS를 합친 말로 추정. 그 후 오리 집게 구매 대란이 일어났으나 봄이는 적시에 오리를 만들지 못해 1년째 기다리는 중

봄이 사실 방탄 좋아하기 전에는 아이돌 선물 문화도 이해를 못했거든. 그런데 어느 날, 인스타그램에서 꽤 비싼 브랜드의 체크 셔츠 광고가 보이는 거야. 그런데 보자마자 갑자기 나도 모르게 '와, 정국이한테 되게 잘 어울리겠다' 이런 생각을 했어. 그때 처음으로 아, 이래서 사람들이 아이돌한테 선물하는구나! 느꼈어. 무리일지라도 좋은 거, 예쁜 거 보이면 해주고 싶은 마음을 이해하게 됐지. 그리고 언젠가 해외 투어도 가보고 싶고.

시리 맞아. 나도 버킷 리스트에 있어. 미주나 유럽 투어 때 휴가 맞춰서 가기!

쥬 나도 'House of BTS* '에서 처음으로 〈MIC Drop〉 후드를 사기도 했고, 그건 콘서트 때 입고 갔어. 「Love Yourself: Speak Yourself」 중콘이었는데 앞에 걸어가는 학생들 세 명은 BT21 옷으로 몸 전체를 휘감고 있더라. 한 명은 완전히 알제이**였어! 나는 차마 그렇게 완전히 장착하지는 못하겠고, 굿즈 살 때도 이걸 실생활에서 쓸 수 있는가 없는가 생각하는 편이야. 무조건 알제이는 석진이가 한 거니까 사야지, 이렇게 생

---

* 2019년 10월부터 2020년 1월까지 강남역 인근에서 운영했던 방탄소년단 굿즈 팝업 스토어. 오픈 초기, 입장하기 위해 늘어선 아미들의 엄청난 줄이 화제가 되기도 했다.

** 라인프렌즈 캐릭터 BT21의 알파카 캐릭터. 석진이의 아들 혹은 딸

각하지는 않는 거 같아.

시리 나도 10대 팬들은 다르다고 느낀 적 있어. 「Love Yourself」서울콘 때였어. 끝내 표 못 구해서 콘서트장만 둘러보고 가야 하나 하고 앉아 있는데, 갑자기 어린 학생들이 어디론가 막 뛰어가는 거야. 나도 괜히(?) 막 따라 뛰어갔더니 진짜 방탄이 한 뼘 정도 보일까 말까 한, 요만큼 보이는 공간을 어린 친구들이 찾아낸 거였더라? 탄이들 보겠다고!

봄이 그 장소에서 돗자리 펴 놓고 보지 않아?

시리 응. 도시락 까먹으면서 보더라. 경호원들이 가까이 오면 안 된다고 막으니까 어느 정도 거리는 두다가 〈Euphoria〉가 시작되니까 다 같이 응원을 하더라. 끝까지 있지는 못했지만 어린 아미들의 순수함이 좋았어! 같은 마음으로 하나가 된 기분? 바깥에서 들리는 음악에 맞춰서 응원하는 모습이 정말 즐거워 보였거든.

쥬 어쨌든 그 순간을 함께하고 있으니까 그런 거 아닐까?

몽 맞아. 이해가 가. 바깥에서 응원해도 내가 좋아하는 아이돌을 똑같이 좋아하는 사람들이랑 함께 응원하면 슬프지 않을 거 같아. 그 순간을 같이 즐기는 거니까.

봄이 그래서 함께 즐기는 공간이 조금씩 더 확장되는 것 같아. 콘서트나 팬 미팅 같은 행사를 할 때 잔디밭 라이브 뷰잉(live viewing)도 생기고, 영화관 라이브 뷰잉도 생겼잖아. 공간 제약을 넘어서서 같이 즐길 수 있는 곳들이 많아진 거지. 콘서트 하는 날이면 아미들에게는 그날이 그냥 축제인 거고. 나는 2018년에는 콘서트에 직접 가고, 2019년 중콘은 영화관 라이브 뷰잉으로 봤는데, 보면서도 참 신기한 경험이라고 생각했어.

"내일은 내일의 영상이 또 있으니까!"

룡　다들 30대 늦덕인데도 피켓팅에 뛰어들어 처참하게 실패하고, 또 실패에도 굴하지 않고 어떻게든 티켓을 얻어보겠다고 애를 써서 일부는 성공적으로 콘서트까지 입성하셨네요. 진짜 수고 많으셨습니다. (토닥토닥)

그런데 방탄하면 또 개미지옥 같은 콘텐츠잖아. 방탄에 입덕한 뒤에 돈도 돈이지만 덕질하느라 시간이 모자랐던 경험은 없나요?

시리　나는 처음엔 잠을 못 잤어. 방탄 영상 보느라 하루에 두 시간 정도 자고 출근하고. 늦덕이라 빨리 따라잡고 싶은 마음이 컸던 거 같아. 공식 콘텐츠들은 하루라도 빨리 다 보고 싶어서 새벽까지 봤어. 입덕하고 나서 거의 6개월은 그렇게 지낸 거 같아. 매일 밤 서너 시간씩 영상 보다가 잠도 별로 못 잔 채로 출근해서는 점심에 밥도 안 먹고 또 혼자 사무실에서 보고.

봄이　나도. 처음에 유튜브 항해하는 시기가 좀 지나면 '자체 콘텐츠'를 집중해서 보는데, 집에 오는 길에 '아, 집 가면 반신욕 딱 하면서 「달려라 방탄」* 다음 편 봐야지! ' 하는 기쁨에 퇴근하고 그랬어. 또 방탄은 미국이나 유럽에서도 활동을 많이 해서 해외에 가면 오히려 떡밥이 더 많잖아.

UN 연설도 새벽 2시에 한다고 해도 기다려서 실시간으로 보고 그랬어. 「빌보드」도 월요일 점심시간인가 그랬는데 사람들 다 점심 먹으러 가는데 나 혼자 그거 보겠다고 앉아 있고. 진짜 시간을 정말 많이 썼다.

쥬　나도 비슷해. 그 시간에 영어 공부를 했으면 지금쯤….

시리　UN에서 연설할 수 있겠다.

봄이　그건 아니….

몽　나는 체력이 약해서 그렇게까지는 못했는데 시간을 어떻게든 쪼개서 봤어.

칼퇴하고 온 날에는 집에 오자마자 꼭 일하듯이 컴퓨터부터 켜고 영상 정주행을 했지. 저녁 차리면서는 짧은 영상 클립 틀어놓고. 달방도 핵심만 모아놓은 짧은 영상부터 시작해서 우선 뭐가 재밌는지부터 파악하고 찾아보는 식으로 진짜 업무처럼 소화했던 기억이 난다.

· ·

* V LIVE 앱에서 매주 화요일 릴리즈되던 방탄소년단 자체 리얼버라이어티 예능. 줄여서 흔히 '달방'이라 부른다. 무료인 데다가 무려 2015년부터 방영되고 있기에 누적 영상이 상당하다. 입덕 후 대부분의 아미는 쌓인 「달방」을 보느라 죽어난다는 후문. 현재는 다시 돌아오길 기약하며 무기한 휴방 중

쥬　나도 스케줄 소화하듯이 분배해서 봤어. 처음엔 「달방」 하루에 세 편씩, 한 편은 밥 먹으면서 보고, 두 편은 밥 먹고 나서 보고 이런 식으로 일정이 있었어.

룡　그리고 사운드클라우드(SoundCloud)*라는 앱을 방탄 때문에 설치하지 않았어? 방탄 때문에 전혀 사용하지 않던 앱을 설치하고 맨날 들여다 보느라 보낸 시간도 만만찮아.

시리　V LIVE랑 트위터도! 2010년 초반에 유행 따라가려 만든 트위터 아이디를 계속 방치해 두다가 방탄 때문에 다시 시작했어.

봄이　맞아. 방탄 덕질의 첫 번째 필수 관문이 트위터였으니까. 내가 처음 방탄 팔로우할 때만 해도 팔로워가 1천3백만 정도였는데 지금은 4천만이 넘었어. 그때만 해도 이게 최대가 아닐까 했는데….

쥬　유튜브 프리미엄은 어떻고. 처음엔 「번더스」** 때문에 가입했지. 이것저것 보다 보니까 나는 나중에 내 인생이 없는 것 같

---

* 누구나 자신이 작업한 음악을 자유롭게 올리고, 다른 사람의 음악을 무료로 들을 수 있는 글로벌 음악 공유 서비스 플랫폼. 아마추어 작곡가부터 전문 뮤지션까지 다양한 아티스트들이 활발하게 사용하고 있다. 방탄소년단은 예전부터 사운드클라우드를 통해 믹스 테이프를 포함한 멤버들의 개성이 담긴 자작곡과 커버곡을 무료로 공개하고 있다.

** 방탄소년단의 해외 투어 다큐멘터리 「번 더 스테이지(Burn The Stage)」의 줄임말. 유튜브 프리미엄 가입자들을 대상으로 첫 릴리즈되었다. 후속작으로 「브링 더 소울(Bring The Soul)」「브레이크 더 사일런스(Break the Silence)」가 있으며, '위버스'에서 시청 가능

이쯤이면 인생이 걸렸다

앉어. 그리고 일단 아침에 일어나자마자 게임 BTS 월드*에 접속해서 게임 날개 소진하고, 그다음에 트위터 소식 보고 밤 사이에 위버스(Weverse)**에 혹시 태형이가 왔다 갔나 확인하면서 하루를 시작했어.

룡 그런데 아미는 아니다?

쥬 아미는 아닙니다.

누나즈 ㅋㅋㅋㅋㅋㅋㅋ

쥬 나는 「달방」부터 「본 보야지(Bon Voyage)」***까지 쭉 정주행하다 보니 갑자기 내 인생이 너무 없어진 거야. 그래서 이후엔 요일을 정해서 봤어. 화요일엔 「달방」이랑 「본 보야지」, 목요일엔 비하인드 영상. 나머지 월·수·금요일은 다른 콘텐츠를 소비하려고 노력했어. 근데 정말 어이가 없는 게, 어디를 가도 방탄이 따라오는 느낌이더라. 내가 다른 것 좀 봐야겠다, 해서 영화 「조커」를 보러 갔는데, 「조커」에 나오는 지나가는 단역 아저씨 이름이 '진'이야.

....

* 2019년 출시된 모바일 게임. 방탄소년단의 매니저가 되어 일곱 멤버들의 일을 해결하고 그들을 슈퍼스타로 육성하는 내용을 담고 있다. 멤버들의 실제 목소리로 달달한 메시지가 전달되기도 하고, 멤버들이 열연을 펼치는 깨알 같은 장면도 볼 수가 있으나 난이도가 쉽지만은 않아 봄이는 중도 하차.
** 하이브(HIBE) 소속 아티스트들의 팬 커뮤니티로 시작된 소셜 네트워크 서비스 플랫폼
*** V LIVE 앱에서 방영한 방탄소년단 자체 여행 예능. 현재는 위버스에서 감상 가능

봄이 '진 헤어'에 이어⋯. 너만 보인단 말이야~ ♪

시리 주말에도 영상 보느라 집 안에만 있었던 시간 많지 않아? 나는 입덕 초기에 이별을 겪은 지 얼마 안 되었어서 슬펐는데, 아니 이건 뭐 방탄 영상을 켜면 끝이 없네? 주말에 할 일 없어서 우울할까 걱정했는데 행복했어.

쥬 응. 뫼비우스의 띠야. 끝이 없어.

봄이 그리고 일단 재미있어. 계속 다음을 찾아볼 수밖에 없어서 시간이 잘 가더라고. 만약 지금 입덕하면 그간 또 쌓인 게 있으니까 이제는 전부 다 보려면 1년, 아니 2년은 걸릴 듯? 그때는 피곤하긴 했어도 짜증 나진 않았어. 왜냐면 행복했거든. 내일은 내일의 영상이 또 있으니까.

룡 영상도 영상이고, 방구석에서 온갖 콘텐츠를 다 보다 보니까 이제 2차 창작에도 관심이 뻗치더라. 『방탄소년단 안 파던 과거의 나 존나 불쌍하다』 같은 독립출판물도 나오자마자 사서 봤어. 여름엔 방탄소년단을 주제로 잡지도 만들고 싶어서 혼자 기획안을 짜보기도 했고. 그러더니 결국 이렇게 책을 만들고 있네요. 정말 덕질 때문에 이렇게까지 할 줄은!

시리 나도 원래 영상 편집하는 거 좋아하는데, 사실 하드디스크에 멤버들 개인 곡 가지고 뮤비 만든 것도 있어.

누나즈 오? 처음 알았어!

시리 태형이 〈네 시(4 o'clock)〉 나왔을 때 뮤비도 만들어 보고 그랬어.

누나즈 제발 보여주세요!! 그 좋은 걸 왜 혼자 봐!

시리 나중에, 나중에. 아무튼 회사에서 돌아오면 기운이 없는데도 방탄을 소재로 영상 편집하는 일은 재밌더라. 그럴 기운이 난다는 거 자체가 <u>스스로</u> 신기해. 나는 사실 일기도 쓴 지 오래 됐는데, 콘서트 끝나니까 그 마음을 기록하고 싶어서 글을 쓰기도 했고. 쥬도 일기 많이 썼다며?

쥬 응. 콘서트 갔을 때의 감정을 자세히 썼지. 잊지 않으려고. 치매에 걸려도 까먹지 않으려고!

누나즈 네? ㅋㅋㅋㅋㅋㅋㅋㅋㅋ

봄이 직장인이라면 이게 얼마나 대단한지 다 알지. 퇴근해서 또 뭔가를 하는 게 정말 힘들잖아.

용 우리가 모여서 방탄소년단을 주제로 이렇게 오랫동안 이야기 나누고 책 만드는 것도 대단하다고! 나는 지금 우리가 모여서 하고 있는 이 일이 제일 신기하고 대단한 일 같아.

봄이 사실 이 이야기하려고 이 주제 시작한 거 같다?

누나즈 자화자찬으로 마무리.

"그리고 찾은 워덕밸(Work and Deokjil Balance)"

봄이   여러분, 내 생활이 온통 방탄으로 가득해서 행복했던 덕질 초
        기와 지금의 덕질이 또 다를 것 같은데 다들 어떠세요? 소위
        워덕밸(워크 앤 덕질 밸런스, Work and Deokjil Balance)을 찾으셨
        는지. n년 차 아미의 덕질 라이프를 공유해 주세요! 제가 듣기
        로 시리는 방탄 소식을 뜬금없는 곳에서 접하고 있다고…?

시리   아, 내가 사실 요즘 돈 덕질을 좀 하고 있는데….

쥬   돈 덕질이요?

시리   네. 제가 재테크에 좀 진심인 편이라. 주식을 시작한 지가 좀
        됐어. 내가 자주 가는 커뮤니티에 주식 방이 있거든. 정보 얻
        으려고 거길 제일 먼저 가. 주식 방에 가면 하이브(HYBE)* 주
        가가 이렇다 저렇다 하면서 탄이들 소식이 떠. '오늘 하이브
        주가 떡상!' 이래서 찾아보면 LA 콘서트가 재개했다든지 하
        는 식이야. 돈 덕질을 하는 와중에도 방탄을 떠날 수가 없지.

....

* 방탄소년단 소속사 '빅히트 엔터테인먼트'가 기업의 리브랜딩(re-branding)을 목적으로 2021
년에 변경한 새로운 회사명. 빅히트 레이블 부문은 '빅히트 뮤직'이라는 레이블로 존속된다. 누나
즈는 이하 내용에서 방탄소년단의 소속 레이블로서 회사를 언급할 때 '빅히트'라는 명칭을 사용
하고자 한다.

덕분에 일석이조로 소식도 접할 수 있답니다.

봄이 아무래도 커뮤니티 특성상 거기 사람들이 하이브 주식을 많이 사는 듯해.

쥬 하이브 좋아요. 아주 행복합니다.

시리 좀 갖고 있으세요?

쥬 네. 100%까지 올랐었는데 중간에 조금 팔았어요.

봄이 나도 20만 원쯤에 샀었는데 22만 원쯤에 우와! 하고 팔아버렸지…. 그것이 지금 40만 원을 찍을 줄이야.

쥬 주식에 존버는 기본이지. 묭이는 어때? 요즘 덕질의 모습?

묭 저는 완전히 워덕밸을 찾은 상태예요. 덕질할 때 챙기지 못했던 인간관계나 현업을 조금 더 챙기게 됐어. 요즘에는 내가 좋아하는 작가들이나 소설가들을 좋아하는 데 마음을 더 쏟고 있기도 하고.

봄이 조금 더 업과 관련된 쪽으로 덕력이 이동하셨군요.

묭 네네. 그래도 여전히 탄이들의 소식은 은근하게 쫓아다니면서 응원 중이야. 그러니까 자주 보지는 못해도 늘 응원하는 친구 같은 사이가 된 거지. 근데 얼마 전에 멤버들이 개인 인스타를 다 만들었더라고? 바로 다 팔로우를 했는데, 인스타까지 팔로우하니까 더 진짜 친구 같아졌어. 피드 올라와서 하트 딱 누르면, 이 친구랑 나랑 오늘의 '하이(Hi)!'를 한 느낌이야.

쥬 생각해 보면 이런 게 보통 인간관계에서도 충분히 일어날 수 있는 일인 것 같아.

몽 맞아. 한참 친하다가도 어느 순간 소원해졌다가 또다시 친해질 수 있듯이, 딱 그런 사이클.

시리 그리고 처음 입덕했을 때처럼 항상 불타 있으면 일상생활 못해. 이런저런 업 앤 다운이 있는 건 자연스러운 거지.

봄이 있어야만 하기도 하고.

쥬 나는 방탄소년단 관련된 일을 거의 1년 정도 했잖아. 예전에는 회사 일이 있고, 그 외 내 생활이 방탄이었는데 회사 일이 방탄이 돼버린 거지. 일 때문에라도 방탄의 모든 걸 팔로우해야 했거든.「달방」, 유튜브, 트위터, 팬들이 올리는 인스타까지 전부 팔로우하면서 최신 정보를 따라잡으려고 했지. 재밌었어. 근데 1년 정도 그러고 나니 내 생활이 좀 없어졌다는 걸 깨달아서…. 이제는 한 발짝 떨어져서 지켜보고 있어.

봄이 하지만 매일 같이 올라오는 쥬의 인스타 스토리에는 탄이들의 짤이 절대 빠지지 않던걸.

쥬 ㅋㅋㅋㅋㅋㅋ

봄이 왜 한창 덕질할 때 보면, 각각의 플랫폼에 다 하나하나 들어가서 체크하고는 했는데, 이제는 다시 유튜브로 귀결이 된 것 같

아. 소비하는 콘텐츠가 취향에 맞게 정리가 되었달까? 나는 여전히 빠짐없이 체크하는 건 '방탄TV'. 그리고 하이브 입장에서는 싫을 수 있지만… 팬들이 편집해 놓은 거 많이 보게 된 것 같아. V LIVE 요약본이라든지.

시리 나도 그래. 난 입덕을 하게 된 계기가 아무래도 무대였기 때문에 예능 같은 건 다 팔로우 못 하더라도 무대 영상은 꾸준히 팔로우하고 있어.

룡 최근에는 뭐 봤어?

시리 「더 레이트 레이트 쇼 위드 제임스 코든(The Late Late Show with James Corden)」에 나온 거.

봄이 나도! 내가 시리한테 링크 보내줬는데 '이미 봤지롱~'이라고…. 최근에는 코로나 때문에 비대면 무대가 대부분이었으니까 무대를 완벽하게 꾸며서 공연하는 경우가 많았잖아. 각 잡힌 무대가 많았는데 이번에 좀 자유롭게 무대를 하는 게 재미있더라고.

시리 맞아. 프리스타일로 하는데 보기 좋았어.

봄이 확실히 멋진 무대가 나오면 또 막 친구들한테 여기저기 보여주고 싶고 그래. 아무튼 모두 각자 나름의 워덕밸 안에서 건강한 덕질을 하고 있는 걸로~!

Special.
What's in A.R.M.Y Jiu's Bag?

스 * 벅스 아이패드 파우치

대란 속에서 무사히 구한 파우치!
수납도 좋고 두께도 적당해서
여름 빼고 1년 내내 계속 쓴 꿀템.

달마중 뱃지

한눈에 반해 바로 지른 배지.
가방에 달아 두었다

RJ 키링

선물로 받은 귀여운 알제이 키링
알제이 얼굴을 보면 마음이 착해져서(?)
안전 운전하게 되는 마법이 펼쳐짐ㅎㅎ

MIC Drop 폰케이스

클라이언트 미팅 갈 때
괜히 세 보이고 싶을 때 사용하는
폰 케이스

ON 깃털펜

취향 저격 탕탕 당해서
최대 구매 개수 꽉 채워서
위버스에서 구입한 펜

수백 수천 개의 방탄 영상을 보고 또 보며, 내 머릿속은 하나의 생각으로 가득했다.

"와씨, 방탄 생눈으로 보고 싶어!!"

그러나 '인터내셔널팝케이센세이션선샤인레인보우트레디셔널트랜스퍼USB허브쉬림프 BTS'라는 호칭에 걸맞게, 그들을 만나는 길은 고난의 가시

「LOVE YOURSELF」 콘서트 도전기

2018.7.2 1차 일반 예매	첫 티켓팅. 아직 공식 아미가 아니었기에 일반 예매 도전! '아, 이것이 월드스타의 클라쓰구나'를 깨닫고 약 1시간의 팅김 후 쓸쓸히 퇴장
2018.8.3 2차 일반 예매	검색을 통해 크롬과 모바일, 그리고 서버 시계를 준비해야 한다는 사실을 배움 만반의 준비를 했으나 포도알은커녕 흰 화면만 보다가 광탈 22
2018.8.25 현장표 있습니까?	현장 양도한다는 트윗을 보고 콘서트가 열리는 당일, 무작정 서울 올림픽주경기장으로 향함. 그러나 무슨 이유인지 잠수 거래(거래 파기) 당함. ㅜㅜ 충격으로 정신줄을 놓다가 피리 소리에 홀린 듯 어디론가 달려가는 아미들을 발견하곤 따라감. 그곳은 바로 '겉돌 (콘서트장 겉 돌아다니기)'의 현장이었음. 철문 사이로 방탄과 선택받은 5만 아미들의 사랑을 확인하고 울면서 귀가 🖐
2018. 9.1 와따시와 니혼 아미데쓰!	겉돌 후유증에 시달리던 중 일본 투어는 아홉 개 도시에서 한다는 사실을 알게 됨. 오호 그럼 성공 확률이 아홉 배? 구글 번역기의 도움으로 일본 아미(JAPAN OFFICIAL FANCLUB) 가입. '오사카는 음식이 맛있지만, 아무래도 도쿄돔이 상징성이 있겠지?' 따위의 고민을 하며 일본 콘서트에 갈 생각에 들뜸 ✍
2018.9.~10. 일본 팬클럽 → 일본 모바일 팬클럽 → 일본 시야 제한석 추첨	현실이냐? 아홉 개 도시 all 광탈 시야 제한석마저 광탈하던 그 날, 충격으로 식음전폐에 빠짐. 이렇게 된 이상 아시아 투어를 노린다!

발이었다. 멋모르고 뛰어들었던 초심자의 티켓팅부터 해외 투어에 이르기까지. 방탄을 만나기까지 길고도 험난했던 나의 여정을 소개한다. 아직 방구석 1열에서 만족하는 아미라면, 마음 단단히 먹으시길. 더욱 더 슈퍼스타가 되어버린 방탄을 보기 위해, 이제 디너쇼까지 존버해야 할지도 모르니까!

2018.10.20 대만 콘서트 티켓팅	1분 만에 광탈 제길, 이렇게 된 이상 싱가포르를 노린다!
2018.10.26 싱가포르 콘서트 티켓팅	3시간 티켓팅 지옥에 갇혔지만 결국 광탈22. 이렇게 된 이상 태국을 노린다!!
2018.12.15 태국 방콕 콘서트 티켓팅	광탈광탈 광광탈! 333. 이렇게 된 이상 마지막으로 홍콩을 노린다!!!
2018.12.20 홍콩 콘서트 티켓팅	광탈4444. 저기요, 나, 방탄소년단 볼 수 있게 태어난 것 맞나요?
2019.1.3 원가 양도의 기적	홍콩콩 원가 양도 글을 발견함. 번개같이 판매자에게 연락했으나 내가 2순위라는 답변이…. 역시 이번 생은 포기해야 하나 할 무렵, 갑자기 1순위가 포기했다는 문자가 띵링! 엄마, 나 홍콩콩 가는 거야? 그런 거야? ♡♡
2019.3.21 「LOVE YOURSELF」 홍콩 콘서트	내가 진짜 홍콩에 온 건가? 얼떨떨한 마음으로 콘서트 도착. 와씨, 심지어 자리도 대박 좋음. 두근두근하며 콘서트를 기다림. 유튜브로 수백 번 봤던 오프닝 VCR 시작까진 생생히 기억이 나는데… 그 뒤 시간이 어떻게 흘렀는지는 나도 잘 모르겠음. 눈을 떠보니 콘서트는 끝났고 나는 호텔방에 누워 있을 뿐…. ㅠㅠ 그저 방탄을 생눈으로(feat. 나시카 망원경) 봤다는 감격으로 가득 찼던 홍콩의 밤

「LOVE YOURSELF: SPEAK YOURSELF」 콘서트 도전기

2019.08.01 팬클럽 추첨 응모	럽셀콘으로 배운 게 있다면, 방탄콘에 갈 기회는 하늘이 내려주는 것이란 것. 팬클럽 추첨에 응모하기 위해 미리미리 아미 멤버십 가입. 주말 첫날 선호도가 높을 것이고, 막콘이 가장 치열할 것이라는 나만의 과학적(?) 근거를 토대로 일>토>화요일 순으로 응모
2019.08.14 팬클럽 1차 당첨자 발표	광탈 아직 미상은 이름
2019.08.22 팬클럽 2차 당첨자 발표	광탈22. '그래, 추첨은 기대 안 했잖아?'로 정신 승리
2019. 09.26 팬클럽 선예매 티켓팅	회사 근처 PC방 물색. '갑자기 분위기 야근'으로 눈치보며 회사 똥컴으로 티켓팅 역시나 광탈 333
2019.09.27 일반예매 티켓팅	광탈 4444. 덕메의 티켓팅 성공을 축하하는데 내 눈엔 왜 눈물이 흐르는 부분…?
2019.9.28~10.22 포도알의 노예	취켓팅의 굴레. 밤낮으로 인터파크 보느라 양쪽 시력 각각 0.3은 낮아짐. 진짜임. 확실함
2019.10.23 원가 양도의 기적 2	속는 셈치고 트위터에 원가 양도를 검색. 맙소사! 원가 양도한다는 천사를 또 한 번 만남. 몇 차례의 인증 끝에 파이널 오브 파이널 막콘 티켓을 겟! 플미충들을 물리치고 찐아미에게 표를 양도하고 싶던 천사 아미님… 역시 아미들은 사랑이시다. 내 최애 방탄, 내 차애 아미.ㅠㅠ♡♡
2019.10.29 「LOVE YOURSELF : SPEAK YOURSELF FINAL」	〈Dionysus〉 전주가 시작되는데 눈물이 왈칵. 겉돌 하다 돌아가야 했던 여름의 잠실부터 일본 팬클럽 가입, 아시아 투어 광탈, 얼결에 가게 된 홍콩, 그리고 다시 스픽콘 추첨/선예매/일반예매/취켓 실패 끝에 천사 아미를 만나기까지가 주마등처럼 스쳐감. 그런 고난과 역경(?)에도 불구하고 나 진짜 방탄 보고 싶었구나, 그리고 마침내 만났구나 하는 감격의 눈물. 아아, 왔노라 보았노라 이겼노라.(!?) 아, 근데 다음 콘서트 예매는 또 어떡하지…?

「MAP OF THE SOUL TOUR」 콘서트 도전기

2020.01.29 팬클럽 추첨 응모	스픽콘으로 배운 게 있다면 추첨 당첨을 위한 과학적 근거는 아미의 절대적 수 앞에 아무 소용이 없다는 사실…! '그라운드석(경기장 바닥 위에 설치한 좌석) 되면 어떡하지?'라는 뉴비들의 걱정에 코웃음을 치며, 추첨이 안되면 티켓팅, 티켓팅이 안되면 양도까지 간다는 마음으로 가볍게 응모! 가라, 우주의 기운이여!
2020.02.06 팬클럽 당첨자 발표	(광탈) '이제 더 이상 실망도 없다ㅎㅎㅎ'고 의연해지려는 찰나, 덕메들의 당첨 소식이 가슴을 싸늘하게 스쳐 가는데…. 신에게는 아직 티켓팅이 남아 있습니다!!
2020. 02.25 팬클럽 선예매 티켓팅	결전의 날엔 왜 항상 야근인가요? 컴퓨터는 물론 휴대폰도 볼 수 없는 급한 업무 상황에 빠져버린 나, 결국 남자친구에게 운명을 맡긴다. '방탄 티켓팅 성공에 너와 나의 사랑이 달렸다!'며 신신당부. (혼자선 티켓팅 성공해 본 적 없으면서??) 그런데 이게 웬걸? 초심자의 행운이 이런 것인가? 남자친구가 1층 로얄석을 손쉽게 겟해버린것! 아 정말 사랑해 남친아, 방탄만큼 사랑해!!!! 나도 이번엔 쉽게 콘서트 가보는 구나.ㅠㅠ ♡♡
2020.02.28 서울 콘서트 취소 확정	설마설마했던, 조마조마했던 일이 결국 일어나 버리고 말았다. 코로나19의 전 세계적인 확산으로 서울 콘서트 취소가 확정된 것. 너무나 충격적인 소식에 망연자실. 방탄을 보는 길은 왜 이리 험난한지. 눈물이 찔끔, 아니 줄줄 흐름 ✂
2020.08.20 전 세계 콘서트 취소 확정	충격의 연속. 지금까진 내가 콘서트에 갈 기회를 놓친다는 느낌이었지, 기회 자체가 사라질 거란 생각은 안 해봤기에. 천재지변으로 더 이상 방탄을 볼 기회가 없을 수도 있다고 생각하니 그동안의 콘서트가 더욱 더 소중하고 아련하게 느껴졌다. 어서 코로나가 끝나고 같은 공간에서 방탄을 보게 될 수 있기를. 기다림의 시간이 너무 길지는 않기를 ♡♡
2021.12.03 서울 오프라인 콘서트 개최 공지	드디어 오프라인 콘서트('PERMISSION TO DANCE ON STAGE - SEOUL」)가 2022년 3월 서울에서 개최된다고 공지됨. 2019년 이후 햇수로 3년 만의 서울콘.ㅠㅠ 생각보다 너무 긴 기다림의 시간이었음. 코로나 기간 동안 많은 온라인 콘텐츠가 있었지만, 생눈으로 방탄을 보는 것에 목말랐던 많은 이들이 환호했고, 때문에 그 어느 때보다 치열한 티켓팅 경쟁이 예상되는데…. 나는 과연 3년 만에 다시 방탄을 생눈으로 볼 수 있을 것인가? 나의 존버는 다시 한번 승리할 수 있을 것인가! 3월 투 비 컨티뉴드…!

"

Hi! I'm your hope,
you're my hope,
I'm your J-hope!

"

j-hope

承

Track

3

合

덕질 만족도
최상입니다

봄이 안녕하세요, MC 봄이입니다. 후훗.

룡 '후훗' 뭐야.

봄이 Track 2에서 정신없이 방탄에 빠져들던 우리 모습에 대해 이야기 나눠봤는데요, 매일 같이 방탄, 방탄 외치고 다니면 주변에서 물어요. "대체 방탄이 뭔데 그래? 뭐가 다른 거야?"

시리 나 또한 그랬었지….

봄이 하지만 갑작스러운 물음에 대답하기가 결코 쉽지만은 않은데…. 왜냐?! 갓벽한 무대? 심금을 울리는 음악? 우주 최강 케미의 멤버들? 뭐부터 이야기할지 넘나 고민이 되기 때문입니다. 하….

쥬 벌써 고민된다.

봄이 이렇게 종합선물세트처럼 다가온 방탄소년단! 그중에서도 당신을 가장 빠져들게 한 방탄의 썸띵(something)이 궁금하다! 한마디로, 여러분 방탄 왜 하세요?*

....

* 한때 트위터에서 #50ReasonsBTS 해시태그 이벤트가 흥한 적이 있었다. MC 봄이도 되게 하고 싶었는데 #100ReasonsBTS가 아니라 못 했다는 TMI. 아니, 어쩌면 100개도 부족할지도.

"가장 새로운 아이돌의 가장 오래된 음악"*

용   솔직히 고르기 너무 어렵지만 하나만 고르라면 난 무조건 음악! 특히 앨범의 만듦새가 되게 수준 높다고 느끼면서 관심이 확 갔거든.

사실 음원 스트리밍 시대가 되면서 앨범 첫 곡부터 끝 곡까지 이어서 듣는 의미가 좀 없어졌잖아. 앨범이라는 게 단순히 '여러 곡이 모인 것'에 그치는 경우가 많았는데, 방탄은 앨범에 수록된 곡 전부를, 그것도 순서대로 들어야 진가를 알 수 있는 아이돌이라는 점이 좋아. 특히 《화양연화》시리즈는 내가 너무 좋아하는 베스트 앨범이거든.

봄이   난 처음에 무대로 입덕했는데, 코어행 특급열차 타게 된 건 결국 음악 때문이더라. 특히 메시지! 학교의 현실, 청춘과 방황, 자기애 같은 메시지를 중심으로 곡과 곡, 앨범과 앨범이 유기적으로 연결되어 있다는 점이 너무 흥미로웠어. 지난 10년 동안 대중음악이 잠깐 소홀했던 지점들이 있었잖아. 시대적인

---

* 비즈 엔터 이은호 기자님의 기사 '[BZ시선] 방탄소년단, 가장 새로운 아이돌의 가장 오래된 전략'를 참고.

메시지를 던진다는 게 좀 거창해 보일 수 있지만, 난 되게 중요하다고 생각하거든. 어느샌가 잊어버렸던 그런 것들을 되살려 기본으로 돌아간 느낌이랄까?

용 응, 나도 《화양연화》 앨범 처음 들었을 때 '어? 얘네 되게 올드스쿨(old school)이다'라고 생각했어. 난 원래 힙합 즐겨 듣는데 힙합도 시대에 따라 유행이 휙휙 바뀌거든. 옛날 드렁큰타이거(Drunken Tiger)의 무브먼트(Movement) 시절 음악이랑 지금 유행하는 싱잉 랩(singing rap)만 비교해 봐도…. 근데 방탄 노래 처음 듣자마자 옛날에 내가 1990년대 아이돌 좋아할 때 들었던 음악에 대한 향수 같은 게 훅 올라오더라고. 어린 친구들 음악이고 또 분명히 최신 음악인데 이게 무슨 느낌이지? 하면서 빠져들었던 것 같아.

봄이 맞아. 정제된 음악들이 지배하고 있는 와중에 날 것의 느낌이 옛날에 서태지나 H.O.T. 들을 때 느낌.

시리 왜냐면 방탄이 나오기 전까지 음원 차트를 휩쓸던 게 후크 송(hook song)이었잖아. 근데 방탄처럼 어떤 메시지를 각 잡고 들고나온 건 정말 드문 거였지.

쥬 그리고 주제도 보면, 직전 음악들이 이별이나 만남 같은 '사랑'에 대한 이야기만 열심히 하는 추세였잖아.

그 이전에 성공했던 서태지나 H.O.T., god 같은 그룹을 보면 사랑뿐만 아니라 다른 메시지를 던지는 것도 많았고, 확실히 국민 그룹이 됐었단 말이지. 그러다 후크 송의 시대가 왔지만, 다시 방탄이 좀 다른 주제를 던지는 역할을 하지 않았나 싶어.

덕질 만족도 최상입니다

"공연형 아이돌, 무대를 뒤집어 놓으셨다!"

시리   나도 분명 음악이 중요했지만 입덕을 확정 지은 건 콘서트랑 퍼포먼스 덕분인 거 같아. 어쨌든 지금 아이돌 산업이라는 게 비주얼적인 면을 절대 무시할 수 없고, 퍼포먼스도 주력 포인 트라고 할 수 있는데 방탄은 그중에서도 확연히 다른 걸 보여 주잖아. 이제는 대명사처럼 됐지만 '칼군무'라든지.

봄이   응응. 스트레스 받을 때 방탄 칼군무 찾아보면 스트레스 풀림. 〈Save Me〉 댄스 브레이크 처돌이 나야 나.

시리   그리고 콘서트 가보면 알겠지만 현장에서 느껴지는 에너지나 아우라가 엄청나잖아. 진짜 자기들이 즐거워서 하는 느낌? 그 게 내가 제일 좋아하는 포인트야. 물론 그들의 속내까진 알 수 없지만, '어쩌면 저 친구들은 진짜 음악이 좋아서 저렇게 열 정적인 퍼포먼스와 에너지를 보여주는 건지 몰라' 같은 거지. 왜 우리가 1990년대 아이돌한테도 그런 환상이 있었잖아. 그 런 걸 좀 불러일으키는 것 같아.

룡   완전 있었지, 그런 환상. 그리고 그땐 특히 더 발음향 시대여 서 가수들이 아예 립싱크할 거 아니면 생목 창법으로 노래를 해야 송출할 수 있었대. 그래서 1990년대 아이돌들이 트레이닝 시스템이 좋지 않았음에도 불구하고 의외로 라이브를 잘하는데, 방탄을 볼 때도 그때의 헝그리 정신 같은 힘이 느껴지긴 했어.

봄이 그래서 난 방탄이 '공연형 아이돌'이라는 게 핵심인 것 같아. 아이돌 산업이 보통 TV 안에서 펼쳐지는 걸 전제로 성장해왔다고 생각하거든. 음방에서 어떻게 멋있게 안무를 하고, 카메라에 어떻게 매력적으로 비칠까에 주력하면서 말이야. 물론 그것도 중요하지만, 방탄은 실제 대중 앞에 면 대 면으로서는 공연의 장을 굉장히 중요하게 여기는 태도가 좋아. 본질적인 것에 집중한다는 느낌이거든.

그래서인지 TV 무대와 실제 공연 사이에 괴리감이 없다는 거지. 괴리감은커녕 TV에서 느낄 수 없는 에너지가 현장에서 엄청나게 느껴지잖아. '콘서트뽕'이라는 게 괜히 생기는 게 아닌 것 같아. 아, 진짜 방탄 공연은 직접 눈으로 봐야 하는데!

쥬 맞아. 나도 원래 워너원 팬이었잖아. 워너원 보러 시상식 갔는데 방탄 무대 보고는 '얘네는 진짜 넘사구나'라고 느꼈어. 방탄이 세계적으로 사랑받는 이유가 확실히 이 무대 장악력에 있다는 걸 깨달았고, 무대를 또 보고 싶어지더라고. 그렇게 간

다음 공연이 하필이면 그 「멜뮤」*여가지고….

룡 아, 그 레전드 무대를!! 진짜 좋았겠다.

쥬 그 레전드를 하필이면 또 1열에서 봐버려 가지고. 그러다 보니 콘서트도 너무 가고 싶고, 그렇게 아미 멤버십에 가입하게되고…. 네, 결국 이렇게 되었죠.

룡 아니, 멤버십 가입까지 해놓고 왜 자꾸 아미가 아니라는 거야. ㅋㅋㅋ

쥬 훗, 그건 아직 비밀이야.

누나즈 ㅋㅋㅋㅋㅋㅋㅋ

시리 근데 나는 방탄 음악에 대해 이야기할 때 1번 음악, 2번 퍼포먼스, 3번 무대 장악력 이렇게 칼같이 나눌 수 없다고 생각해. 왜냐면 방탄소년단 음악에 퍼포먼스나 무대가 다 포함되는 거지, 그것들을 따로따로 나눌 수 없는 지점에 이미 이른 게 아닌가?

....

* 쥬의 심장을 강타한 이 시상식은 「2018 멜론 뮤직 어워드」 방탄 공식 댄스 라인 3J(제이홉, 지민, 정국)의 맨발 삼고무(三鼓舞)에서 부채춤, 그리고 탈춤으로 이어지는 3연타 인트로 무대부터 흥신흥왕 〈IDOL〉 무대까지 완벽한 서사를 이루어 또 하나의 레전드 연말 무대로 널리 회자되고 있다.

"방탄 is in the details"

쥬   그치. 중요한 건 음악, 퍼포먼스, 뮤비 뭐 하나라도 우릴 실망 시키지 않는 부분 같아. 난 처음에 퍼포먼스로 관심을 가졌고 후에 자체 예능 콘텐츠로 정신없이 빠져들었는데, 그러고 나 서 음악적인 면을 다시 보게 된 게 〈피 땀 눈물〉 뮤비 때문이었 거든.

몽   어, 나도 나도!

쥬   누가 방탄은 〈피 땀 눈물〉 때부터 퀄리티가 또 달라졌다고 하 는 얘기를 듣고, 처음으로 뮤비를 제대로 봤는데… 장난이 아 닌 거야. 디테일한 표현뿐만 아니라, 『데미안』* 이라든가 담고 있는 주제가! 내가 평소 좋아하는 구절 하나가 "God is in the details(신은 디테일 속에 존재한다)"라는 말인데….

시리   갓… 뭐라구요?

쥬   '갓. 이즈. 인 더. 디테일즈' 요. 그 정도로 디테일이 살아 있는 걸 좋아하거든. 근데 〈피 땀 눈물〉을 봤으니 뭐… '진짜 작정

---

* 헤르만 헤세의 장편소설. 방탄소년단 정규 2집 앨범 《WINGS》의 모티브가 되었다고 알려져 폭발적인 판매고를 올렸고, 10, 20대가 가장 많이 읽은 세계 고전 문학에 등극했다고 한다.

하고 제대로 했구나'를 느꼈어. 그러면서 다른 뮤비도 정주행하기 시작했는데, 어느 것 하나 실망시키는 게 없더라구.

봄이 『데미안』하니까 짚고 싶은 게, 기존 아이돌 음악에 없었던 이 '메시지'라는 게 나한테 지적인 희열을 주는 것 같아. 요즘 다들 쿨(cool)병 걸렸다고는 하지만, 뭔가 계속 의미를 찾아다니지 않아? 그런 지점에서 결국 사람들 마음의 빗장이 열린 게 아닌가 싶어. 처음 '학교' 시리즈* 나왔을 때 보면 좀 오글거릴 수 있는데, 진득하게 들여다보면 하고 싶은 말이 뚜렷하잖아. 방탄이라는 그룹이 세상에 대해 뭔가 말하겠다는 방향성이 확실히 보이고.《화양연화》에서 터진 것도 다 그런 선상에 있어서라고 생각하거든. '아, 이번 앨범엔 있어 보이게 『데미안』같은 거 넣읍시다'가 아니라, 탄이들 자체가 주인공인 청춘 서사의 큰 그림을 그려 놓고 여기에 멤버들도 스스로 동기화돼서 노래와 함께 성장해 가는 모습들, 결국 그런 게 놀라운 지점이었던 것 같아.

룡 맞아. 이야기가 있는 음악. 스토리텔링(storytelling)이 정말 매력 포인트라고 생각해. 또 아까 동기화 이야기했는데, 정말 멤

---

* 데뷔 싱글〈2 COOL 4 SKOOL〉, 첫 미니앨범 《O!RUL8,2?》, 그리고 2014년 발매한 《Skool Luv Affair》까지 10대의 삶과 행복, 사랑에 대한 고민이 담긴 앨범을 발매하여 '학교 3부작'이라는 서사를 완성했다.

버들도 회사에서 이걸 정해줬기 때문에 따라서 하는 것뿐이 아니고 체화가 되어 있는 것 같아. 스스로가 이번 앨범에서 하는 이야기에 대해선 확실히 심정적으로 동일시된 상태로 활동을 하는 것처럼 보이거든. 새 앨범 나오면 RM이 라이브 방송 같은 데서 앨범 비하인드 소개*할 때 같은 데서도 느껴지고. 이건 진짜로 회사에서 시켜서 할 수만은 없다는 생각이 들어. 그런 점이 방탄이라는 그룹을 특별하게 만드는 것 같아.

---

* 시리의 최애 방탄 콘텐츠인 RM의 신보 제작 비하인드 라이브. 앨범 발매일로부터 대략 일주일 이내에 찾아온다. 가끔 예고도 해줌. (원형은 슈가가 《화양연화 Part.1》까지 진행했던 유튜브 'Album review' 콘텐츠로 추정된다.) 비슷한 맥락으로 봄이는 방탄의 컴백 기자회견을 매우 좋아하는 편

"고민을 함께 나누는 아이돌"

시리 그래서 나는 좀 신기했어. 《Love Yourself 轉 'Tear'》나 《Map of the Soul :7》앨범 나왔을 때 특히.

용 뭐가?

시리 두 앨범은 좀 어두운 이야기들을 하고 있잖아. 거짓된 나 자신의 모습이랄지, 영광 뒤의 그림자와 불안 같은 것. 이렇게 다크한 페르소나에 대해 이야기를 하는 것을 대중이 공감하지 못할까 봐 걱정했거든? 근데 《Love Yourself 轉 'Tear'》앨범은 'Love Youreself' 시리즈 중에서도 명반으로 꼽히고 《Map of the Soul :7》도 엄청 사랑받았잖아. 과연 이 메시지가 많은 사람들한테 전해져서 그런 걸까, 아니면 방탄이어서 그런 걸까 하는 생각을 해봤어요.

봄이 오히려 방탄소년단이 그런 내면의 고민에 대해 가감 없이 이야기를 해주는 아티스트이기 때문에 더 사랑받는 것 같아. '자기 이야기를 하는 아이돌'과 같은 선상의 이야기인데, 나는 《Love Yourself》시리즈 중 《Love Yourself 承 'Her'》앨범의 〈Outro : Her〉가 최애곡 중 하나거든? 사실상 《LOVE

YOURSELF 轉 'Tear'》앨범의 예고편과도 같은 노래인데, 아이돌과 팬 사이의 미묘한 양가감정에 대해 이야기하잖아. '나는 너의 진실이자 거짓이고, 천국이자 지옥이고 또 자랑이자 수모'라고. 이렇게 긍정적이지만은 않은 부분을 솔직하게 고백해주는 게 좋아. '이 가면 속의 난 니가 아는 걔가 아니기에 난 가면을 절대 벗지 못해' 같은 마음도. '이런 거짓된 내 모습을 알고도 사랑받을 수 있을까?' 같은 고민을 나눠줘서 좋더라고.

시리 〈Outro : Tear〉는 또 어떻고. 심장이 갈기갈기 찢겨나갈 정도로 고통스러운 이별에 대해 이야기하고 있는데, 나중에 슈가가 고백하잖아. 2017년 말에서 2018년 초로 추정되는 탄이들의 슬럼프 시기에 슈가가 멤버들에게 들려주고 싶었던 말을 가사로 쓴 거라고….

쥬 〈Interlude : Shadow〉는 사실 예전부터 방탄소년단이 많이 이야기해 온 부분이기도 하지. '지금 너무 높은 곳에 있고, 두렵다. 그렇지만 추락이 아닌 착륙을 준비하자'는 이야기들. 근데 〈Black Swan〉 같은 경우는 좀 다른 의미로 충격적으로 다가오긴 했어. 춤추고 노래하는 사람들인데 더는 음악을 들을 때 심장이 뛰지 않는다든지, 언젠가 춤을 출 수 없게 된다든지 하는 말을 하는 게 이전과는 또 다른 결이라서. 퍼포먼스도 워낙 처절하고 멋있었고….

용   맞아. 뭐랄까, 내가 응원하는 사람이 자신의 취약한 모습이나 약한 부분을 솔직하게 이야기할 때 더 그 사람을 지지하고 싶다는 마음이 드는 건 어쩔 수 없는 것 같아. 이걸로 방탄소년단과 팬들 간에 더 인간적인 유대감이 생길 수 있는 메시지를 주게 된 것 같기도 해. 지난 2년간은 코로나 때문에 희망찬 곡을 위주로 계속 내왔는데, 다음에는 탄이들이 어떤 생각과 고민을 또 나눠줄지 궁금하다.

"Teamwork makes the dream work"

봄이 멤버들 이야기 나온 김에, '이런 조합 다시 있을 리 없다' 싶을 만큼 우주 최강 케미를 자랑하는 우리 방탄이들! 그룹 분위기는 어떤 거 같아?

쥬 일단 일곱 명 다 너무 웃겨. 텐션도 좋고 열심히 하려고 하는 게 보여서 너무 좋아. 모두 착하고 재밌는 모습이 제대로 된 입덕 포인트였어!

뭉 나도. 팀 프로젝트를 한다 치면 모두가 일정 수준의 텐션을 같이 가지고 간다는 게 되게 쉽지가 않다고 생각하거든. '시~작!' 할 때는 모두가 의욕이 있어도 어느 순간부터 누군가는 의욕이 떨어지고 땅굴을 팔 수도 있잖아. 특히 아이돌 그룹은 팀 생활을 너무 오래하니까. 근데 방탄은 그런 기복이 많이 없는 것 같아서 신기하다고 생각했어.

봄이 그니까. 처음에 '이 미친 텐션의 아이들은 대체 뭐지?' 하다가 순딩미까지 넘치는 매력에 속절없이 폴인럽(fall in love) 해버렸지. 흔히 '가족 같은 분위기'라는 말 많이 하는데, 얘네는 진짜 가족보다 더 가족 같은 사이가 된 것 같아. 맨날 껴안고

덕질 만족도 최상입니다

(?) 애정표현 넘치는 건 이제 익숙해져 버렸고…. 눅눅해진 시리얼마저 공유*하는 부분에서 난 진짜 백기 들었어.

룡 아, 진짜 시리얼 먹는 거.ㅋㅋㅋ 나도 너무 놀랐잖아.

봄이 최근에는 먹다 남긴 열무비빔밥과 잔치국수까지 먹어서 방탄 내 공식 잔반 처리반이란 별명을 얻은 RM과 정국이의 모습까지 업데이트됐지…** 사이가 이렇게 좋은 게 물론 각자의 성격 덕분도 있겠지만, 방탄소년단이라는 그룹 자체가 걸어온 녹록지 않던 길 자체가 만들어 준 애틋한 동료 의식도 있지 않나 싶어. 방탄을 여기까지 오게 한 서로의 소중함을 누구보다 잘 알 수밖에…. 누구 하나 포기하지 않고 매진해 준 탄이들한테 그저 고마울 뿐이야. 잠깐만, 눈물 좀 닦고….

쥬 왜 저러는데.ㅋㅋㅋ

봄이 아니, 내가 「인더숲」***을 보면서 느낀 게, 그들의 역할 분담이 너무 편안하게 잘돼 있는 거야. 그냥 자연스럽게 진, 슈가가 끼니 챙기는 담당, 그리고 지민이와 정국이가 필요할 때 돕

---

* '방탄 음식 나눠 먹기 최고 난이도는?'이란 질문이 한때 유행한 적이 있다. 보기로는 '(1) 입가에 붙어 있는 마카롱 부스러기 가져와서 먹기, (2) 우유에 만 눅눅한 시리얼을 숟가락 공유해서 먹기, (3) 엉망진창으로 먹던 옥수수 나눠 먹기'였는데… 과연 당신의 선택은?

** 「인더숲(In the Soop)」 시즌 2 참고

*** 숲에서 여유롭게 휴식을 즐기는 방탄소년단의 힐링 스토리를 담은 예능 리얼리티 프로그램으로 시즌 2까지 방영되었다.

는 담당, 그리고 RM이랑 뷔가 뒤처리 담당. 다른 멤버가 요리하고 있으면 RM은 느긋하게 책 보고 있다가 밥 먹어! 하고 부르면 흐느적흐느적 와서 먹고 자연스럽게 설거지하러 가지. 호비도 처리반이기는 한데, 호비는 요리하는 도중에 옆에서 계속 치우는 담당.

누나즈   ㅋㅋㅋㅋㅋㅋㅋ

용   되게 디테일한데?

봄이   왜 나만 요리해? 왜 나만 설거지해? 같은 것도 없이 이제 너무 자연스러운 걸 보고 지난 10년이 넘는 세월 함께하면서 정말 가족이 되었구나 싶었어.

용   맞아. 「인더숲」 시즌 2에서도 석진이가 갑자기 닭갈빗집 하자는 얘기를 꺼냈는데 순식간에 본인들 역할 분담을 정리하는 거야. 요리는 진이랑 정국이가 하고 서빙은 태형이가 하겠다고 하고 카운터에는 뭐 슈가가 있겠다고 했나? 그러니까 남준이가 바로 '그럼 난 불판 닦을게'라고. 순식간에 본인들끼리 가상의 닭갈빗집을 세운 다음에 그러고 있는 걸 보니 아주 합이 잘 맞아 보였어요. 닭갈빗집 이름이 '닭갈BTS'였던가.

시리   ㅋㅋㅋ난 무엇보다 멤버들 간 평등한 분위기가 입덕 포인트였어. 리더가 있어도 강요하지 않잖아. 태형이 자작곡〈네 시〉비하인드 영상만 봐도, "난 이렇게 생각하는데, 넌 어때?"라며 둘이 서로 이야기를 하면서 결과물을 만들어가지, 날 따라와! 내가 RM이고 리더니까 이게 아니라는 거.

봄이   맞아. 그러면서도 형 라인, 막내 라인이 서로 좋은 영향을 주고받는 것도. 방탄이 처음에 힙합이란 장르를 들고나온 그룹이다 보니 아무래도 프로듀서 겸 래퍼 포지션이었던 형 라인 멤버들이 창작 면에선 리드 역할을 하게 된 부분이 있잖아. 또 막내 라인 멤버들은 보컬로서, 댄서로서 리드 역할을 확실히 살리면서 해나가고. 멤버들 안에서 서로 배울 건 배우고, 줄 수 있는 건 주는 관계라는 게 좋아.

쥬   서로 더 발전하려는 욕심도 있고.

봄이   맞아. 정국이의 빅히트 입사 동기가 랩몬스터 형 때문*이고, 태형이도 곡 만들고 싶을 때 형들한테 가서 조언 얻는다는 모습을 보면 서로에게 되게 좋은 영향을 주고 있다는 생각이 들거든. 홉이도 본래 프로듀서 출신은 아니지만, RM과 슈가가 하는 걸 보고 한 걸음씩 따라왔다고 하는데, 지금은 오롯이 훌륭한 프로듀서가 되었잖아. 지금은 일곱 명의 멤버들이 모두

---

* '일곱 개 명함의 기적'이라는 정국이의 데뷔 일화. 「슈퍼스타K」 예선 탈락 후, 일곱 개 기획사로부터 명함을 받은 정국은 빅히트를 견학(?)하다가 랩을 하던 랩몬스터를 영접한 후 입사를 결심했다고 한다. 그 어린 나이에 남준이를 단번에 알아본 정국이의 안목에 치어스(cheers). 역시 될놈될인 것인가.

자작곡을 발표했지! 꺄아아~

쥬 〈Still with You〉* 맨날 듣는다고요. (눈물) 각 멤버들이 분야별로 잘하는 것과 못하는 게 확실하니까 서로 자연스럽게 보완하고 성장하는 게 있는 것 같아. 그룹 내 '절대 지존'이 하나 있고, 나머지 멤버들이 우르르 따라가는 형태가 아닌 거지. 프로듀싱에선 RM이나 슈가가 잘하니까 다른 멤버를 도와줄 수 있고, 또 춤에서는 홉이한테 다른 멤버들이 도움을 얻을 수 있고.

묭 맞아. RM이 천재 프로듀서에 춤신춤왕이기까지 했다면 분위기가 지금 하고는 좀 달랐을지도 모르겠다. 확실히 이런 조화와 밸런스가 갖춰진 그룹 분위기를 보고 많이들 입덕하는 것 같아. 난 처음에 진짜 MBTI 검사**라도 미리 한 게 아닐까 싶을 정도였어.

쥬 이건 방시혁 대표의 인복이라고 생각해.

시리 거의 드래곤볼 모은 수준 아니야?

· ·

* 2020년 11월 5일 데뷔 7주년을 기념하여 정국이 팬들에게 선물한 자작곡
** 방탄소년단은 '2016 BTS 페스타'에서 각자의 MBTI(16가지 성격 유형 검사)를 처음으로 공개한 바 있다! 시간이 꽤 흘러 지금은 각 멤버들의 유형이 다음과 같이 바뀌었다. RM=INFP→ENFP, 진=INTP, 슈가=INFP→INTP, 제이홉=ESFJ, 지민=ENFJ, 뷔=ENFJ→I가 나왔고 뒤의 세 개는 모르겠으나 슈가가 '어른이 아닐까?'라고 하여 최종적으로 I-어른, 정국=INFP→ISFP와 INTP 듀얼 아이덴티티. 하지만 최근(2022년 5월) 유튜브 '방탄TV' 채널의 'MBTI 특집'에서 멤버들의 최신 버전 검사 결과가 다시금 공개되었다. 지금 바로 유튜브에서 확인하세요!

봄이 그걸 알아보고 이렇게 모아놓은 게 제일 무서워. 방오공….

쥬 능력적인 것뿐만 아니라 성격적인 것도. 남준이가 희망을 찾아야 하는 부분은 호석이가 채워주고, 긍정적인 생각은 석진이가 채워주고. 또 독기와 헝그리 정신은 슈가가 채워주고. 좋네, 좋은 그룹이었네.

룡 MBTI가 확실하다니깐.

봄이 근데 몇 명은 계속 변했어. 정국이도 INFP였는데 ISFP랑 INTP를 오간다고. 슈가는 INTP가, 남준이도 ENFP가 됐어.

쥬 그걸 다 기억하는 너도 대단하다.

봄이 나 MBTI 과몰입자여서…. 결국 MBTI든 뭐든 이런 일곱 명이 모였다는 게 신의 한 수라는 결론인가?! 본인들끼리도 그렇게 이야기하잖아. 이렇게 일곱 명이 모인 게 기적 같고, 한 사람이라도 빠진 걸 상상할 수 없다고.

쥬 진짜 한 사람이라도 빠진 건 상상할 수 없어.

시리 정말 "Teamwork makes the dream work(팀워크가 꿈을 이루게 한다)"*네요.

. . . .

* 2013년 3월. 그러니까 방탄소년단이 데뷔도 하기 전, RM이 트위터에 올렸던 글귀. 이후 2016년 첫 대상, 2018년 「빌보드 뮤직 어워드」 수상, 2019년 「멜론 뮤직 어워드」 8관왕 등 방탄소년단에게 중요한 일이 있을 때 RM은 아미에게 감사를 표하며 종종 같은 글귀를 올리곤 한다.

오늘은 한번 달려볼까… 감성충만 한강 드라이브엔

1

Seoul (prod. HONNE)
사랑과 미움이 같은 말이라면…? 어느새 일부가 되어 떠날 수도 없게 된 서울을 향한 남준이의 쓸쓸하고도 애틋한 고백.

2

Butterfly
아련한 감성에 푹 빠져 한밤의 강변북로를 달려보자. 당신은 현실인지 꿈인지 분간할 수 없을 만큼 황홀한 순간에 어쩌면 눈물 한 방울 툭 흘릴지도 모른다.

3

RUN
다시 RUN, 계속 RUN. 멈출 수 없는 그들의 애처로운 뜀박질에 우리들의 질주도 멈출 수 없다.

약도 없는 월요병, 출근길 스트레스 타파 SONG

1

Dynamite
우유 한 잔 쫙 들이켜고! 신발 끈 꽉 묶고! ARE YOU READY?
사는 게 뭐 별 건가? 신명 나는 디스코 파티나 한 판 때리는 게 인생이지★

2

So What
출근 그 므시라꼬! 쓸데없는 걱정에 에너지 소모는 이제 그만~ 묻지도 따지지도 말고 그냥 한번 가.보.자.고.

3

Save Me - I'm Fine
지난 주 왔던 각설이 묻지도 않고 또 왔네. 이 지독한 월요일로부터 날 구원할 사람은 퇴근하는 나뿐임을 깨닫게 될 것이니… 아임 파인.

이불 밖은 위험하다고? 이 리듬 타고 나태 지옥 탈출하자.

1 진격의 방탄

하지만 방탄소년단이 진격하면 어떨까? 방탄과 함께 당장이라도 이불을 걷어차고 전기장판 바깥으로 진격할 준비… 3, 2, 1. 뛰어!

2 Outro : Wings

내 등에서 돋아난 날개를 믿고 힘껏 날아올라 보자. 내가 선택한 길이 바로 정답이니까. 시작은 미약하여도 그 끝은 심히 창대하리라.

3 Not Today

걸어갈 수 없으면 기어서라도 가라는 탄이들의 등쌀에 못 이기는 척 일어나 보자. 이불과의 물아일체, 아무래도 오늘은 틀린 것 같다.

상사에게 속절없이 깨진 날, 쭈그러진 나를 되찾고 싶을 때

1 Intro : Persona

나는 누구… 여긴 어디…. 무섭게 내 이름 석 자를 부르는 상사의 목소리에 오늘도 나는 가면을 쓴다. 네~ 김과장님~!!

2 쩔어

날 매도하고 싶겠지만 아무도 나를 막을 순 없으셈! 왜냐면 나는 사실 좀 쩔거든. 그냥 쩌는 게 아니라 난 희망이 개쩐다고!

3 INTRO : Never Mind

괜찮아, 기죽지 마. 실수 그 까짓 거 좀 할 수도 있지, 안 그래? 신경 쓰지 말고, 부딪힐 것 같으면 더 세게 밟아 임마!

분노 게이지 급상승 ing… 마라 맛 좀 볼텐가?

1 **MIC Drop**
맛없는 라따뚜이 같은 게 감히 날 건드리다니. 덤빌 테면 덤벼보시지.
코를 납작하게 만들어 줄 테니까!

2 **August D**
말이 필요 없다. 내 인생의 모든 태클에 윤기처럼 맞선다. 가운뎃손가
락 살포시 올리고 미친놈이 되어 보는 거야.

3 **욱(UGH!)**
미쳐 돌아가는 세상에 분노가 치밀 때면? 욱해도 된다. 나는 욱해! 너
도 욱해! 엣헴 엣헴!

마감까지 단 2시간! 텐션 UP, 노동요 큐!

1 **불타오르네**
참을 수 없는 비트…. 내 안의 마지막 남은 열정 한 톨까지 싹 다 불태
워서 마감까지 진군한다.

2 **흥탄소년단**
자, 왔어 왔어~ 흥부자들이 왔어. 피할 수 없으면 즐기는 게 답. 이 음악
에 몸을 맡겨 마감까지 쾌속으로 가보자. 아자 아자!

3 **IDOL**
흥이 절로 나는 구성진 우리 가락에 굳어 있던 머리도 팽팽, 키보드 위
손가락도 OHOHOHOH. 얼쑤 좋다~! 마감까지 덩기덕 쿵더러러~!

오늘은 어쩐지 끈적끈적 치명적이고 싶은 밤이에요

1 피 땀 눈물
노래가 시작되자마자 날 꼬시는 지민이의 섹시 보이스가 너무 달짝지근해서 벌써 내 모든 걸 주고 싶다. 원해 많이 많이….

2 Pied Piper
피리 부는 사나이가 이렇게 위험했다니… 달콤한 목소리로 유혹하는, 날 망치러 온 나의 구원자. 나 방탄 없이 못 사는 거 어떻게 알지?

3 Singularity
쨍그랑, 방금 뭐 깨지는 소리 나지 않았어…? 태형이 동굴 목소리 듣자마자 내 심장이 깨지는 소리!

덩그러니 혼자 남겨진 기분인가요

1 Magic Shop
왜 그런 날 있잖아… 내가 나인 것도 싫은 날. 그럴 땐 마음속 작은 문을 열고 들어가 탄이들이 건네는 따뜻한 위로의 차 한잔 마셔보자!

2 Whalien 52
넓은 바다에서 홀로 헤엄치는 외로운 고래가 된 느낌인가요. 누가 뭐래도 내 헤르츠를 믿어보자. 언젠가 내 목소리가 다른 이들에게 닿을 날이 올 거야.

3 봄날
세상 어딘가에는 이토록 외로운 나를 보고 싶어 하는 친구 한 명쯤 있지 않을까? 그리움 세면서 봄날을 기다려본다.

이유 없이 울적한 밤, 삶의 무게를 덜어줄 목소리

1 네 시 (4 O'CLOCK)
새벽 4시, 차가운 공기를 마시며 아무도 없는 놀이터 그네에 앉아 툭툭 모래를 쳐본다. 조금 슬프고, 조금 따스한 새벽 감성에 제대로 젖어버리기.

2 00:00 (Zero O'Clock)
오늘 하루 힘들었어요. 하지만 내일도 크게 다르진 않겠죠. 그래도 12시가 되는 순간 숨을 한번 꾹 참고 내뱉어 봐요. 오늘도 정말 수고했어요.

3 Blue & Grey
괜찮지 않을 때는 괜찮지 않다고 말해도 된다고, 담담하게 속삭이는 듯한 목소리로 차분하게 위로받으며 잠들어 보자.

누구보다 소중한 나에게. 괜찮아, 지금 그대로도

1 소우주 (Mikrokosmos)
전 지구 70억 명 사람 모두를 70억 개의 별처럼 빛나는 존재로 만들어주는 곡. 밤하늘을 수놓는 별은 다른 누구도 아닌 너와 나, 우리니까!

2 Answer : Love Myself
'러브 마이셀프' 대장정의 끝. 있는 그대로의 나 자신을 사랑할 수 있도록 서툰 나를 용서하고 사랑하자. 내 실수로 생긴 흉터도 다 내 별자리가 되었기에. ☆

3 EPILOGUE : Young Forever
공허함 속에서 '영원히 소년이고 싶다'고 외치는 홉이의 목소리에 가슴이 벅차올라 버려…. 넘어지면 어때, 다시 일어서면 되지! 우리는 언제까지고 영원히 청춘 일테니까!

'당신 노래 듣는 게 좋아요.'

⋮

：

"저는 당신이 제 노래를 듣고
좋아해 주는 게 좋아요."

정국

承
合

Track

4

천하 제일
최애 자랑대회

**"최애는 내가 정하는 게 아니다.
최애가 갑자기 와서 심장을 때리며
'오늘부터 내가 니 최애다!'라고 말하는 것이다"**

봄이   근데 우리 너무 진지했던 거 아니야?

누나즈   ㅋㅋㅋㅋㅋㅋㅋ

봄이   이쯤에선 좀 주접 타임 같은 거 가져야 할 것 같아. 너무 진지했어, 우리.

용   이 책 자체가 사실 주접인데요.

봄이   부족해, 부족해. 그래서 오늘은 본격 주접을 떨어보자는 취지로 '천하 제일 최애 자랑 대회' 코너를 준비해 봤어. 물론 아미의 최애는 방탄이라지만, 방탄 사랑 100점에 101점만큼 사랑하는 멤버*는 누구인지 이야기해 보자. 자, 먼저 이 시간만 손꼽아 기다렸다는 쥬?

쥬   (손 번쩍) 네! 김석진!!

누나즈   ㅋㅋㅋㅋㅋㅋㅋ

....

* 배우(a.k.a.아미) 김정난 님이 발언한 띵언 인용.

쥬 나는 사실 처음엔 뷔랑 RM으로 방탄을 알게 됐어. RM의 UN 연설이라든가, 뷔의 미모 찬양을 듣다가.

뭉 정말? 이건 새로운 사실. 진으로 곧장 입덕한 줄!

쥬 어, 그랬는데! 모두 아시다시피 작년 KBS 연말 시상식에서 석진이가 신명 나게 봉을 흔들며! 아모르파티에 맞춰서!! 무 아지경 춤을 추는데!!! 네, 그렇게 되었죠. 난 웃긴 사람한테 빠지는 것 같아. 그 춤 너무 웃겼어.

봄이 근데 그때 진짜 석진이 멋있었어.(?) 나도 다시 반했잖아.

쥬 응! 근데 그렇게 웃긴 춤을 추는 와중에도 옆에 뻘쭘하게 서 있던 노라조(Norazo) 형님들을 챙기는 예의까지 보여주더라고. 아니, 이 친구 웃긴 데다 예의까지 바르다니? 하면서 관심 이 간 거지. 근데 알면 알수록 너무 좋은 거야. 내가 본받을 점 이 정말 많더라. 또 반전 매력이 있는 것. 허당 같은데 운동은 또 잘해. 형인데 소위 무게 잡거나 자존심 내세우지 않고 동생 들을 똑똑하게 잘 챙겨. 아주 훌륭한 친구더라고!

뭉 맞아. 석진이가 막내 같은 맏형이어서 방탄이 더 사이가 좋은 것 같아.

봄이 그리고 석진이가 정말 결정적일 때는 맏형답게 전면에 서 서 묵직한 말 던질 때 있잖아. 그때 정말 든든하다고 느껴. 보 통 방탄 내에서 사이다 발언하는 게 슈가라고 알려져 있는데, 가끔 석진이가 노빠꾸 사이다 날릴 때가 있어. 2019년 「MAMA」에서 음원 사재기 관련 발언한 것 같은 거랑 결혼해 달라는 말 안 받아준 것…(?), 해체에 대한 고민을 털어놓은 것도 그렇고.* 슈가와 진의 사이다 재질을 놓고 비교하는 영상도 유튜브에 있다구.

쥬 흐엉. 근데 최근 남자 보는 기준이 세 가지로 딱 정해졌어요. 키 175cm 이상, 요리하는 사람, 그리고 나머지 하나는… 얘기 안 할래요. 아무튼 세 가지 중 하나에 요리하는 사람이 있는데….

봄이 나머지 하나는 막춤 잘 추는 사람 아니고요?

쥬 그건… 약간 옵션이고요. 요리를 할 줄 알거나 혹은 좋아하는 사람을 만나고 싶다는 생각을 많이 해요. 근데 석진이가 최근 SNS에서 집콕하면서 요리 사진만 현재 시점에서 두 개를 연달아 올렸잖아요? 이런 부분이 너무 좋은 거예요. 나도 내 인스타에 요리 사진 올리는 걸 좋아하는 사람인데 나랑 비슷한 취향을 가졌다며 공감을 했달까….

봄이 그냥 이상형 기준이 세 가지라고 하지 말고 진이라고 하세요.

....

* 2018년 「MAMA」 '올해의 가수상' 수상 소감에서 멤버들은 예상치 못한 큰 성공으로 인해 겪은 슬럼프와 해체에 대한 고민을 털어놓은 바 있다. 갑작스러운 고백에 당시 놀란 아미들이 많았으나, 마음을 다잡아 준 멤버들에게 감사의 마음을 전한 맏형 진처럼 슬럼프를 잘 극복하고 지금까지 좋은 음악 들려주는 소년단에게 아미도 감사하는 마음!

룡　그러니까. '남자 기준 세 가지 중에…'가 아니라 그냥 진이라고.

쥬　아무튼 그래서 제 최애는 맏형 진입니다. 근데 차애도 이야기해도 되나요?

봄이　네, 그럼요.

쥬　차애는 제이홉인데요. 원래 호석인 착하고 재미있는 친구, 이정도 이미지였는데 연습실 영상 같은 거 보면서 '정 팀장' 모먼트*가 보일 때 달라 보이더라. 프로 같은 모습에서 이 친구의 반전 매력을 깨닫게 됐어. 결국은 최애나 차애나 반전 매력에 빠진 거지.

시리　나도! 콘서트 가보니까 진짜 홉이 주변으로 후광이 비치는 거야. 영상으로는 담기지 않는 에너지와 슈퍼스타로서의 아우라가 엄청났어. 너무 위험했어.

봄이　위험했어.ㅋㅋㅋ 호비는 완전 콘신콘왕이지. 퍼포먼스 끝판왕 느낌? 난 홉이 믹스 테이프도 진짜 좋아하는데, 춤만 추던 친구가 곡을 만들고 프로듀서로까지 성장한 게 희열을 느끼게 하는 것 같아. 인간 승리 같기도 하고. 방탄 내에서는 상대적으로 늦

* 방탄소년단의 안무 팀장 정제이홉. 철두철미한 플랜 맨(plan man)인 그가 안무 팀장으로서 방탄 멤버들에게 춤을 지도할 때, '호비호비 스마일호야 호석이'는 온데간데없고, 차가운 도시 남자 프로페셔널 정 팀장만이 존재한다.

게 개인 인지도를 쌓은 편이지만, 홉이만의 그 햇살 같은 아우라를 알게 되면 빠져나올 수 없어. 〈Chicken Noodle Soup〉* 나왔을 때 정말 놀라웠다. 정말 호비 그 자체!

용   근데 홉이는 내면이 진짜 단단한 것 같아. 어찌 보면 상황적으로 더 흔들리기 쉬웠을 수 있잖아. 그런데 표정 하나 흐트러짐이 없고, 기분 나쁘거나 피곤한 티도 거의 안 내고 긍정적일 수 있는지. 정말 신기해.

봄이   방탄 멤버 한 명 한 명까진 잘 모르는 친구들도 홉이 보면서 가장 친구하고 싶은 느낌이래. 홉이만의 바이브는 어디서든 느껴지나 봐.

쥬   호비, 정말 나의 희망이야…. (아련)

누나즈   ㅋㅋㅋㅋㅋㅋㅋㅋㅋ

쥬   공연 보고 나서 진짜 그랬거든. 호석인 나의 희망이고, 석진이는 나의 사랑이고, 그들이 나의 자랑이 되었다고.

누나즈   띵언이네 띵언~

봄이   뭉은 어때? 뭉도 처음으로 방탄에 관심 가게 한 멤버랑 지금의 최애가 다르지?

....

* 2019년 제이홉이 미국 가수 베키 지(Becky G)와 함께, 미국 래퍼 영 비(Young B)와 웹스터(Webstar)의 힙합곡을 리메이크하여 발표한 노래. 한국 제목으로 '닭칼국수'. 안무가 쉽(지는 않)고 재미있어 '#치킨누들숲챌린지'로 떠들썩했다.

용 응. 나는 한마디로 입덕 멤버와 최애 멤버가 달라진 케이스인데, 입덕은 지민이었어. 지민이는 말해 뭐해, 워낙 귀엽고 요정 같고 그러니까 첫눈에 "어? 저 생명체 뭐지?" 하면서 방탄에도 관심 가지게 됐어. 지금 내 카톡 프사도 지민이야.

봄이 맞아. 내 입덕 요정도 지민이었어. 말했듯이 '먼지 지민'에서 시작해서 '퓨마 지민'*까지 보면서 그 몸짓에 완전히 꽂혀버렸지. 지민이 너무 귀엽, 음색은 무엇이고, 몸짓은 하늘에서 내려온 천사와 같다며! 천상 아이돌 쥐민쒸! 아니, 그냥 존재 자체로 너무 소중하고….

용 인정. 먼지 지민, 퓨마 지민 보면 입덕 거부할 수가 없지.

시리 춤 선이 정말 예쁘지. 무대에서 너무 돋보여. 그래서 입덕 요정인 것 같아.

쥬 〈Black Swan〉 무대는 정말 지민이의 우아함을 극대화하는 무대 중 하나인 것 같아. 확실히 현대 무용의 움직임이 너무 아름다워서 감동하면서 봤어. 홀리면서 봤다고 해야 되나.

봄이 특히 솔로 무대를 할 때 그런 순간을 가장 잘 만들어 내는 것 같아. 계속 회자될 만한 레전드 무대가 탄생하잖아.

용 지민이한테는 아이돌에게 기대하는 모든 게 다 있는 것 같아.

....

* 방탄소년단의 〈Butterfly〉에 맞춰 춤을 추는 지민의 모습이 마치 천계의 몸짓과 같아 봄이의 마음속에 지민이 완전히 자리 잡게 한 스포츠 용품 브랜드 퓨마(PUMA)의 광고

일단 신비로워. 인간 남자지만 그런 느낌보다는 아이돌이라는 딱 그 카테고리 안에 들어가는 사람이라는 느낌이 보자마자 누구나 들 것 같고….

봄이 근데 사실 능력치도 엄청 높지.

쥬 그리고 엄청난 노력파잖아.

봄이 맞아. 사실 노력파라는 포인트가 되게 사람들에게 소구하는 포인트 중 하나였어. 지민이가 완전 J(계획형)잖아. (또 MBTI 얘기) 그래서 스스로에게 엄격하게 연습도 엄청 열심히 하고…. 데뷔 초에 '일곱 명 중에 제일 열심히 하는 사람 누구예요?' 같은 질문을 받으면 다들 지민이를 꼽았으니까. 그리고 계속 승승장구한 게 아니라 데뷔 과정에서 기적적으로 합류했다는 서사도 있지.

시리 그리고 자상하잖아~. 항상 아미들 찾아오고.

몽 근데 또 자기 SNS는 잘 못 해. 인터넷 문화에 익숙한 사람은 아니야.

쥬 그게 귀여운 포인트야.

봄이 제일 못 하는 멤버 아니야? 줄임말도 제일 모르고, 밈(meme) 이런 것도 잘 모르고.

시리 그런 와중에도 혼자 해시태그 '#JIMIN'은 꼭 쓰잖아. '내가 쓴 것을 알아야 됩니다. 아미 여러분.' 게임도 맨날 지고…. 이런 게 너무 귀여워.

몽   지민이는 한마디로 그냥 천상 아이돌이야. 보는 것만으로도 행복감을 주는 멤버.

쥬   그런데 몽의 최애는 RM이 되었어요! 무슨 일이 있었던 거죠?

몽   그렇게 방탄에 입덕하고 노래를 쭉 듣다가 BTS 사운드클라우드 채널에 있는 노래까지 섭렵해갈 즈음 랩 라인의 믹스 테이프를 듣게 됐어요. 그런데! RM 음악이 너무 내 취향인 거야. 사실 나는 래퍼보다는 보컬리스트나 싱어송라이터 쪽이 취향이었거든. 근데 RM이 내 취향을 파괴한 최초가 된 거지.

시리   역시 파괴왕 남준….

몽   그렇게 RM한테 좀 관심이 가던 와중에 그만 〈Pied Piper〉를 들어버리고 말았습니다.

봄이   아, 그 요망한 노래를….

몽   네. 첫 소절 듣자마자 그냥 바로 심장이 뛰었고요. 이전까지는 방탄소년단 볼 때 "와, 참 잘한다" 이런 동경에 가까웠는데, 남준이 목소리 듣자마자 "헉! 사랑해!"로 감정의 결이 바뀐 것 같아. 설레고 두근거리는 거지.

봄이   피리 소릴 따라가기로 해버렸구나.

몽   발버둥 쳐봐도 더는 소용 없더라구. 그리고 내가 가사 처돌이잖아. RM이 가사도 참 잘 쓰는데, 특히 좋은 건 가사에서 성장하는 모습이 다 보인다는 거야. 나 야망캐, 발전캐 이런 거 되게 좋아하거든. 포부가 큰 것도 멋있어. 공부 그만두고 가수 하겠다고 부모님 설득할 때 공부로는 잘해봐야 전국 5천 등이지만 랩으로는 1등까지 할 수 있다고 설득한 사람!!

쥬 그러고 진짜 했네.

몽 꿈이 크고, 자신이 하고 싶은 것이 분명하고, 그것을 위해 노력까지 하는 사람들을 좋아하거든. 무엇보다 한 사람의 성장 서사를 그 사람의 작업물에서 느낄 수 있다는 점이 좋았어. RM 자신은 흑역사라고 생각하는 것 같기도 하지만, 모든 사람에겐 그런 역사가 있잖아. 어떻게 보면 가장 연예인 같지 않고 나와 가깝다고 느껴지는 사람이라서 좋아. 그래서 RM이 최애! 아, 그리고 출판계 사람들이 RM을 정말 좋아해.*

봄이 왜? 어떤 면에서?

몽 워낙 뇌섹남으로 많이 알려져 있고, 본인이 지적 욕구도 강해서 책도 많이 읽고 미술관도 찾아가는 활동들이 노출되다 보니 특히 출판 쪽 콘텐츠 만드는 사람들과 그 부분이 맞닿아서 그런 게 아닐까. 글도 잘 쓰고.

....

* '지구불시착'이라는 독립서점에서는 RM이 추천한 책으로 서가를 꾸미거나, '남준 그리기'라는 제목의 원데이 드로잉 클래스를 운영하기도 했다. 비가 오는 궂은 날씨에도 많은 아미들이 방문했다고 전해진다.

시리   RM 글 잘 쓰지. 공카(공식 카페)에 쓴 편지 같은 거 보면서 눈물 난 적도 있잖아.

용   맞아. 어떻게 이렇게 쓰지 싶었어. 감수성이 남다르다고….

봄이   난 남준이가 글 올린 다음에 수정하는 모습이 귀엽고 재밌더라. 자기가 올려놓고도 자꾸 퇴고를 하는 거야. 팬들은 실시간으로 '어, 준이 1차 수정!', 한 3분 뒤에 '준이 2차 수정!' 이러고 있고. 잘하면 10차까지 가겠더라구.ㅋㅋ 근데 그렇게 글 하나를 써도 감정을 정성껏 표현하고 정제시켜 나가는 모습이 너무 보기 좋았어. 이미 올려놓은 글을 자꾸 이리저리 수정하는 게 자칫 우스워 보이지 않을까 생각할 수도 있는데 그렇지 않고 열심인 거. 요즘은 공카에 글을 잘 올리지 않으니 잊고 있었는데, 얼마 전에 위버스에 또 긴 글을 올렸더라고. 오랜만에 마음이 몰캉몰캉해졌어.

용   남준이의 그런 쓸데없는 진지함이 되게 귀엽고 매력이지! 특히 지민이와의 케미가 재미있어. 남준이랑 지민이가 같이 있으면 둘이 서로 완충 작용을 한다고 느껴지는 대화들이 있거든. 예를 들어, 둘이 패러글라이딩을 하고 내려와서 남준이가 이렇게 얘기해. "야, 인간은 정말 너무 대단하지 않아? 하늘을 날 생각을 하고." 이렇게 너무 남준이답게. 근데 지민이가 웃으면서 "형, 저는 아직 인간까지는 생각 못 해봤어요"라고 받아치는데 그런 게 너무 재밌는 거야. 너무 그 둘 답더라고.

봄이 맞아. 둘이 브이 앱(V LIVE)할 때 보면 갑자기 본인들 세상에 빠져서 막 얘기할 때. 남준이가 '저 지민이랑 새벽에 5시간 수다 떤 것 같아요.' 이런 얘기 가끔 하는데, 저런 모습이었겠구나 싶더라고. 되게 쓸데없이 유익한 얘기들로 가득한.

용 지금 우리 같은 얘기 하는 거겠지? 시리의 최애는 누구야?

시리 아, 나는 맨 처음에 방탄을 알게 된 건 진이 잘생겨서였어. 예능 프로를 보다가 '저 잘생긴 청년은 누구지?' 하고 검색을 했던 기억이 나.

쥬 감사합니다.

누나즈 감사는 뭔데.ㅋㅋㅋㅋㅋㅋ

시리 처음엔 그랬는데 지금 최애는 태형이야. 태형이가 〈No More Dream〉에서 순수한 얼굴을 하다가 안경을 내던지는 순간에 천사와 악마, 지킬박사와 하이드, 아수라 백작, 아니 야누스 같은 그의 두 얼굴을 알아버렸지….

봄이 아, 나도 그 짤 보고 진짜 파워 아이돌 같다고 생각했어.

시리 그치. 그 뒤로 직캠도 막 찾아보는데 표정 연기가 너무 다이나믹한 거야. 거기에 빠져들었어. 난 무대에서의 모습에 집중해서 그런지, 그런 퍼포머(performer)로 돋보이는 모습에 끌렸어. 그리고 남다른 단어 선택?

쥬   태태어!

시리 맞아. 태형이 하는 말 보면 쉽게 생각할 수 없는 말들을 참 많
이 하잖아. '보라해' 같은 말도 그렇고. 그런 순수함이 뭐랄까
잊고 있던 내 유년 시절을 떠올리게 한달까? 내 최애는 쭈굴
하다가도 한없이 발랄하고, 귀엽다가도 한순간에 4차원이 되
는 친구니까.

쥬   아니, 유년 시절에 그렇게 순수했다고?

시리 그건 아닌 거 같지만.ㅋㅋㅋ 아무튼 평소 "아미 여러분 사랑합
니다" 같은 말 하나 할 때도 몸짓 언어를 신경 써가며 두 손 모
으고 아이 컨택을 꼭 하려고 한다든지 하는 순간들이 있거든.
슈퍼스타인데도 변하지 않는 순수한 모습에 마음이 몽글몽글
해져.

봄이 사람들이 태형이 보고 많이 놀라더라. '뷔주얼'이라 할 정도
로 얼굴은 화려한데 비주얼에서 느껴지던 거랑 완전히 다른
성격이라. 오죽하면 태형이 보고 '얼굴은 명화, 성격은 동화,
인생은 영화'라는 말이 생겼겠어.

시리 사실 나는 항상 스타를 좋아할 때 나와 닮은 지점보다는 내가
갖지 못한 걸 가진 사람에게 끌리는 것 같아. 내 일상에서 도
피해서, 나에게 없는 재능을 가진 사람을 보는 그런 재미거든.
근데 태형이를 보면 무대 천재에 잘생겼지, 순수하지. 게다가

나는 무채색인 게 싫다고 했잖아? 그런 면에서 태형이가 꾸준히 자작곡을 내면서 독보적인 색깔을 만들어 가는 것도 좋아. 태형이가 나에게 주는 삶의 영향이라고 하면 '판타지' 같은 거지. 좋아하는 누군가가 반짝반짝하는 모습을 볼 때, 잠시지만 현실에 찌든 날 잊게 해주거든.

룡 근데 그럼 크게 보면 '되고 싶은 너'에 해당하는 거 아닌가? 순수함을 잃고 싶지 않다든지.

시리 그런가 보다? 와, 말하면서 알게 됐네.

봄이 결국 시리에겐 '색깔'에 대한 얘기가 가장 맞는 것 같네. 물론 방탄은 7인 7색 색깔이 다 분명하지만 태형이에겐 뭔가 독보적인, 확고한 그만의 색깔이 있잖아.

시리 응. 표정 짓는 것부터 다르니까. 무엇보다 순수함을 계속 가지고 있는 것 같은 부분이 좋아. 방탄소년단이 계속 쭉 성장하는 것도 좋지만, 그럼에도 어떤 모습들은 시간이 흘러도 변치 않고 보인다는 점이 덕질을 계속할 수 있게 하는 건가 싶어.

룡 마지막으로 봄이의 최애는 누구인가요?

봄이 전 슈가입니다. 왜냐고 물으시면… 글쎄, 그냥 어느 순간부터 신경 쓰였어.(?) 왜 그런 거 있잖아, 너무 오랫동안 좋아하다 보니 슈가가 슈가라 좋은 건데, 왜 슈가가 좋으냐 물으면 이유는 잘 모르겠는 것.

누나즈 띵언이다.

봄이 근데 나만 그런 게 아니더라고? '신경 쓰여'로 시작되는 슈가 사랑, 민빠답*으로 귀결된 사람들이 꽤 많더라고. 그리고 최근 나에게 슈가에 대한 문의가 많아졌어.(?) 코로나 이후 방탄이 TV 예능 같은 데 나오는 걸 보니 유독 궁금증을 유발했던 멤버가 슈가였나 봐. 나는 굳이 돌이켜 보자면, 슈가가 〈The Last〉에서 본인의 어두웠던 모습을 고백하는 데에서 좀 충격을 받았던 것 같아. 와, 아이돌이 이런 감정에 대해 적나라하게 표현하는 부분에 대해 좋고 싫고를 떠나 처음 본 거라서. 그때부터 슈가가 자꾸 눈에 보이고 관심이 가더라.

쥬 August D** 장난 아니지~.

봄이 근데 결과적으로 봤을 때 뜬금없는 선택은 아니었던 것 같아. 내가 항상 관심 두고 지켜보는 사람들을 보면 나이에 비해 성숙해 보이는 사람한테 끌렸기 때문에. 지식적인 것을 떠나서 뭐랄까….

뭉 애늙은이 같은?

봄이 응. 예를 들면, 어떤 사안이 딱 던져졌을 때 남들이 흥분하는

....

* 슈가의 별명 중 하나. '민윤기에 빠지면 답이 없다'를 줄여서 민빠답이라고 부른다.
** 슈가의 또다른 이름 'Agust D'는 'Dt suga'를 거꾸로 한 것으로 'Dt'는 'D Town', 슈가가 대구에서 활동하던 힙합 크루의 이름이다. 주로 믹스 테이프 발매 시, 이 이름을 사용한다.

만큼 이 친구는 흥분하지 않는 경우가 많거든. 그게 그 사람의 온도일 수도 있지만 나는 그런 부분이 조금 성숙하다고 생각했던 것 같아. 중요한 게 뭔지 아는 듯한 느낌. 그리고 다들 슈가가 시니컬하다고 하는데, 사실 나는 그렇게 시니컬한가? 싶어. 아무래도 나랑 온도가 비슷한 느낌이라 그 사람의 심정이 이해 가는 부분이 있는 것 같아. 그리고 무엇보다 나는 '능력캐'를 좋아하거든. 슈가의 프로듀서적인 면모들이 내 취향 저격이고, 슈가의 랩 스타일이나 담백하면서도 핵심에 가닿는 가사도 정말 좋아.

시리 사실 외모적인 것도 봄이 스타일 아니야?

봄이 사실 난 외모파가 아니라고 생각했는데.ㅋㅋㅋ 주변에서 자꾸 '넌 원래 10덕상을 좋아하지 않느냐'며 말을 해줘서, 지민이와 슈가가 내 최애가 된 게 전혀 이상한 흐름이 아니라고 판명되었지. 사실 이젠 방탄이라면 다 좋은 올팬이니까 '최애가 뭐가 중요해'라고 생각하다가도 가끔 깨달아. 얼마 전에도 콘서트 라이브 뷰잉 보는데 역시 탄이들… 하나 같이 다 멋있다~ 하면서 넋 놓고 보다가 슈가 파트에서 샷이 딱, 잡히는데!

쥬 심장이?

봄이 '쿵!' 하는 거야. 그럴 때 '아, 확실히 최애는 최애구나'를 느끼고 있어. 그런데 웃긴 게 최애 찬양을 이렇게 했지만 사실 내 휴대폰 앨범 열어보면 어떤 한 멤버가 더 많다고 할 수 없을 정도로 일곱 명이 골고루 많아. 멤버 각자 매력이 워낙 다 다르니까. 최애는 최애로 남아 있긴 하지만 막상 덕질하다 보면 의미 없어지는 느낌?

누나즈 맞아 맞아!

봄이 최애는 슈가인데 최근 저장한 짤을 보면 막내 정국이가 더 많아. '최애와 차애와 정국이'*라는 말이 괜히 있는 게 아니야.

용 나는 정국이 보면 정말 놀람의 연속이야. 너무 완벽해서. 다른 멤버들도 다 그렇긴 하지만, 진짜 정국이는 연예인하려고 빚어놓은 능력치다. 정말 연예인 안 했으면 뭘 했을까 상상이 안가. 끼도 있고 춤, 노래, 외모까지 능력치가 또 그렇게 밸런스가 잘 맞기도 힘든데. 결론은 빅히트가 전정국을 영입한 게 신의 한수다!

봄이 '르네상스 맨'이라는 말이 괜히 나온 말이 아닌 것 같아. 정국이가 무대 완성에 기여하는 부분이 엄청나기도 하고. 더블링(doubling)도 많이 치잖아. 센터지만 음악을 더 풍성하게 만들기 위해 사이드에서 서포트하는 역할도 묵묵히 하는 게 대단한 것 같아. 그렇다고 혼자 스포트라이트를 받으려 하지도

---

* 온 아미들이 내리사랑으로 막둥이 정국을 우쭈쭈 한다는 뜻에서 생긴 말. 자매품(?)으로 '최애는 최애고 정국이는 정국이', '우열의 범주를 벗어난 그냥 정국이' 등이 있다.

않고….

뭉 정국이야말로 그런 면에서 대단한 것 같아. 자기 능력치에 비해 엄청 겸손하다고 생각하거든.

쥬 맞아. 맨날 본인은 아직 부족하다고 하는데 네가 부족한 거면 나는…. 심지어 그림도 잘 그린다고. 근데 난 정국이를 보면 한편으로는 열일곱 살에 데뷔해서, 팀내에서 제일 어린데도 너무 잘하니까 센터에, 메인 보컬에 너무 많은 기대가 주어지는 것 같아서 가끔은 힘들지 않을까 정서적으로 짠한 마음도 있어.

뭉 그래도 여섯 형들 사랑 듬뿍 받으면서 잘 성장한 것 같아. 주변 영향을 많이 받을 수밖에 없는 나이였는데도. 본인도 자신에게는 여섯 명의 형들이 다 들어 있다고 하잖아.

쥬 정국이라는 사람 자체도 주변의 것들을 스펀지처럼 빨아들이는 사람인 것 같아. 이것저것 해보는 거 좋아하고, 좋은 것들 빨리 잘 배우는 그런 느낌이라서. 그래서 계속 변화하는 느낌이 드는 게 아닌가 싶어. 그리고 또 제일 어리니까. 우리도 사실 그 나이 때 끊임없이 고민하고 달라져 왔잖아요.

시리 맞아. 그리고 나 대단하다고 생각한 거 있어. 〈Dynamite〉이후 영어 곡 세 개를 연속으로 발매했는데 정국이 영어 발음이 너무 좋아. 영미권 사람들도 듣고 깜짝 놀라던데.

봄이 아, 나도. 그런 것에서조차 재능이 있구나 하는 생각을 했어. 확실히 정국이는 귀가 좋은 것 같아.

뭉 내가 저 사람의 좋은 모습을 닮아야겠다며 욕심을 가지는 것도 재능인 것 같거든. 스스로 본인이 노력할 부분을 찾는 것도 재능!

봄이 맞아 맞아. 본인이 직접 신청해서 영어 공부도 했잖아.

시리 뇌새김 ㅋㅋㅋㅋ

쥬 경상도식 표현으로 하면 정국이는 애살이 많은 거지. '애살이 많다'라는 게 뭔가 하고자 하는 마음이나 욕망이 되게 강해서 적극적으로 열심히 하는 걸 보고 주로 쓰는 말이거든.

봄이 확실히 성장하는 게 가장 잘 보이는 멤버인 것 같아. 예전에 탄이들 이동 중에 옆에 정국이 생일 광고를 붙인 버스가 지나가는데 형들이 '정국이 버스 지나간다~ 정버 정버!' 하면서 놀리니까 부끄러워서 웃기만 하고 그랬는데….

쥬 형들이 '정국이 울어?'라고 하면 가만히 있다가도 뿌앵 하고 울기 시작하곤 했다고…. 얼마 전에 아미들에게 보내는 카드 읽다가도 그런 걸 보니 그 모습은 변함없나 봐.

봄이 그러고 보니 내가 최근에 LA 콘서트 영상을 보는데 정국이 춤추는 모습에 세상 반했잖아. 사실 정국이뿐만 아니라 다 그렇기는 한데, 원숙미는 원숙미대로 있으면서 여전히 오늘이 마지막인 것처럼 춤을 추고 있더라고. 그래서 갑자기 '맞아, 내가 이런 모습에 반했었는데!' 하고 새삼 다시 느꼈지. 파워가 점점 더 세지는 것 같고 진짜 너무 멋있더라.

뮹 이제는 경력도 쌓여서 원숙미도 있는데 여전히 열심히 하니까.

시리 결론적으론 다른 형들이 정국이를 너무 좋아하니까 내 최애가 가장 좋아하는 동생이라 당연히 더 마음이 가는 것도 있어. 모든 형들의 애정이 막내 정국으로 향하니까! 그래서 결론은 '최애와 차애와 정국이'?

봄이 이래서 회전문소년단* 이라 하나봅니다.ㅋㅋㅋ

"그래 봤자 회전문소년단이었다."

⁎ 한 번 갇히면 돌고 돌아 빠져나올 수 없는 회전문처럼 멤버 일곱 명의 매력이 다 달라서 누구로, 어떤 계기로 입덕했다 해도 또 새로운 매력이 나와 탈덕을 할 수가 없는 방탄소년단의 매력을 일컫는 말

좋아하는 누군가가

반짝반짝하는 모습을 볼 때,

잠시지만 현실에 찌든 날 잊게 해주거든.

"

나와 우리의 팬이어서 고맙습니다.

나도 그대의 팬입니다,

그대가 오롯이 견디는

외로움과 싸움과 삶을

묵묵히 응원하는 팬입니다.

무대 뒤편에서 작업실에서

오랜 시간 음표로써 음악으로써

나의 팬레터를 보냅니다.

"

RM

合承

Track 5

여기가 바로
떡밥 천국

봄이 이번 트랙에는 초대 손님이 계세요.

누나즈 ㅋㅋㅋㅋㅋㅋㅋㅋㅋ

봄이 치느님과 함께하겠습니다. 초대해 주신 쥬님, 고맙고 잘 먹겠습니다.

쥬 ㅇㅋ

봄이 쏘 쿨.ㅋㅋㅋ 그럼 치킨 배 터지게 먹으면서 또 배 터지게 먹고 있는 방탄 콘텐츠 떡밥에 대해 얘기해 보자.

시리 떡밥이요~?

봄이 응. 자체 예능 「달려라 방탄」과 「본 보야지」부터 유튜브 공식 채널 '방탄TV' 그리고 「번 더 스테이지」 같은 다큐 시리즈에 영화까지. 방탄은 별도 콘텐츠 가이드가 있을 정도로 다양한 포맷의 콘텐츠가 넘쳐나는데, 다들 뭐 제일 즐겨 보세요?

"떡밥, 그 태초에 자체 예능이 있었다"

쥬   난 「달방」이랑 「본 보야지」! 난 항상 예능 중심으로 아이돌한 테 입덕하기 때문에. 웃긴 게 너무 좋거든. 근데 「달방」 진짜 웃겨. 예상 안 되는 흐름도 그렇지만 멤버들이 흥이 너무 넘치 니까 나도 따라 웃게 되는 것 같아.

용   특히 좋았던 거 있어? 레전드 「달방」!

쥬   마니또 편*에서 '안녕~' 하면서 순간포착 미션 사진 찍히 는 거. 그리고 서로 패션 코디해주는 편**! 숙소에서 각자 옷 찾는 모습이 뽀짝뽀짝 해서 좋았고, 생활감도 보여서 좋았어.

시리   맞아, 그거 너무 웃겨. 난 슈가 선생님 학교 편***. 민트초코에 대해 토론하면서 물총 맞는데 호비가 자기 왜 맞는지 모르고 계속 "왜?, 왜??" 하는 거. 솔직히 레전드 아니야?

용   나는 멤버들 요리할 때가 되게 웃기더라. 김치 담그는 것*도

---

* EP.33~34: '달려라 방탄 BTS X 마니또'
** EP.29: '달려라 방탄 빌보드 HOT100 공약 서로 코디해주기'
*** EP.63~65: '달려라 방탄 방탄 학교'

웃겼고, 이탈리안 요리 편**도 웃겼어. 그냥 멤버들이 주방에만 가면 너무 웃겨. 남준이 그 똥손의 매력….

봄이 아, 거기서 지민이랑 뷔 콤비가 정말 귀여웠는데, 지민이 머리에 반죽 쏟고, 뷔가 지민이랑 한 팀 돼서 계속 시무룩해하는 거 지민이가 옆에서 치얼 업(cheer up) 해주려고 애쓰는 게.ㅋㅋㅋ

쥬 개인적으로 면세점에서 카드 찾는 것***도 너무 재미있게 봤는데, 이런 건 팬이 아닌 사람들에게 어필하기는 좀 힘들더라고. 각자 캐릭터를 알고 보면 좋은데…. 그래서 보통 처음 보는 사람들에게 소개할 때는 콘셉트가 확실한 거 위주로 추천하게 돼. 잘 몰라도 웃기는 거.

봄이 난 입덕 부정기 때 봤던 산타 편****이 항상 생각나. 아, 이 친구들 뭔지 모르겠지만 되게 귀엽네… 되게 귀엽고… 되게 귀엽네?

용 그럼 산타 편이 첫 기억이야? 「달방」의 첫 기억?

시리 오, 나의 「달방」 첫 기억은 강아지 훈련시키는 편*****이야. 강아지도 귀엽고, 탄이들도 귀엽고. 진짜 귀여워!

....

* EP.35: '달려라 방탄 김치 대첩'
** EP.57: '달려라 방탄 방탄 셰프'
*** EP.79~80: '달려라 방탄 007 대작전'
**** EP.32: '달려라 방탄 산타를 부탁해'
***** EP.23: '달려라 방탄 펫 프렌즈'

봄이 「달방」은 좀 옛날 예능 포맷을 가진 것 같아. 1990~2000년대 초반 포맷이라고 해야 하나? 스튜디오 기획물이 대세였을 때. 심플하면서도 직관적이라 재밌는 것 같아. 러닝타임 30분도 부담스럽지 않고. 「본 보야지」는 좀 길긴 하지만 멤버들의 자연스러운, 더 날 것의 모습도 볼 수 있어서 좋고.

시리 맞아. 청춘의 배낭여행 같아. 시즌 1 때 남준이 여권 잃어버린 데서 진짜 눈물 날 뻔했어. 아니 이게 대체 머선 129?

용 그때 혼자 귀국해서 만든 음악이 3년 뒤에 공개된 RM의 두 번째 믹스 테이프(남준이 '플레이리스트'라고 불러달라 한) 〈지나가〉잖아. 하여튼 초반에 지민이는 여행 가방 두고 내리고, 아주 아수라장이었지.

봄이 매년 꼭 해주니까 시즌별로 변해가는 멤버들 보는 재미도 있지. 시즌 1은 〈불타오르네〉 끝나고 〈피 땀 눈물〉 하기 바로 전인데, 그때만 가지고 있는 멤버들의 아우라가 있어. 미숙함과 프로페셔널 그 사이 어딘가에 있는 매력? 시즌 2 가면서는 탄이들 각자 매력이 되게 도드라지고 차츰 즐기기 시작하는 단계의 모습이 보기 좋았던 것 같아. 시즌 3, 4 가면서 점점 편안하게, 여행 자체를 힐링으로 즐기는 모습이 보기 좋고.

시리 시즌 1 마지막에 방시혁 대표가 직접 쓴 편지 읽어주잖아. 그게 2016년쯤인데 '고맙다는 말은 너희가 세계 최고의 보이

밴드가 되는 날을 위해 남겨둘게'라고 했는데, 지금 보면 아직 우리나라에서 대상을 못 받은 단계에서 세계 최고의 그룹이 될 것을 상상하면서 편지를 썼다는 게 '이 사람은 정말 포부가 남다르구나'라고 생각했던 것 같아.

쥬 그리고 세계 최고의 그룹이 됐지요! (짝짝짝) 코로나19 상황이 온 이후에는 해외에 가지 못하니까 「본 보야지」 대신 자연스럽게 「인더숲」으로 바뀌었지. 나는 원래 해외여행 가는 것을 되게 좋아하는 사람인데 못 간다는 사실에 우울해 있다가 「인더숲」 보고 나서 한국의 자연에서 휴식을 취하는 법을 좀 배웠어. 그래서 부모님이랑 바다랑 산 다니면서 지내는 시간이 많아졌는데 좋더라구.

봄이 맞아. 「인더숲」은 펜션 딱 잡아주고 하고 싶은 거 다 해라! 모드니까 탄이들이 쉬는 시간에 주로 뭘 하고 싶어 하는지, 좀 더 자연스러운 모습을 볼 수 있어서 좋았어. 근데 시즌 2는 무려 13억을 들여서 펜션을 지었어요?! 시즌 1에서 되게 '소소한 일상~ 자연 속 힐링~'으로 봤는데 소소함이 빠져버렸어.

쥬 소소하지 않은 슈퍼스타의 쉼.

봄이 하지만 시즌 2는 밤이*를 볼 수 있어서 좋았다.

....

* 「인더숲」 시즌 2에서 공개된 정국이의 반려견으로 견종은 도베르만

시리 밤이 너무 귀여워!

봄이 이게 나한테는 또 정국이의 성장 포인트 중 하나야. 정국이가 누군가를 키운다니!

쥬 맞아. 정국이가 밤이한테 케이지에 들어가라고 단호하게 얘기하는데 아니, 우리 막내가 지금 저렇게 단호한 어른의 모습으로….

봄이 사랑 먹고 자란 정국이가 이제 다른 어떤 것에 사랑을 준다는 느낌~. 밤이도 사랑스러운 도베르만이 되겠죠?

시리 근데 사실 이런 것들이 방탄이 TV 예능을 안 하기 때문에 더 재밌는 것 같아.

봄이 그런가?!

시리 어. 방탄이 TV에 나오지 않는 것에 대한 갈증을 풀어주기 때문에 재밌는 것 같은데 나는?

뭉 데뷔 때부터 유난히 그런 노선이긴 하지. 자체 예능으로만 거의 진행하고, 방송 노출은 하지 않는.

봄이 근데 난 자체 예능으로 진행하는 게 더 좋아. 훨씬 자연스럽고 멤버들도 편해 보이고.

시리 그래서 신선함이 계속 유지되는 것 같아. 우리가 만약 TV에서 방탄을 너무 많이 봤으면 지금 같은 느낌은 입덕할 때 못 얻었을 것 같아.

봄이 단점은 굳이 따지자면 개인 인지도? 멤버들 개인 인지도는 연차나 명성에 비해 떨어지는 편이었지.

쥬 많이 떨어졌지.

봄이 지금이야 워낙 슈퍼스타가 돼서 개개인 인지도도 높아졌지만. 보통은 그룹 멤버 한두 명을 패널로 해서 지속적으로 노출시키잖아. 그러다 보면 대중성은 얻을 수 있지만 밸런스가 깨지거나 아니면 시리 말대로 이미지 소비가 그 친구 위주로 돼서 지금 같은 네임 밸류는 유지하지 못했을지도 모른다는 생각이 들어.

시리 영리한 방법이었던 것 같아. 그렇게 노출 안 시키면서 이미지 소비는 줄이고, 대신 팬들의 만족도는 높여야 하니 계속 뭔가를 자체적으로 보여주잖아.

봄이 난 그래도 한번 지상파나 이런 데 나와줬으면 하는 게 있긴 해. 이 매력을 보다 많은 사람들이 같이 즐길 수 있으니까.

시리 나는 그런 생각을 좀 했다가 요즘은 아예 생각이 안 드는 게, 방탄 모르면 뭐 자기들만 손해지.

누나즈 ㅋㅋㅋㅋㅋㅋㅋㅋㅋㅋㅋ

시리 그냥 우리끼리 즐기기에도 바쁘고 콘텐츠도 많은데 굳이. 심지어 또 어떻게 소비될 건지 보지 않아도 상상되지 않아? 빌보드 차트 1위 몇 주! 전 세계 몇 개국 몇백만 장 판매량! 빡!

누나즈 ㅋㅋㅋㅋㅋㅋㅋㅋㅋ

뭉 맞아, 그런 상황이 싫긴 해. 그들이 이룬 성취는 분명 자랑스러운 거고 그걸 프로모션할 때 쓸 수야 있겠지만, 미디어에 노출될 때 그 사람이 이룬 성취 때문에 나오는 것처럼 보이는 건 싫은 것 같아.

쥬 그래서 「달려라 방탄」하고 「인더숲」이 Mnet하고 JTBC 채널에 편성됐다는 게 아주 의미 있다고 생각해. 어떻게 보면 역으로 간 거잖아. 콘텐츠의 힘으로 웹에서 TV로 간 케이스.

뭉 이게 요즘 콘텐츠의 흐름을 보여주는 것 같아.

봄이 정말 콘텐츠의 힘이네.

"언제나 함께인 우리 동네 옆집 영웅"

봄이 떡밥 중에서도 난 방탄 처음 알고 제일 신선했던 점이 트위터 였는데. 일단 계정 하나를 일곱 멤버가 공유하면서 자유롭게 업로드하는 게 신기했어. 내용도 되게 시시콜콜하고. 이런 걸 올리나? 싶은 것들도 많지 않아? 처음에 보고 놀란 건 석진이 가 '한남더힐' 화장실에서 부엌 가위로 앞머리 자르는 영상* 이었어.

시리 맞아. 지금에야 많이들 그렇게 하지만, 처음엔 엄청 신선 했지.

뭉 그리고 인스타그램이나 다른 매체는 안 하고 트위터만 집중 해서 한다는 것도.**

봄이 사실 SNS로 망하는 스타가 얼마나 많았어. 통제 안 될 법한 젊은 친구들에게 이런 자율성을 주려면 회사가 이들을 믿어

....

* 2018년 02월 22일 방탄소년단 트위터 참조. 앞머리가 길어서 "앞이 안 보여요"라고 하소연한 진은 부엌 가위를 들고 와 아무렇지 않게 자신의 앞머리를 싹둑 자르고 마는데….
** 현재는 방탄소년단 인스타 공식 계정이 있다. 아주 활발하지는 않지만, 가끔 소중한 인스타 스토리 영상을 올려준다. 그리고 2021년 12월 6일, 데뷔 8년 만에 모든 멤버가 개인 인스타를 오 픈했다.

야 하고, 또 그렇다는 건 그만한 인성이 되어야 하고. 그만큼 소통을 중요하게 여긴다는 것도 알겠고. 이런 부분들이 긍정적인 인상이 되지.

뭉 놀라운 건 데뷔 때부터 이런 방향성을 세팅하고 시작했다는 거야. 얼마 전에 사운드클라우드에서 데뷔한 지 한 1~2년쯤 됐을 때 올린 「BTS 꿀FM 06.13」 '크리스마스 특집'을 들었거든? 팬들이 올려준 편지 같은 걸 크리스마스 특집으로 몇 개 골라서 멤버들이 낭독하는 기획인데, 처음부터 소통에 대해선 멤버들도 적극적으로 참여한 것 같더라구.

봄이 방시혁 대표가 방탄 처음 만들 때 잡은 컨셉이 '우리 동네 옆집 영웅'이었다잖아. 실제로 요즘은 신격화되었던 연예인은 가까이 내려오고, 일반인들은 셀럽이 되는 상황이니까. 이런 시대 흐름에 맞아떨어진 것 같기도 하고. '방탄로그'* 같은 것도 난 처음에 깜짝 놀랐어.

뭉 아, 맞아. 그거 진짜 신박하지.

봄이 정말 개인적인 일기인 거잖아. 저런 내밀한 이야기를 혼자 일기 쓰듯이 말하고 있는 걸 내가 보고 있다는 게.

뭉 보다 보면 정국이의 사춘기가 지나가는 모습도 보이고.

------

* 방탄소년단의 영상 일기. 데뷔 전부터 멤버들의 속내를 꾸준히 기록해 온 영상으로 방탄소년단 유튜브 채널과 위버스에서 확인할 수 있다.

시리 연예인인데 뭔가 신뢰 관계가 형성되는 느낌이 들고, 때로는 친구 같기도 해. 어떻게 보면 일방적인 이야기가 아니고 속 이야기 듣는 것 같고. 또 내가 필요할 때 팬으로서 듣고 싶은 이야기를 적시에 하는 느낌? 뭐 하나 끝날 때마다 항상 트위터로 찾아오고, 속 이야기를 더 하고 싶으면 라이브 앱을 켜고 이러니까 가까운 친구처럼 느껴지는 거지.

봄이 맞아. 스케줄 딱 끝내고 진짜 전화 오는 거 같아. 페이스타임 (FaceTime) 같은 거 와서 "야, 나 오늘 「빌보드」 갔다 왔잖아. 봤냐?" 이러면서 "나 이런 거 느꼈다? 거기 되게 대단하더라" 라면서 못다 한 이야기하고. 또 팬들도 댓글로 이야기할 수 있는 플랫폼이 마련되어 있으니까 진짜 쌍방 소통이 이루어지기도 하고.

시리 팬들과의 거리감을 좁히려는 시도가 진짜 탁월한 것 같아.

봄이 게다가 이제 멤버들이 개인 인스타를 개설했잖아. 두 번째 장기 휴가에 접어들면서 한날한시에 열었죠. 그래서 그런지 주변에서 '갑자기 왜 방탄 인스타 만들었어?'라고 나한테 다 물어보는 거야. 나도 모르는데….

쥬 우리도 물어볼 수가 없는데. 확인이 안 되는데!

용 개인적으로 나는 개인 인스타 만든 거 좋은 것 같아. 나는 방탄 개개인의 생활이 궁금하고, 휴가 중이긴 하지만 인간 김남준, 인간 전정국이 지금 뭘 하고 사는지 볼 수 있어서 좋아.

쥬   나도 주로 사용하는 SNS가 인스타니까 사실 이제까지는 방탄 때문에 트위터, 위버스 등 다 따로 들어가곤 했는데 이제 자연스럽게 피드(feed)에서 볼 수 있어서 좋더라고.

몽   그리고 남준이의 피드가 참 제 취향이에요. 풍경과 여백이 많은 피드와 예술품들…. 너무 아름다워. 박제해 놓고 보고 싶을 정도로 내 취향의 구도와 색감이야.

봄이   댓글 보는 것도 재밌잖아. 나는 진 인스타 아이디 밑에다가 RM이 댓글로 '어! 레어닉이다'라고 남기는 이런 게 되게 웃기더라고. 현실 모먼트 같았어.

시리   근데 난 이것도 빅히트가 변태니까, 혹시 이런 인스타그램이 혹시 다음 앨범이랑 연관이 있는 게 아닐까 하는 생각도 했어.

몽   오~ 그럴 수도 있겠다.

쥬   오랜 팬의 통찰력인가요~!

시리   아니면 '이제 개인 활동이 시작되나?' 하는 생각도 해봤어. 근데 난 왜 추측만 하지?

봄이   빅히트의 변태 기획에 몇 년째 당한 아미의 의심병인 거지.

시리   의심병이 돋아버렸다!

몽   그래도 한층 더 가까워진 친구 같고 좋아요.

봄이   네. 아무튼 저도 요즘 하트 누르느라 아주 아주 바쁩니다.

"Behind The Scene"

시리 사실 추천하고 싶은 콘텐츠는 너무 많은데 나는 유튜브 '방탄 밤(Bangtang Bomb)'을 꼽고 싶어. 특히 뮤직비디오 리액션 콘텐츠.

묭 오오오 맞아. 나도 진짜 그거 너무 좋아해.

시리 멤버들이 스스로의 어떤 포인트에서 환호하는지가 보여서 재밌고, 각자 캐릭터도 너무 잘 보여. 본인들 뮤직비디오를 본인이 리액션한다니. '내가 보는 것처럼 멤버들도 보일까?' 사실 이런 게 너무 궁금한 거잖아. 그런 부분을 정말 잘 해소해 주는 것 같아. 이건 진짜 잘알이다, 팬잘알.

묭 맞아. 리액션 비디오 보다 보면 서로 부둥부둥 하면서 호비 나오면 '제이호옵~' 하면서 다들 환호해 주고 그러다가 본인 부분 나오면 완전 얼굴 딱 변해서 모니터링 모드로 들어가잖아. 그런 데서 다들 기본적으로 자기 자신에게 엄격하고 프로페셔널하구나 싶어서 느껴져서 좋더라구.

시리 같은 맥락에서 RM의 '앨범 리뷰' 라이브도 완전 애정해. 앨범 제작 비하인드도 알 수 있고 누가 어떤 생각으로 이 노래를 썼는지 직접 말해주지 않는 이상 알 수 없는 걸 들어볼 수 있어서 특별한 것 같아.

몽　나는 최애 콘텐츠 중 하나가 「번더스」류의 다큐멘터리인데, 확실히 무대 뒤의 모습을 볼 수 있어서 좋았어. 공연 딱 끝내고 나서 자기들끼리 술 파티 하거나 편하게 밥 먹으면서 도란도란 나누는 이야기들. 내가 옛날에 밴드 동아리 활동을 했었는데, 공연 끝나고 애들이랑 술 먹었을 때 그 느낌이 들면서 추억 여행하는 기분이었어. 또 중간중간 갈등 상황도 그대로 보여주고 또 그게 어떻게 풀려가는지, 그때 어떤 감정이었는지 멤버들 인터뷰도 다 들어가니까. 그러고 보니 난 기본적으로 자연스러운 백스테이지(backstage) 모습을 담은 콘텐츠를 더 많이 소비하는 것 같네.

시리　나도 그런 맥락에서 유튜브 'BTS EPISODE' 여러 번 보거든. 「빌보드」나 「그래미 어워드」 에피소드 편 보면서, 아 빌보드가 이런 곳이구나? 무대 뒤에서 드레이크(Drake)를 만났네? 같은 장면들이 너무 재밌어. 내가 가보지 못한 곳이기도 하고, 또 방탄이들도 우와~ 하면서 현장을 즐기는 모습이 귀엽기도 하고! 확실히 아티스트의 뒷 이야기가 재밌는 것 같아.

봄이　완전 재밌지. 사실 비하인드를 알고 싶다, 내 스타의 평소 생각을 알고 싶다 이런 건 예전부터 항상 있었던 팬들의 니즈였을 건데 그걸 긁어준 건 대단하다고 생각해. 내가 기억하는 방탄 직전 아이돌까지만 해도 TV 속에서 보이는 캐릭터 이외에 팬들이 알 수 있는 건 제한적인 편이었잖아. 그런데 방탄은 비하인드 영상 알아서 미친 듯이 올려주지, SNS에서는 가족보다 더 자주 안부 물어주지, 또 속 깊은 이야긴 공카에 올려주지…. 이런 콘텐츠가 나름대로 방탄만의 차별적인 시도였다고 생각해.

쥬   지금까지의 아이돌들은 우상이 되고 싶어 했지 함께 있는 존재는 아니었는데, 그걸 깨준 느낌이야.

봄이   그리고 그게 사실 엄청 대단한 게, 나는 팬으로서 비하인드 같은 것 보면 너무 좋지만, 탄이들은 그걸 제공하려면 어쩔 수 없이….

룡   계속 레코딩(recording)되는 삶을 살아야 되는 거지.

봄이   그나마 짧은 대기실 쉬는 시간도 '방탄 밤'을 찍어주고…. 어떻게 보면 이런 것들이 안쓰럽기는 해.

"하이브, 부럽긴 한데… 어디까지 갈 거니?"

룡   어쨌든 우리 다 콘텐츠 쪽 종사자들이잖아. 빅히트, 아, 이제 하이브지만 일단 빅히트 시절(?)부터 봤을 때 회사의 이러한 콘텐츠 기획이나 활용 방식 보고 감탄하거나 참고해야겠다고 생각한 부분이 있어?

쥬   나는 세계관!

시리   와이?

쥬   그때그때 보이는 데서 끝이 아니라, 확장된 세계를 바탕으로 몇 번이고 해석이 가능하게 만드는 디테일에 놀랐어.

시리   '갓 이즈 인 더 디테일즈'였죠. 확실히 팬들이 '화양연화병'에 걸리게 할 정도로 방탄소년단의 《화양연화》 세계관은 독보적이었지. 게다가 이 세계관이 《화양연화》 앨범에서 멈추지 않고 더 큰 그림으로 계속 연결되면서 팬들에게 탐구하고 즐길거리를 준다는 거야. 여기저기 다양한 형태로 떡밥을 주잖아.

쥬   응. 나도 영상 만드는 사람인데 좀 반성하게 됐어. 나도 내 작품에 좀 더 나만의 장치랄까, 나를 나타낼 수 있는 디테일을 넣어보고 싶은 그런 욕심이 생기더라구.

용 혹시 그 예를 들어줄 수 있어? 그 디테일이 어떤 것들인지?

쥬 〈피 땀 눈물〉 뮤비 보면 해석이 두 가지로 가능하잖아. 『데미안』에 초점을 맞춰서 〈피 땀 눈물〉 자체만 가지고도 해석이 가능한데 《화양연화》의 연장선에서 해석이 또 가능하고. 그런 영상을 하나 만들었다는 것이, 이게 보는 사람 입장에서는 뭐 별것 아닐 수 있지 않나 할 수 있는데, 만드는 사람 입장에서 보면 그런 디테일이 진짜 힘들거든.

봄이 맞아. 〈피 땀 눈물〉 같은 경우 그런 세계관이 좀 더 '아트적'으로 드러나는 게 있었지.

시리 그림이나 소품 하나도 다 의미를 담아서 배치해 놓고.

쥬 심지어 뮤비 시작할 때 뒤에 나오는 그림이 〈Make It Right〉 리믹스(remix) 버전 앨범 커버가 됐잖아.

3년이나 지난 뒤에.

봄이 그리고 《Love Yourself》 시리즈의 콘셉트 비디오나 특정 곡의 뮤직비디오에서 《화양연화》 때 구축해 놓은 세계관의 장치를 이어가잖아. 일곱 명 각자에게 부여된 비틀거리는 청춘의 캐릭터가 자기애를 깨달아 가는 여정 속에서 점차 성장하는 모습으로.

시리 사실 그게 당장 내년에 돈 버는 데 급급하면 이런 장기적인 계획을 못 짜는데, 그런 걸 하나 가지고 오랫동안 추구할 수 있다는 게 스스로 반성하게 만들기도 하지만 동시에 부럽기도 한 것 같아. 어쨌든 그 캐시 카우(cash cow)가 명확하게 정해져 있으니 그것에 대한 계획을 짤 수가 있다는 거니까.

용 나도 비슷한 맥락에서 '연결성', 즉 연결 고리를 계속 만들어 나가는 점이 대단한 것 같아. 멤버들이 라이브 방송 같은 데서 그냥 쓱 말했던 내용이 1, 2년 후에 나온 앨범에 반영되어 있기도 하고 그렇더라고?

예를 들어, 몇 년 전에 RM이 V LIVE 하다가 "여러분 근데 '사람'이라는 단어, 이렇게 쓰면 '사랑'이 되는데 너무 예쁘지 않아요?" 이런 말 한 적 있는데, 그게 결국 《Love Yourself 結 'Answer'》 앨범에서 RM 개인 곡인 〈LOVE〉의 모티브가 되었더라고.

봄이 나도 그 라이브 봤는데 라이브는 2016년이고, 〈LOVE〉가 2018년에 나왔지.

시리 그것도 있잖아. RM 개인 곡 〈Always〉에서 '아침에 눈을 떴을 때 내가 죽었으면 했어'라고 하더니 〈Reflection〉에서는 '난 love myself 하고 싶어'라고 하고, 《Love Yourself》 시리즈를 마무리하는 곡인 〈Answer: Love Myself〉에서는 '더는 죽고 싶지 않다'며 이야기하는 흐름. 캬~

용   맞아. '삶은 주문한 적도 없는 커피*'라고 하던 애가 몇 년
이 지난 후 본인이 추구하던 바를 스스로 이뤄낸 것 같아 가지
고…. (울컥)

시리   이게 빅히트가 콘텐츠 그 자체를 잘 연결하는 것도 있지만, 멤
버들이 성장하는 모습을 콘텐츠에 잘 녹여서 연결시키는 것
같아. 멤버들이 생각하고 있는 것을 사운드클라우드나 라이
브 방송 같은 데서 자유롭게 보여줄 수 있도록 하고, 그것이
결과물로 이어지도록 하는 건 '기획력'의 힘도 크다고 생각
하거든. 그리고 아무리 믹스 테이프이라고 해도 '나는 죽고
싶어'와 같은 가사를 낼 수 있게 하기도 하구.

용   맞아, 가사가 날 것이 많았음에도 그걸 막지 않고 릴리즈할 수
있다는 게 놀랍긴 했지.

봄이   난 '브랜딩'. 회사가 방탄소년단으로 브랜딩을 제대로 해놓고
이걸 활용하는 능력이 끝판왕인 것 같아. 말로만 듣던(?) '원
소스 멀티 유즈(One Source Multi Use)'가 그래. 뭐든 시도하면
되는 토양이 만들어져서 하나의 세계관으로 웹툰에, 게임에,
BT21도 그렇고 이제는 거의 앨범별로 열리고 있는 자체 MD

---

* 2017년 발표된 RM의 개인 곡 〈Always〉의 가사. '어느 날 아침 눈을 떴을 때 내가 죽었으면 했
어 누군가 나를 죽여줬으면 좋겠어'라던 가사에 아미들 기슴이 철렁했었는데. 몇 년이 흘러 이제
럽마셀(Love Myself)을 이야기하는 남준이를 보며 아미들은 다시 또 광광 울 수밖에.

팝업 스토어까지. 여기저기 흩어져 있던 팬 커뮤니티나 콘텐츠, 판매 사업 플랫폼을 위버스랑 위버스샵*이라는 자체 개발 플랫폼으로 모아 대항마를 만드는 데까지 이른 것도 대단하다고 봐. 돈을 벌려면 이렇게 벌어야 한다는 생각이 들어. (웃음) 2019년에 '아미피디아(ARMYPEDIA)'**를 봤을 때에도 '대단하다!'와 현타가 동시에 왔거든.

시리 아미피디아 기억난다. 센세이셔널했지.

봄이 그치. 포인트는 전 세계를 무대로 했다는 점. 회사가 이 정도 규모로 이벤트를 진행해도 될 만큼 방탄의 브랜드 파워(brand power)가 잘 구축되어 있다는 것을 빅히트가 정확히 알고 있다고 생각했어. 물리적으로 무리일 수 있는 것을 전 세계적인 이벤트로 벌여서 런던에서 QR코드 찍어 보내고, 뉴욕에서 찍어 보내고… 그렇게 전 세계 아미들을 집결시키는 이벤트를 하겠다고 기획하고 실현한 게 말이야. 다만 그렇게 진행한 아카이빙(archiving)이 일회성으로 끝난 듯한 느낌은 조금 아쉽

* 하이브 소속 아티스트들의 MD 상품 판매 플랫폼
** A.R.M.Y들이 만드는 BTS의 '기억 저장소 플랫폼'이자 이벤트. 2019년 2월, BTS QR코드가 전 세계에 풀리며 시작되었다. QR코드는 불특정 장소에서 발견되었는데, 한국에서는 대표적으로 야쿠르트 카트에서 발견된 것이 최초. 봄이는 한남동 어느 버스정류장에서 하나 발견한 바가 있다. QR코드를 스캔하면 방탄소년단에 관련한 퀴즈를 풀고 그 날짜에 해당하는 방탄에 관한 기록을 작성할 수 있다. 2013년 6월 13일 방탄소년단의 데뷔 일부터 2019년 2월 21일까지 총 2080일 동안 아미들이 기억하는 방탄소년단의 기록을 채우는 것. 참조: www.armypedia.net

긴 해. 하지만 이게 '방탄'이라는 브랜딩이 확실히 안 되어 있었다면 절대 할 수 없는 것들을 시도한 것, 시도할 수 있는 토양이 있는 것, 그런 것들이 부럽다고 생각했지.

용 맞아, 그런 게 참 부럽지. 실패할지언정 이것저것 다 해볼 수 있다는 점과 2차 창작물을 회사 차원에서 활발하게 만든다는 게 콘텐츠 종사자로서는 부러운 점이야.

그리고 여러분, 2020년부터 빅히트는 격변의 시간을 보냈는데 코스피(KOSPI) 상장 후 새 출발을 예고하며 사명도 '하이브'로 변경했잖아. 그리고 국내외 엔터테인먼트 회사를 인수했어. 무려 아리아나 그란데(Ariana Grande)와 저스틴 비버(Justin Bieber)가 있는 이타카 홀딩스(Ithaca Holdings)까지! 이렇게 점점 몸집이 커지고 있는 하이브에 대한 단상은 어때?

쥬 난 다양성을 늘려가는 방향성이 나쁘지 않다고 봐. 엔터테인먼트 회사라는 곳이 아티스트에게 의존할 수밖에 없는데, 그동안 방탄 외에는 없었으니까. 방탄소년단에만 의지하지 않고 더 다각화해서 회사를 키우려고 하는 시도가 방탄과 회사가 서로 윈-윈(win-win)이 될 수 있는 게 아닐까 싶어.

봄이 하지만 버터 쿠키*는 너무 비싸!

* 〈Butter〉 발매에 맞춰 출시된 'Butter'가 새겨진 쿠키로 품절 대란이 일기도 했다.

쥬 그치. 양에 비해.

봄이 「인더숲」 시즌 2 팝업 스토어가 열렸다기에 갔거든. 내가 '굿즈파'가 아니니까(?) 쿠키나 캐러멜 정도 기념으로 사볼까 했는데 비싸서 사지 못했어. 전반적으로 다른 굿즈들도 가격대가 있는 편이었어.

쥬 굿즈파 아니라면서 팝업에는 꾸준히 출첵하네.ㅋㅋㅋ 난 그 에그타르트* 맛있던데.

시리 오, 나도 그거 먹었어. 봄이랑 같이 하이브 인사이트(HYBE INSIGHT)** 다녀왔거든. 맛있더라.

봄이 맞아. 방 님이 베이커가 되셨고 심지어 맛있다기에 세 박스나 사 왔는데, 얼마 지나지 않아 마켓컬리(Market Kurly)에 입점했더라? 팬들을 위한 이벤트성 상품인 줄 알았는데 생각보다 더 타르트에 진심이었던 건가 싶었어, 힛맨뱅….

시리 그래서 최근 하이브의 행보에 대해 일각에서는 투 머치(too much)한 감이 있는 게 아니냐는 의견도 있잖아. 회사가 커지다 보면 자연스러운 흐름이지만, 회사의 속도와 팬들이 생각하는 속도와 온도가 달라서 말이 나오기도 하는 것 같아. 일단

---

* 하이브가 상표출원한 '뱅앤베이커스(Bang&Bakers)'의 제품. 먹을 것에는 언제나 진심이라는 방시혁 대표가 방탄소년단이 성공하지 못할 경우 에그타르트 사업을 하려고 했다는 후문이 있다. 타르트 위에 꽂혀 있는 귀여운 표정 장식의 정체는 정국이 그려준 방시혁 대표의 초상화다.

** 하이브의 음악을 주제로 한 뮤지엄으로 2021년 용산 하이브 신사옥에 개관했다.

나도《화양연화》세계관은 굉장히 잘 만들었다고 생각하고 되게 팬인데, 그걸로 너무 많은 '멀티 유즈'를 하려다 보니 호불호가 갈리기도 하는 시점인 것 같아. 이게 끝나기는 할까? 싶은 생각도 들고. 용두사미는 되지 않으면 좋겠는데.

봄이 맞아. BU*라고 하는 방탄소년단의 세계관이 지금 계속 진행되고 있는 건지 아닌지 잘 모르겠어. 다음 앨범에도 또 연결될 수 있겠지만.《화양연화》세계관을 기반으로 한 드라마 「유스(YOUTH)」**도 곧 공개될 예정이라고 하는데, 이왕 나오는 거 웰메이드로 잘 나왔으면 좋겠다는 생각이야.

쥬 그리고 최근 발표한 새 사업들에 대한 이야기도 많았지. 웹소설이나 NFT 사업 진출 등 관련해서.

뭉 회사가 아무래도 아티스트를 제일 잘 알고, 우리가 알 수 없는 회사의 비전과 계획이 있을 테지만, 보이는 것으로 판단할 수밖에 없는 팬 입장에서는 좋게만 보지 않을 사람도 많을 것 같아. 내가 응원하는 아티스트를 이용해서 사업하는 건 당연히 할 수 있지만, 방탄소년단의 이름과 얼굴이 들어간 사업의 확장 방식이 비윤리적이거나 아슬아슬한 경계에 있는 일은 아

· ·

* 'BTS Universe'의 약자로 방탄소년단의 앨범, 음악, 뮤비를 관통하는 하나의 큰 세계관을 말한다.
** 드라마 제작사 '초록뱀미디어'가 하이브와 공동 제작하는 방탄소년단 세계관을 기반으로 하는 드라마. 제작 초반에 극화된 극 중 캐릭터들이 이름을 방탄소년단 멤버들의 실명을 빌어 사용했는데 팬들이 문제를 제기했으며, 이후 실명 사용은 하지 않는 방향으로 정리되었다.

니었으면 좋겠다고 생각하니까.

시리 맞아. 아티스트 본연의 역량에 충실할 수 있도록 하는 데 더 집중을 해주었으면 좋겠지. 사업적인 부분만 문어발식으로 벌리는 것보다는.

봄이 맞아. 난 「오늘」 전시* 처음 나왔을 때 되게 좋다고 생각했거든. 회사가 가진 아카이브가 있으니까 팬들에게 다양하고 즐거운 체험 경험을 제공하겠다는 걸로 느껴져서. 아티스트도, 팬도 모두 함께 즐기면서 행복하게 덕질할 수 있는 수준의 환경을 만들어주었으면 좋겠어. 또 사업적인 부분에 있어서 방탄소년단의 브랜딩을 훼손하지 않도록 기본적인 걸 확실히 해주었으면 좋겠다는 바람이 있지!

....

* 2018년 개최된 방탄소년단 5주년 기념 전시. 멤버들의 사진, 뮤직비디오 촬영 소품, 작업실, 무대 의상 등을 전시했다.

For Nunaz. 당신의 덕질 유형은?

친절한 입덕 가이드

방탄소년단에 관심이 생겨 덕질을 시작해보고 싶지만,

2022년, 어느덧 10년 차 아이돌이 된 방탄의 방대한 양의 콘텐츠로 어디서부

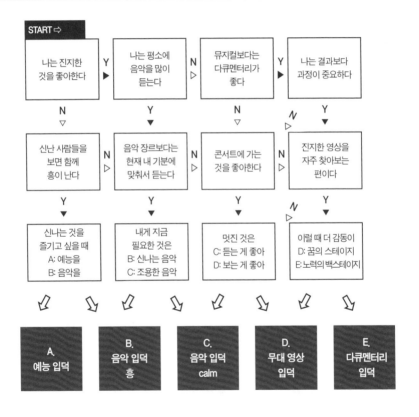

터 시작해야 할지 모르는 지인을 꼭 영업(?)하고 싶어하는 당신을 위해 준비한 입덕 가이드입니다. '취향 저격 탕탕'으로 헤매지 않고 한 번에 입덕의 길로 안내하기 위해 두뇌 풀 가동하여 제작한 테스트이니 즐겁게 즐기시고, 더불어 그 지인이 당신의 훌륭한 덕메가 되기를 기원합니다.

From. 쥬

A. 예능 입덕

평소 예능을 좋아하는 당신에게
딱 어울리는 추천 입덕 루트는
바로 **'예능 입덕'**

빵빵 터지는 순간을 즐기고 싶다면
V LIVE에서 「**달려라 방탄**」을,
소년미 터지는 힐링 여행 예능을
즐기고 싶다면 「**본 보야지**」「**인더숲**」을 보며

즐거운 예능으로 입덕 추천!

B. 음악 입덕: 흥

흥을 즐길 줄 아는 당신에게
추천드리는 입덕 루트는
바로 **'음악 입덕: 흥'**

〈불타오르네〉, 〈DNA〉, 〈Dynamite〉
와 같은 대표곡부터
〈흥탄소년단〉, 〈고민보다 Go〉, 〈Dionysus〉
같은 신나는 수록곡까지

신나는 흥으로 입덕은 어떠세요?

C. 음악 입덕: calm

마음을 울리는 노래가 필요한
당신의 입덕 루트는
바로 **'음악입덕: calm'**

〈Life Goes On〉, 〈Blue & Grey〉 등
가사와 멜로디로
당신의 마음을 울렁이게 할

갓띵곡들로 입덕을 추천!

D. 무대 영상 입덕

멋진 영상을 좋아하는 당신에게
꼭 맞는 입덕 루트는
바로 **'무대 영상 입덕'**

방송 무대/콘서트/시상식 등
눈을 사로잡는 화려한 퍼포먼스와
소름 돋게 하는 멋진 모습으로

당신의 입덕 길에 레드카펫을 펼쳐 줄 거예요!

E. 다큐멘터리 입덕

진정성 있는 영상을 좋아하는
당신의 마음을 울릴 입덕 루트는
바로 **'다큐멘터리 입덕'**

「**번 더 스테이지**」와 「**브링 더 소울**」
「**브레이크 더 사일런스**」
세 편의 다큐멘터리를 통해
그들의 살아 있는 모습을 느끼며

깊은 마음의 대화로 입덕 시작!

유색유취의 인간이 되고 싶어

"이 향은 이제 나한텐 런던이야."

여행지에 가면 꼭 새 향수를 사서 뿌리는 친구가 있다. 그 향수를 뿌리면 언제든 그 향기와 함께 그날, 그곳의 나를 소환할 수 있어서란다. 이렇듯 향이 순간을 기억하는 방식은 강력하고도 지속적이다. 나 또한 사회초년생이던 2013년 어느 겨울날, 지독한 숙취와 함께 화이트 머스크 바디워시를 사용한 탓에 인생에서 영원히 화이트 머스크 향을 잃어버린 일이 있었다. 잊을 수 없는, 아주 날카로운 숙취의 기억이다.

나에게는 덕질이 마치 향수와 같다. 백지의 타임라인에 색을 입히고 향을 덧씌우는 일. 덕후 DNA라도 타고난 것인지 3n년의 인생 중 상당히 많은 시간을 어떤 대상에 초과 에너지를 쏟으며 살아왔다. 첫 기억은 가수 김원준이다. 그의 무언가를 알고 좋아했다고 하기에 당시의 나는 너무 어렸지만, 엄마에게 테이프를 사달라며 눈물범벅으로 생떼를 쓸 만큼 절박했던 감정이 떠오른다. 그 테이프가 늘어질 때까지 돌려 듣고 또 들었던 기억은 덤. 될성부른 덕후의 떡잎 시절 얘기다.

일찍이 실존의 아름다움을 탐미하던 얼빠 초딩의 취향은 이내 3D에서 2D로 옮겨가 경기도 모처 '영화마을'*의 단골손님으로 진화했다. 시작은 아마도 《로맨스 파파》였던가. 신세계를 영접한 6학년의 나는 학교보다 더 열심히 만화 대여점에 출첵했다. 다음 이야기가 한국에 발행될 때까지 기다릴 수 없어 일본어 가나(假名)를 독학해 월간 잡지를 해외배송 받아보는 집념의 초딩이 되었다. 이토록 단순하지만 순수하게 열렬했던 시절이 십수 년 후 나를 밥 먹여줄 줄 누가 알았을까.

정신을 차리고 보니 지난 덕후로서의 삶에 현생을 놀라우리만치 많이 기대고 있는 나를 발견했다. TV만화 「달빛천사」의 굿즈를 얻기 위해 무턱대고 국제 우편을 보내던 어린이는 곧 현실적인 꿈이 될 다음 덕질 대상을 찾았고, 그게 드라마였다. 좋아하는 드라마의 전편 녹화는 기본, 매 회차가 끝날 때마다 밤새 온라인 관음자로 분했던 나. 대상을 향한 나의 열망은 언제나 남들보다 조금 더 강했고, 그 열정들은 하나둘 어떤 색깔이 되고 향기가 되었다. 그렇게 드라마로 밥벌이까지 하는 직업인이 된 나는, 나도 모르는 새 조금씩 스며든 수많은 이야기와 캐릭

....

* 한때 시대를 풍미했던 비디오 및 DVD, 만화책 대여 전문 체인점

터 덕분에 얼추 기획자 흉내는 내면서 살 만큼은 되었다. 조용하고 꾸준하게 사랑을 해왔던 덕후로서 살아온 지난날이 준 뜻밖의 무기다.

하지만 꿈 많던 어린이도 어른이 된다. 먹고사니즘이 최전방의 가치가 된 어른은 어쩔 도리 없이 새로운 자극들에 무뎌졌다. 유색유취(有色有臭)의 인간을 갈망하며 이런저런 취향을 일구던 20대가 지나고, 30대가 된 이제는 얼추 완성된 그림을 보며 '나'라는 사람의 모양을 간간이 확인해 볼 뿐이다. 사회인으로 부대끼며 살아가는 시간 속에서 원치 않은 색깔과 냄새가 내게 묻을 때도 있는데, 그럴 때면 다시금 원하는 색과 향으로 나를 채우고 싶지만 쉽지 않다. 무언가를 좋아하는 법조차 잊어버린 자신을 발견하게 되기 때문이다. "에이, 사는 게 뭐 별건가. 잔물결에 넘실거리며 살 수만 있어도 괜찮은 거지." 그렇게 별일 없이 살아감을 '안정감'이라 애써 토닥이며 여느 때와 같이 지나 보내는 줄 알았던 어느 밤, 기적처럼(?) 방탄이 찾아왔다.

돌아온 덕질은 이전의 덕질과 비슷한 듯 달랐다. 아이돌 좋아하는 30대를 터부시하는 사회 일각의 시선에서 벗어날 수 없는 어른이 된 탓에 '입덕 부정기'라는 단계를 거쳐야 했다. 하지만 너무나도 매력적인 콘텐츠와 거리두기를 하기는 좀처럼 쉽지 않은 일이었고, 결국 나는 되었다, '아미'가. 방탄소년단은 분명하게 존재하면서도 계속해서 변화하는, 소통 가능한 덕질 대상이었다. 방탄 덕질은 그들의 음악과 퍼포먼스를 탐미하며 사랑하는 카타르시스적 소비를 넘어 보다 개인적이고, 인간적인 부분까지 채우는 유의 것이었다.

언젠가 남준이가 이런 고백을 한 적이 있다. '잘 지내냐'는 인사가 무의미하게 느껴져 싫었던 날들에 관한 이야기였다.* 나도 같은 의미로 그런 인사치레를 싫어하던 사람이었기에 다소 놀랐다. 하지만 뻔한 안부 인사에 담긴 유의미함을 끄집어낸 남준이의 솔직한 이야기 덕에, 나도 날 세웠던 지난 시간을 뒤로하고 편견 없이 '잘 지내냐, 나는 잘 지낸다'라고 말할 수 있는, 조금은 더 다정한 사람이 되었다(고 믿는다). 말하자면 나름 성장한 것이다. 이처럼 방탄 덕질은 마치 재미있는 친구를 사귀고, 그들과 어울리며 함께 변화해 가는 과정 같다. 변해가는 나의 모습이 결국 내 도화지에 새롭게 칠해지는 색깔이자 향기인 셈이다.

··

* 2019년 10월 26일에 열린 「Love Yourself: Speak Yourself [the Final]」 콘서트 1일 차 남준이의 엔딩 멘트. "여러분 잘 지내셨어요? 저도 잘 지냈습니다. 왜 잘 지내냐고 물어보냐면, (중략) 옛날에는 '잘 지내냐'라는 말이 진짜 싫었어요. 어차피 이런저런 일 있을 텐데 왜 계속 잘 지내냐고 그렇게 물어보나 그런 생각을 했는데, 위버스나 SNS에 올려주시잖아요. 잘 있냐고, 잘 지내냐고. 어느 날 갑자기 그걸 딱 봤는데 너무 갑자기 마음이 그런 거예요. 우리가 사람이니까 이런 말들을 주고받는구나. 새해 되면 새해 복 많이 받으시라고 하고, 잘 지내면 잘 지낸다고 하고. (중략) 그게 진짜 아무 일도 없고 힘들지도 않아서 잘 지낸다고 하는 게 아니라…. 여전히 저는 똑같아요. 저는 진짜 똑같이 잘 지내요. 마음 아픈 일들은 여전히 마음 아프고, 마음 아픈 말들은 여전히 마음 아프고, 그렇지만 여러분 덕분에 진짜로 누가 저한테 잘 지내냐고 물어보면, 저 잘 지낸다고 얘기할 수 있게 됐습니다. (중략) 우리 앞으로 마음 아픈 일들, 마음 아픈 말들, 우리 의사와 상관없이 일어나는 모든 상황들, 파도들 그 위에서 같이 잘 지냅시다. 우리 잘 지내봐요. 알겠죠?"

결국 유색유취의 인간을 만들어 주는 건, 한때 열렬하게 무언가를 추구했던 기억들이다. 마음을, 열정을 온전히 쏟아부었던 경험은 언제나 지워지지 않는 흔적을 남긴다. 차곡차곡 쌓여 나만의 무기가 되기도 하고, 훗날 돌아보기만 해도 마음이 충만해져 현실을 살아갈 원동력이 될 수도 있는 것이다. 나는 계속 나이를 먹어갈 테고, 삶의 무게도 점점 더해질 것이다. 새로운 자극들은 더욱 사라져 가고, 살아내듯 살아가는 날들이 늘어나겠지. 그럼에도 그 안에서 크고 작은 반짝임을 찾아내며 그 기억으로 살아내 보련다. 방탄을 덕질했던 30대 어느 날들의 기억도 나라는 책에서 예쁜 갈피가 꽂힌 페이지가 되어 있을 것이고, 언제 펼쳐봐도 좋을 이야기들일 것이다. 무엇이 되었든 '좋아하는 것'은 사람과 세상을 이롭게 한다. 그러므로 우리 모두 좋아하는 마음을 포기하지 맙시다. 끊임없이 사랑하며 살아갑시다.

결국 유색유취의 인간을 만들어 주는 건,
한때 열렬하게 무언가를 추구했던
기억들이다.

"
저희의 하루하루에
이유가 되어 주서서
진심으로 감사드립니다.
"

지민

승
承

Track

6

* 방탄소년단 비공식 영어 풀 네임(full name)이다. 「본 보야지」 시즌 2 하와이 편에서 등장한 말로, 현지 해외 팬들이 자신들을 알아보는 데에 기분이 좋아진 방탄소년단이 좋아 보이는 건 하나씩 가져다 BTS 앞에 붙이는 놀이를 시작해서 마침내 이 길고도 아름다운 풀 네임이 완성되었다. 슈가가 좋아하는 쉬림프(shrimp)가 붙은 게 킬링 포인트

인터내셔널팝케이센세이션
선샤인레인보우트레디셔널
트랜스퍼USB허브쉬림프 BTS*

"음악엔 국경이 없고, 존버는 승리한다!"

쥬   나는 방탄의 성공 요인이 비틀즈(The Beatles)의 성공 요인과
비슷하다고 생각하는데, 바로 '가사'의 힘이라고 생각해. 듣
는 이들에게 위로를 줄 수 있는, 새로운 무언가를 꿈꿀 수 있
게 해주는 가사에서 오는 위로나 메시지 말이야. 해외 아미들
인터뷰를 보면, 주로 '힘들고 지쳤을 때, 방탄 음악과 가사를
들으면서 힘을 얻었다' 같은 게 많잖아.

룡   응, 근데 이 의견은 좀 특이하다. 왜냐면 '글로벌' 성공 요인
인데, 가사는 다 '한국어'잖아. 한국어 가사라도 굉장히 적극
적으로 해석하고 찾아보는 해외 팬들이 그만큼 많아진 세상
이라고 생각해서 그렇지?

쥬   그치, 구글 번역의 힘인가?

봄이   ㅋㅋㅋㅋㅋㅋㅋ

시리   초반에 되게 욕먹었던 분석이 '방탄소년단 글로벌 성공 요인,
SNS다' 이런 거였잖아. 번역을 빨리하고, 무대 영상이 순식
간에 퍼져나갈 수 있는 SNS 덕분에 방탄이 성공했다는 거지.
근데 그건 '수단'이지 '본질'이 아니잖아. 퀄리티가 좋아야

그 수단이 효과가 있는 거지, 가사가 개떡 같은데 그럼 번역을 잘한다고 잘되나?

봄이 그럼 개떡 같음만 글로벌하게 빨리 퍼지는 거지.

누나즈 ㅋㅋㅋㅋㅋㅋㅋㅋㅋ

시리 K-POP 아이돌 각각의 능력치를 육각형으로 나타낼 수 있다면, 방탄소년단은 가사는 물론이거니와 노래와 퍼포먼스 등 육각형이 꽉 찬 케이팝의 정수 같은 그룹인데, 그게 SNS를 만나서 이제야 퍼진 것뿐이지. 결국 'BTS니까'라고 생각해!

뭉 BTS니까! 나는 개인적으로 성공 요인은 '존버'인 것 같아. 1집부터 존버하면서 쌓아놓은 특유의 음악 색깔과 퍼포머로서의 능력치가 있는데, 영상 자체를 많이 보는 시대가 온 데다 이를 글로벌하게 소비할 수 있는 유튜브 같은 플랫폼 덕분에 터진 거라는 생각이 들거든.

시리 맞아. 거기에 하나 더해서 나는 2세대 아이돌이 판을 깔아놓은 점도 크게 작용했다고 생각해. 이미 빅뱅이나 소녀시대 같은 그룹이 퍼지면서 알 만한 사람들 사이에서는 'K-POP 괜찮네?'라고 인식이 퍼져 있었고. 2014년도 LA에서 열린 「KCON」 보면 그때 방탄이 데뷔 2년 차 신인인데도 환호가 꽤 컸어.

봄이 그치. 방탄도 원래 K-POP 팬을 중심으로 퍼진 거지. 신화적이야기처럼 어느 날 갑자기 미국 시장을 장악했기보단, 사실은 K-POP 팬들로부터 시작해서 대중으로 점점 확장된 거라고 생각해.

쥬 콘텐츠 면에서 새로운 포맷을 많이 제시했다는 점도 성공 요인 중 하나인 것 같아. 「달려라 방탄」 같은 자체 콘텐츠를 만드는데 그게 점점 커져서 힘을 가지게 되고, 여기서 해외 팬들이 많이 유입됐던 것 같아.

그리고 '아미'들. 아미들 스스로가 인플루언서(influencer)가 되어서 이런 콘텐츠들의 2차 콘텐츠를 만들고 또 만들면서 확장해 나간 거지.

용 맞아. 팬 영향력을 당연히 빼놓을 수 없지.

봄이 이 모든 이야기에 더해 난 '애티튜드(attitude)'에 대해서도 말하고 싶어. 내가 아직 팬이 아니었을 때, 방탄 관련해서 처음 본 영상이 '방탄 웃긴 영어 인터뷰'*라는 유튜브 영상이었어.

용 오, 맞아! 그 영상 알고리즘에 엄청 많이 떴어.

봄이 그걸 보는데 좀 신선한 충격을 받았어. K-POP 아이돌이 미국 주류 시상식인 「빌보드」에 최초 입성을 한 거잖아? 낯선

....

* 안타깝게도 해당 영상은 더는 이 세상에 존재하지 않는다. 왜인지 알 수 없으나 모두가 방심한 사이 쥐도 새도 모르게 삭제가 되었고, 동명의 영상이 다시 업로드되었지만 2017년 하반기를 풍미했던 바로 그 영상은 아니었다. 하지만 그것도 재밌다. 방탄 is 뭔들?

환경에서 나 같으면 되게 주눅 들거나 아니면 오히려 무게를 잡거나 했을 수도 있다고 생각했거든. 왜냐면 남준이 말고는 아무도 영어 못 하잖아.

시리 맞아. 나 같으면 엄청 졸았을 듯….

봄이 울었을지도 몰라. (농담) 근데 막상 보니 그러기는커녕 파워 당당하더라! 막 콩글리시를 남발하고 몸개그 하고. 웃기려고 하는 게 아니라 자기들이 한국에서 하던 대로 거기 가서도 똑같이 하고 있는 거야. 말이 안 통한다면 바디랭귀지(body language)를 하겠다며 아무 말 대잔치하고 있고. 근데 그런 모습은 미국 포함 서구 사회에서 굉장히 가치를 높게 두는 요소잖아? 자신감 넘치고 졸지 않는 모습.

몽 그렇지. 굉장히 매력적인 태도로 보지.

봄이 음악도 음악인데, 결국 대중한테 퍼진 건 그런 캐릭터 개성이 한몫한 것 같아. 음악적으로는 무대에서 각 잡히고 육각형 능력치 완전체의 모습을 보여주다가도, 인간적으로는 자유분방함*이 같이 공존하는데 어떻게 이 그룹이 매력적으로 보이지 않을 수 있을까?

. . . .

* 2019 「그래미 어워드」에서 정국이 미국 가수 돌리 파튼(Dolly Parton)의 무대를 보고 감동의 눈물을 흘리는 모습이 미국에서 대서특필(?)된 일이 생각난다. '이 세상에서 가장 사랑스러웠다' 며 보는 미국인들의 맘을 또 휘감아버린 우리 막내. 사실 울 애들은 하던 대로 했을 뿐인데!

시리   그런 자유로움 속에서도 일곱 명 캐릭터가 다 다르잖아. 그렇게 쟤네 뭐야? 신기하네 하면서 유튜브를 보다 보면 그 캐릭터가 데뷔 시절부터 계속 쌓여 있잖아. 이런 찾아보는 재미까지 주니까 빠질 수밖에 없지.

"K-POP 그리고 BTS POP?"

용   그런데 어떻게 보면 K-POP이라는 장르가 세계적으로 위상도 높아졌고 대중화되고 있잖아. 그런 K-POP이랑 BTS랑 뭐가 다른가? 거대 3사(SM, JYP, YG 엔터테인먼트) 중심으로 돌아가던 K-POP 산업에서 방탄소년단만이 가지는 포인트는 뭘까? 비슷한 점이든, 다른 점이든.

시리   솔직히 말해 나는 다른 아이돌들의 세계관도 방탄만큼 촘촘하다고 생각해. 세계관 원조는 S 사이기도 하고. 또 얼마 전에 타 아이돌의 프롤로그 영상을 봤는데 영상미가 너무 좋고 세계관 개념도 잘 짜놨더라고. 이 이야기를 하는 이유는 뭐냐면, 방탄이 회사가 기획하고 진행하려는 이야기를 따라간다는 점에서는 다른 그룹과 비슷한데, 차별점을 둔 거라고 하면 여기서 방탄한테 '자율성'을 줬다는 점 같아.

봄이   오~ 자율성. 공감합니다.

시리   자기가 하고 싶은 이야기를 하는 아이돌은 정말 몇 없다고 생각해. 근데 방탄은 하니까. 그게 물론 연출된 것일지라도. '학교' 시리즈에서는 '난 상남자야. 너밖에 없어'라며 치기 어린

187

이야기를 하다가《화양연화》에서 윤기가 '내 박살 난 어깨'＊ 같은 이야기하면서 어쨌든 '나'의 이야기를 직접 하는 것처럼 보이잖아. 그게 다른 것 같아. 그리고 '나의 이야기를 하는 방탄'이라는 걸 믹스 테이프 등으로 엄청 탄탄하게 짜나가잖아. 결국 방탄은 아이돌이기도 하지만, 내 이야기를 하는 '아티스트'이기도 한 거지. 그게 같은 K-POP이지만 엄청난 차이를 만들어 내는 것 같아.

봄이 맞아. 결국 그 세계관이라는 것을 왜 만들었는가의 출발점에서 좀 다른 것 같아. 방탄의 경우《화양연화》세계관 속에서 한 명 한 명이 각자 역할을 맡고 있지만, 단순히 이들에게 이런 스토리텔링을 주고 싶어서가 아니라 전하고자 하는 메시지를 더 효과적으로 표현하기 위한 방식의 일환이었던 것 같아. 세계관이 하나의 콘셉트 소비로 끝나지 않을 수 있는 건, 음악과 인물의 서사까지 다 포함하고 있으니까. 결국 본인들이 본인들의 이야기를 하는 걸 두고 많은 사람이 진정성 있는 아이돌이라면서 말하잖아. '진정성'이라는 세 글자가 굉장히 좀 클리셰(cliché)처럼 들리지만, 결국에는 이 말로밖에 표현이 안 되는 것 같아.

....

＊《WINGS》앨범의 슈가 솔로 곡 〈First Love〉 가사 참고. 너도 울고 나도 울고, 다 같이 울었다.

시리 맞아, 진심. 난 진심인 것 같아. 진짜.

룡 진정성, 진정성 타령하지만, 진짜로 그게 다 한 것 같아. 세계
관 안에서 가끔은 이게 방탄소년단 RM 이야기인지, 인간 김
남준의 캐릭터가 들어와 버린 건지 헷갈릴 정도로 개개인의
진짜 모습 같은 것들이 담겨 있는 것 같아.

봄이 특히 석진이!

룡 그니까. 석진이 〈Epiphany〉는 정말로 인간 김석진 같잖아.

봄이 《WINGS》 앨범에서 석진이가 솔로 곡 〈Awake〉 불렀을 때, 이
게 세계관 속 방탄 진이냐, 진짜 인간 김석진이냐가 굉장히 모
호했잖아. 애초에 세계관 속 설정된 석진이 모습도 나머지 멤
버들과 뭔가 결이 다른 인물로 설정한다든지.

룡 맞아. 여섯 개의 꽃잎을 자기가 들고, 그걸 모으는. ㅋㅋㅋ

봄이 결국에는 그래서 〈Awake〉를 들을 때 더 짠한 감정을 느끼는
거지. 이건 어쩌면 진짜 김석진의 이야기일지 모른다며. 그래
서 석진이의 〈Epiphany〉가 더 와 닿고.

룡 정국이 솔로 곡 〈Begin〉 같은 경우도. 이게 인간 전정국 이야
기야, 방탄 정국 이야기야 하고 헷갈릴 정도로 개인이 훅 들어
와 버리니까 그 점에서 진정성이 느껴지는 것 같아.

봄이 내가 앞에서 애티튜드에 대해 말했지만, 난 연장선상에 있다
고 봐. 방탄이 낯선 미국 시장에 가서도 자신감 있게 자신을

표현할 수 있는 모습의 기저에는 결국 본인들에 대한 자신감이 있어서라고 생각해. 그럼 본인들한테 왜 자신감이 있나 하고 봤을 땐, 결국 그들의 음악이….

시리 내 이야기니까!

봄이 '내' 이야기고, '내'가 직접 만들어 왔고, 그래서 이 음악은 '내' 음악이라는 거. 방탄 음악과 본인 인생이 일치되니까 자기 자신한테 자신감이 있고, 그룹에 대한 자신감이 있고, 그 자신감이 어디에서나 드러나니까 매력적으로 느껴지는 거지. 만약 그냥 회사가 준 곡에 미친 듯이 훈련해서 어찌저찌 '빌보드 200' 찍고 (가능한 건지 모르겠으나) 뭐 해외 토크쇼 같은 데 나갔다 한들, 그들이 그 자리에 가도 할 수 있는 말이 한정될 거 아니야.

룡 확실히 그렇게 되면 내가 뭘 하는지 알기 힘들 것 같아. 회사에서 기획해 준 콘셉트를 그저 소화만 하는 아이돌들은 지금 뭘 하고 있는지 물어보면 바로 대답하기 힘들 것 같아.

봄이 컴백했다고 기자회견*을 열 수 있는 아이돌이잖아.

....

* 《화양연화》 앨범 때부터 이어져 온 방탄표 컴백 기자회견. 언제나 메모지와 볼펜을 준비하고, 멤버 모두가 질문 내용을 성심성의껏 적어 내려가며 답변하는 모습으로도 유명하다. 그 내용 또한 얼마나 알찬지 기자회견의 답변들만으로도 또 하나의 콘텐츠가 되어버린다는 점. 앨범의 핵심 메시지와 더불어 음악에 대한 멤버들의 진정성과 프로정신이 마구 드러나는 장이다. 봄이의 최애 방탄 콘텐츠 중 하나

용 어, 나 기자회견 보고 진짜 감탄했어.

쥬 난 무엇보다 아미가 기존의 아이돌과 정말 다른 점인 것 같아. 빅히트는 일단 하나를 잘 키워서 아티스트로 성공을 시키려고 하다 보니 팬덤의 소중함이나 힘을 더 알 수밖에 없는 것 같아. 아티스트와 팬덤이 같이 성장해 나가려고 하는 느낌.

봄이 처음부터 빅히트가 아미라는 존재를 다른 곳보다 특별하게 생각했을지는 모르겠어. 출발이 좀 다르다고 하면, 팬덤을 어느 정도 먹고 들어가는 3사 중심 K-POP 시장에서 중소기업으로 출발하는 입장이다 보니 팬들의 소중함을 조금 더 알 수밖에 없는 구조라는 점?

용 맞아, 지금은 아미들이 회사를 견제해 주는 역할까지 하고 있잖아.

시리 그래! 일본 앨범 무산시킨* 것 같은 일화도 보면.

봄이 이건 되게 아미들의 풀(pool)이 커져서도 그런 것 같아. 팬덤의 크기가 커지면 커질수록 안 좋은 것도 있는데, 그만큼 뭔가를 정상 궤도로 돌려놓을 수 있는 팬들의 모수도 많아진 거니까.

....

* 논란의 소지가 있는 일본 싱글 곡 발표를 보이콧한 일. 자세한 이야기는… 생략하기로 한다.

"더 커진 방탄소년단, 희망은 음악을 타고"

봄이   그렇게 '인터내셔널쉬림프'가 된 BTS인데….

뭉   ㅋㅋㅋ그렇게 줄여지는 거야?

봄이   2020년 초, 코로나19가 세계를 강타하고 말았습니다. 그렇게 오프라인 활동이 전면 중지된 방탄소년단인데요.

쥬   생각하니까 또 짜증나.

봄이   뭐가?

쥬   맵솔콘* 티켓 생각하니까.

봄이   맞아, 그래서 그것부터 이야기해 보려고 했어. 코로나19가 막 터졌을 때 서울을 시작으로 「Map of the Soul Tour」 월드 투어가 예정되어 있었지. 일차적으로 좌석 추첨까지 진행됐었는데…. 스픽콘 못 갔던 불쌍한 나부터 얘기하자면 진짜 시야 제한도 없는 거의 1열에 가까운 1층 석에 당첨됐었어.

쥬   아, 나도! 나도 1층 완전 좋은 자리였다구. 그리고 내가 티켓

....

* 《Map of the Soul : 7》 앨범을 주축으로, 2020년 4월 11일 서울 콘서트를 시작으로 전 세계 18개 도시에서 예정되었던 방탄소년단의 콘서트이자 아미들에게 1톤의 눈물을 가져다준 콘서트 이기도 하다.

팅을 또 해서 2층 한 석, 3층 한 석 해서 두 장을 더 구했었어. 그걸 내 손으로 취소 버튼을 눌렀지. 눈물을 머금고….

시리 나는 추첨제는 안 됐었는데, 티켓팅으로 나도 1층 잡았었어. 내 손으로 취소 버튼은 차마 못 눌렀다….

봄이 대박. 우리 모두 1층이었네. '내가 방탄소년단 콘서트를 1층 1열에서 보는구나, 와!' 하고 생각했는데 이렇게 될 줄이야.

몽 그때 심정이 다들 어떠셨나요?

봄이 그냥 어느 날 갑자기 문자가 왔거든. 청천벽력이라는 게 이런 건가 싶었지. 내용도 되게 길게 와서 읽어 내려가기 전까지 뭐 상황 파악도 잘 안 됐어. 취소된 사람들에 대한 다음 베네핏(benefit) 이런 것도 없이 그냥 취소였지. 세계 재난이었으니까(?).

쥬 맞아. 어쩔 수 없는 건 아는데…. 방구석 오열….

시리 이때 취소금을 코로나19 사태 해결하는 데에 기부한 아미들이 많았죠.

봄이 맞아. 기부금이 4억인가 모였었어.

몽 그걸 보면서 또 선한 영향력이 떠올랐어. 방탄소년단이 강조하던 선한 영향력이 여기서 이렇게 발휘됐네 하고 생각했지.

봄이 아미들이 코로나19에 기부했다고 계속 뉴스가 올라오고, 커뮤니티 게시판 댓글에 '와, 진짜 멋있다' 같은 이야기들이 많았는데 보면서 뿌듯했어. '여러분~ 우리가 이런 거 알아달라고요~' 하는 마음이 있었어.

쥬 아미의 소속감이 느껴졌지.

봄이 그치. 그리고 월드 투어가 사실상 1년 치가 다 잡혀 있었잖아. 심지어 한꺼번에 취소된 것도 아니고 일단 서울콘 취소, 그다음에 계속 호전이 안 되니까 다음 도시도 취소, 이러면서 콘서트 취소에 대한 탄성이 여기 지구본 펼치면 순서대로 '으아악~ 으아악~' 하는 느낌이었지. 팬들도 우울하고 또 무엇보다 탄이들도 정말 우울해했어. 엄청 열심히 연습하고 보여주길 기다렸을 텐데…. 허탈감, 분노 같은 감정도 많이 이야기했지. 그런데!!

몽 그런데?!

봄이 아이러니하게도 코로나19 덕분에 〈Dynamite〉가 나왔어요?! 인생지사 새옹지마라는 말이 이렇게 쓰일까? 〈Dynamite〉가 사실 탄이들이 안 내겠다고 했었던, 물론 영어 곡으로 나오긴 했지만, 정말 잘 뽑혔고 타이밍으로도 의미가 있는 노래였잖아. 희망이 필요한 시기에 희망을 노래하고 싶었다고. 어쨌든 코로나19가 없었으면 안 나왔을 노래인데 '빌보드 Hot 100' 차트 1위까지 거머쥐게 했어. 원래도 슈퍼스타였지만 뭐랄까 아이돌 덕질에서 슈퍼스타 덕질이 되게 만들어준 느낌. 곡 자체도 진짜 좋아서 그해 여름 정말 많이 들었던 것 같아.

쥬 그리고 또 좋았던 점이 해외 쇼 출연을 하는데 직접 가지 못하니까 한국에서 찍어서 보여주고 했잖아. 무대를 정말 각 잡고 제대로 만들어서, 다른 의미로 '한국에서 찍은 영상이 때깔이 엄청 좋네' 하게끔 우리도 글로벌한 느낌을 잘 낼 수 있다는 걸 보여줄 수 있어서 좋았어. 에버랜드 무대라든지, 경복궁 경회루에서 찍은 무대 같은 거.

봄이 맞아. 웰메이드 무대 영상이 참 많이 나왔지. 커다란 비행기 세팅해 놓고 찍기도 하고, 월드컵 대교 개통 전에 그 위에서 찍은 것도 멋졌어. 그리고 코로나19 이후 자체 콘텐츠 위주로만 활동하던 방탄이 지상파랑 케이블 TV 예능에도 나오기 시작했는데, 특히 「유 퀴즈 온 더 블록」(유퀴즈) 나오고 나서 팬 유입이 되게 는 것 같아. 나한테도 연락이 진짜 많이 왔거든.

시리 「유퀴즈」가 약간 덕심을 담아서 정말 정성껏 만든 것 같았어.

봄이 맞아. 물론 아미들한테는 이 한 시간이라는 짧은 시간 속에 방탄의 매력을 다 담을 수 없다며…. 그렇지만 대중들에게 다가가기 쉽게 최선의 구성으로, 멤버 한 명 한 명이 조명이 된 것 같더라고. 그래서 '야, 네가 슈가가 최애라고 했을 때 잘 몰랐는데, 「유퀴즈」에서 이야기하는 거 보니까 왜 그런지 알겠더라' 같은 연락을 많이 받았지. 앞에서는 자체 콘텐츠돌(?)이라 좋다고 했었는데, 또 이렇게 대중 매체에 나오니까 그것도 좋더라.

쥬   순서가 좋은 것 같아. 보통은 홍보를 위해 일반 매체에 먼저 노출시키면서 시작하는데, 방탄은 그런 케이스가 아니라 역으로 이들이 알고 싶어서 섭외를 요청해서 나온 거니까 정말 성공한 것 같고 뿌듯하고 그렇더라고. 멋있어! 역시 내 스타다!

시리   그리고 식상하지가 않잖아. 대중한테는 자주 나오던 친구들이 아니니까. 그리고 「배철수의 음악캠프」에 나온 것도 되게 의미 있는 행보 아니야? 팝(pop)만 소개하는 프로그램인데, 팝 스타로 나온 거잖아.

몽   이제 팝 스타 맞지.

봄이   어쨌든 코로나19 시국이 진정되질 않는 와중에도 방탄소년단은 꾸준히 노래를 냈어. 《BE》앨범의 〈Life Goes On〉은 한국어 가사 노래 최초로 '빌보드 Hot 100'에서 1위를 했고. 확실히 방탄소년단이 미국에서도 대중 가수로 자리를 잡았다고 느꼈어. 그 이후로 〈Butter〉와 〈Permission to Dance〉로 희망곡 3연타를 이어가고 있는데 내 최애는 〈Butter〉야. 〈Butter〉의 댄스 브레이크는 역대급 아니야? 〈Mic Drop〉을 위협할 정도야. 하지만 영어 가사 곡이라는 점이 마치 역으로 내가 해외 팬이 된 느낌이 들어…. 방탄 노래가 또 가사가 핵심이잖아. 가사 분석하고 막 이래야 하는데 그런 재미는 좀 사라졌어. (울음)

시리 맞아. 나도 가사 덕후잖아. 이 노래들이 나왔을 때 가사부터 봤단 말이야. 근데 어셔(Usher)라든지 엘튼 존(Elton John)이라든지 미국 문화적인 가사가 나오니까 아무래도 몰입이 덜 되긴 했어. 근데 한편으로는 싱글 앨범이니까 이해가 돼. 정규 《BE》 앨범처럼 방탄소년단의 이야기가 더 담긴 음악들이 곧 나올 거라고 생각해서 괜찮았던 것 같아.

쥬 어쨌든 더 글로벌하게 대중적으로 지평을 넓혔지. 「그래미 어워드」 시상자에서 수상 후보로, 합동 공연에서 단독 공연까지 따낸 쾌거도 있어서 어려운 시대 속 나름의 성장 서사를 이어나가는 방탄이들의 행보를 방구석에서 즐기는 재미가 있었어!

봄이 맞아. 코로나 시대에는 어쨌든 희망이 꼭 필요한 상황인데, 그걸 아무나 말할 수 없잖아. 갑자기 뭐 미국 대통령이… 아, 미국 대통령은 더 안 되지.

누나즈 (웃음)

봄이 아무튼 누군가가 희망을 이야기해야 하는 상황이었다고 생각해. 전 지구가 너무 우울하니까. 근데 그것을 할 수 있는 아티스트여서 좋았다는 것을 많이 느꼈던 것 같아. 전달력 있는 아티스트! 그리고《Map of the Soul : 7》이후 어떤 이야기를 할지 궁금했는데, 옆집 친구처럼 친근하게 긍정적인 메시지를 전달해 주는 존재로서의 방탄을 느낄 수 있어 좋았어.

쥬 맞아. '우리도 너희들과 같은 문제를 겪고 있고, 같은 생각을 하고 있어'라는 느낌? 코로나19는 우리만 겪는 어려움이 아니라 방탄 멤버들도 똑같이 힘들어하면서 변화된 일상을 살아내고 있다는 걸 교감할 수 있었던 것 같아. 방탄소년단이라는 그룹이 이제껏 가져온 정체성, 행보와도 맞아떨어지고. 대단하네! 우리 되게 대단한 사람들의 팬이었네! 우주 대스타의 팬이었어!

용 그렇지만 사실 밝고 희망적인 가사를 입힌 노래를 듣는다고 해서 이 시대를 극복해 나갈 만한 긍정적인 힘이 무조건 생기는 건지는 잘 모르겠어. 그건 또 방탄소년단한테 너무 무거운 과업이 아닐는지. 대중 음악을 하는 아티스트가 그런 부분까지 역할을 수행해야 한다고 하기엔 애초에 좀 어려운 부분도 있지 않나….

예를 들면, 영화 한 편으로 세상을 바꿀 수는 없듯이 희망 노래 몇 곡을 연달아 발표했다고 이 시대의 절망이 끝나리라는 메시지를 주기 어려울 수 있다고 생각해. 하지만 이러한 시국

에도 활동을 중단하지 않고 계속 이어나갈 수 있었다는 건, 이
들이 글로벌 팝 씬(scene)에서 확실한 지지를 받으며 활동하는
가수였기 때문이라 생각해서 그런 부분에서 의미가 있는 것
같아.

"떨어져 있어도 연결돼 있기에"

용 다들 콘서트도 취소당하고(?), 코로나19와 함께한 시기 어떻게 견디면서 보냈어?

시리 힘들긴 힘들었어. 왜냐면 나는 주기적으로 오프라인 콘서트를 가야 덕심이 불타는 편인데 그게 없으니까. (눈물)

쥬 아무리 유튜브로 무대를 많이 봐도 직접 현장에 가는 거랑은 차원이 다르잖아. 한낱 팬인 나조차도 이런데 탄이들은 얼마나 힘들었을까 그런 생각도 들었고.

봄이 맞아. 하다못해 내가 못 가더라도 월드 투어 콘서트 영상을 보면서 그 열기를 느끼고 그랬는데, 이제는 무관중으로 설치된 세트 공연 위주로 보다 보니 아쉬운 부분도 컸지.

쥬 나는 방탄 덕분에 위로가 됐던 건 그래도 일단 탄이들이 끊임없이 노래를 내줬다는 것. 그리고 이건 한국 팬의 특권일 수 있는데, 나와 그들이 똑같이 한국에 갇혀서 본인들이 할 수 있는 일들만 하면서 같이 있었다는 게 나름 위로가 됐던 것 같아. '코로나19엔 누구도 별수 없군' 같은 느낌.

용 하지만 이런 시국에도 할 수 있는 것을 계속 그때그때 꾸준히 해나갔잖아. 노래도 계속 나오고. 그 행보 자체가 힘이 되는 것 같아. 가만히 공백을 기다리는 게 아니라 좋았어.

봄이   신기한 게 초반에 RM 라이브 같은 데 보면, 엄청 분노한 모습을 많이 보였단 말이야. 진짜 막막할 때 뭘 해야 하지? 같은 거. 그랬던 그들에게 갑작스럽게 찾아온 〈Dynamite〉…. 역시 될놈될인가.

뭉   뭐야, 왜 갑자기 결론이.ㅋㅋㅋ

시리   아무튼 쉬지 않고 해줘서 정말 고맙다.

쥬   덕분에 잘 견딜 수 있었어. 고맙다. 물론 끝난 게 아니지만!

시리   방탄이 초기부터 소통을 잘하는 그룹이었잖아. 이런 상황에서조차도 트위터랑 위버스에 많이 와주고, 또 노래도 계속 내줘서 무대를 직접 못 보는 아쉬움을 조금이나마 달랠 수 있게 해준 거지.

쥬   맞아. V LIVE에서 삼겹살 김밥을 만든다든지, 달고나나 비즈 액세서리 만들기 같은 것도 하고. 집에서 같이 할 수 있는 것들을 하면서 소통하려고 하는 모습도 위로가 되었던 것 같아.

봄이   물론 여전히 바쁘긴 바빴겠지만 사실 여유 시간이 조금이라도 더 생기긴 했을 거 아니야. 어쨌든 갑작스럽게 찾아온 휴식 시간이 많았을 텐데 그게 좋지만은 않았을 것 같아, 특히 초반에는. 왜냐하면 일을 너무 열심히 하다 보면 노는 법도 까먹는

단 말이지.

룡　그리고 되게 목적 지향적으로 활동을 잡아놓고 기다리고 있었던 상황이었을 테니까. 모든 것이 엎어진 상황이니 당연히….

봄이　그동안 자신을 좀 더 탐구하는 시간을 갖지 않았을까? 슈가만 해도 숙원이던 어깨 수술*도 했고…. 사실 그렇게까지 계속 아픔을 견디는 줄 몰랐지. 매번 공연 때마다 주사를 맞으면서… 흐엉. 얼마나 아팠을까!

룡　봄이는 운다.

봄이　난 궁둥이에 맞는 주사도 아픈데! 아무튼, 그래서 「인더숲」 볼 때 좋았어. 그런 시간들 속에서 만들어진 또 다른 이야기가 있을 테니까. 그리고 그 이야기가 〈Life Goes On〉으로 닿은 것처럼!

쥬　그럼 소위 언택트(Untact) 시대가 온 후에 덕질하는 양상이 좀 바뀐 것 같아? 어때?

룡　아! 나 슈가가 어깨 수술받고 무대에 서지 못할 때, 슈가 홀로 그램(hologram)을 보고 느낀 바가 있지.

시리　아, 나 그거 봤지.ㅋㅋㅋ

⋯⋯⋯⋯⋯⋯⋯⋯⋯⋯⋯⋯⋯⋯⋯⋯⋯⋯⋯⋯⋯⋯⋯⋯⋯⋯⋯⋯⋯⋯⋯⋯⋯⋯⋯⋯⋯⋯

* 슈가는 데뷔 전인 2012년 사고로 인해, 활동 내내 후유증을 겪어왔다. 정확한 병명은 왼쪽 어깨 관절 주변 연골이 파열된 것을 의미하는 '좌측후방관절와순파열'

용   아니, 내가 'SK텔레콤 메타버스 컴퍼니장' 님의 (웃음) 발표를 듣는데, 그게 그분이 추진한 대표적인 프로젝트 사례로 나오더라고. 방탄소년단 무대에 슈가의 홀로그램이 자연스럽게 나오게 볼류메트릭(Volumetric) 기술을 접목해 가지고….

봄이   무슨 말인지는 모르겠지만 있어 보인다.

용   슈가의 동작이나 이런 소스를 미리 따와서 그 위에 다른 멤버들의 움직임과 슈가의 움직임이 최대한 이질감이 없어 보이게 시각 효과를 줬다고 하더라고. 메타버스(metaverse) 우수 사례로 항상 꼽힌대. 나 그래서 은근 관심이 가서 컨퍼런스 결제해 가지고 이틀간 10시간이나 들었잖아.

시리   이건 '방탄 때문에 이 짓까지 해봤다' 사례인데요?

용   아무튼 격세지감을 느꼈어. 멤버들이 아프거나 할 때 고통을 참고 무대에 서기보다는 홀로그램이어도 괜찮으니까 조금 더 몸을 아끼는 방식으로 기술을 적극 사용하는 것도 괜찮지 않을까….

시리   너무 괜찮다.

봄이   그리고 아무래도 비대면 소통이라고 하면 팬 커뮤니티가 중요해서인지 아티스트와 팬이 교감하는 위버스 같은 플랫폼이 되게 빠르게 진화한 것 같아. 개인적으로는 하이브 신사옥에 마련된 하이브 인사이트 뮤지엄 방문도 하면서 좀 굶주림을

달랬던 것 같네.

쥬 나는 온라인 콘서트를 친구들이랑 같이 봤는데 이것도 언택트 시대의 덕질이려나? 하루는 다 같이 팀장님 댁 가서 빔(beam) 띄워보고, 그다음 날에는 우리 집에서 친구들이랑 보고 그랬어.

봄이 근데 원래 오프라인 콘서트 할 때도 온라인 스트리밍은 했잖아. 좀 달랐던 거라고 하면 이번에 아미들 신청받아서 콘서트장 배경에 얼굴 나오게 한 것. 벽에다가 아미들 영상을 띄워서 탄이들도 아미들을 볼 수 있게 한 것 정도가 새로운 시도가 아니었나 싶어. 어떻게든 쌍방향 콘서트를 하기 위한.ㅋㅋ 그렇게라도 만들어 가는 과정에서 무언가 바뀌긴 하겠구나 정도? 그래서 사실 나는 언택트 시대에 변화한 팬 문화는 오히려 없고, 여전히 오프라인 콘서트는 사라질 수 없겠구나 하는 점만 절실하게 느낀 것 같아.

시리 맞아. 만족이 안 돼.

몽 경험이 너무 달라. 그래서 결론은 언택트 시대에 변화한 팬 문화는 없고 오프라인 콘서트의 필요성과 기술의 진보만 느꼈다인가…. 볼류메트릭 기술.ㅋㅋㅋ

봄이 그리고 얼마 전, LA 콘서트가 재개됐고 끝났어요. 다 울었어. 남준이도 울어버렸어. 남준이 눈물 닦는 거, 이게 또 남았어.

(남준이 모습 흉내 중) 무엇보다 멤버들이 '팬들이 눈에 보이지 않고 손에 잡히지 않아서 그들이 존재하는지, 순간순간 이게 현실인지 모르겠다'고 한 적이 있는데 정말 가슴 아팠어. 모니터 너머에 이렇게 우리가 있는데…. 이번 LA 콘서트에서 그동안 부재했던 팬들의 사랑 듬뿍 느꼈기를.

룡 허엉. 이제 오는 2022년 3월 서울 콘서트*가 예정돼 있는데 소감이 어떠신가요?

쥬 일단 백신 추가 접종을 해야 하지 않을까. 그게 첫 번째인 것 같고….

시리 무슨 소리야. 티켓팅을 성공해야지.

봄이 아니야, 추첨이 돼야지!

시리 추첨 끝나고 티켓팅도 할 거 아니야.

봄이 근데 너무 어렵잖아. 티켓팅을 성공한다는 것은. (눈물) 코로나19가 2년 넘게 지속됐는데, 방탄소년단의 기세는 전혀 줄어들지 않고 팬이 훨씬 더 많아진 느낌이야. 그래서 추첨제에서 살아남지 못하면….

쥬 맞아. 자리는 오히려 더 줄어들 수도 있다는데. 근데 나는 입덕 후 계속 가긴 갔었기 때문에 뭔가 막연하게 이번에도 갈 수

----

* 애석하게도 누나즈 중 티켓팅에 성공한 사람은 존버의 아이콘 시리뿐이었다. 비록 '소리지르지 말고 박수쳐~!'밖에 할 수 없었지만, 누구보다 열심히 클래퍼(clapper)를 치다 왔다는 후문

인터내셔널팝케이센세이션선샤인레인보우트레디셔널트랜스퍼USB허브쉬림프BTS

있을 것 같다는 희망이 있어.

시리 나도. 양도든 뭐든 항상 갔었기 때문에….

봄이 하지만 난 스픽콘을 못 갔다고! 이게 이 차이인가? 성공한 자
와 실패한 자.

룡 시리는 긍정적인 미래를 그리고 봄이는 부정적인 미래를 그
리고 있고.(웃음)

봄이 일단 무엇보다 코로나19가 사그라들어야죠. 정말 지겹다. 빨
리 다 끝나고 콘서트 가고 싶다!

"Life Goes On, 그럼에도 생은 계속된다.
그들, 그리고 우리들의 다음 이야기는?"

시리 예기치 못한 파도가 덮쳐왔지만 그 안에서 또 새로운 방탄이
탄생했고, 또 한 뼘 커졌네. 어려운 시기가 아직 지나가진 않
았지만 언젠가는 예전과 같은 일상이 돌아오겠지? 완전히 다
시 돌아온 일상 속에서 또 한 뼘 자란 방탄소년단이 우리에게
어떤 이야길 해줬으면 좋겠어 다들?

봄이 아, 나는 〈Dynamite〉부터 〈Butter〉, 〈Permission to Dance〉까
지 탄이들이 희망곡으로 위로를 많이 해줬는데, 이 시국이 끝
나면 조금 더 탄이들 자신에게서 비롯된 음악을 듣고 싶다는
생각을 했어. 물론 위 세 곡 다 너무 좋아했지만 말했듯이 다
세 곡이 다 영어 곡이기도 했고, 또 외부 작곡가들이었으니까.
그래서 사실 나는 중간에 나온 《BE》 앨범에서 〈병〉이라는 노
래를 특히 좋아했어. 그게 제일 '방탄다움'을 담고 있다고 생
각해서. '일을 해야 되는데 일을 못 해서 미치겠네, 이것도 병
인가?' 이러면서 직업병이나 우울증 같은 이야기들을 하고.
병 병 병 병 병 병 병 ~ ♪ (갑자기 노래)

쥬 방탄이 한마디 하겠는데? '나다운 게 뭔데!' 아무래도 그만

큼 오랜 시간 지켜봤으니 방탄소년단의 색깔에 대한 각자 생각들이 있어서 더 그런 것 같아.

봄이 인정…. 근데 〈Dynamite〉 때 입덕한 아미들은 또 최근의 이지 리스닝(easy listening) 곡들을 되게 사랑하더라고. 〈작은 것들을 위한 시〉 같은 느낌을 좋아하는 것 같아. 확실히 〈Dynamite〉 이후로 팬이 아니었던 친구들이 나한테 뭐 많이 물어보는데 '이제 좀 노래가 귀에 들어오고 그렇다'는 이야기를 하는 거야. 이렇게 의견이 갈리는 부분도 어떻게 보면 재미있는 부분이야.

용 그렇게 디테일하게 감상을 이야기하는 친구들이 있었어?

봄이 응. 그래서 확실히 대중의 관심은 훨씬 많아졌다고 생각했지. 피부로 체감이 된달까. 아, 그러면서 동시에 '초기 방탄'과 '현재 방탄'에 대한 이야기도 나오더라고. 너희들 생각은 어때?

쥬 개인 취향으로는 나도 초기 방탄이 좋긴 해. 약간 다크한 부분도 있는 데다, 방탄만의 세계관의 색깔이 살아 있는 그 느낌을 너무 사랑했고 그것 때문에 입덕하기도 했으니까. 근데 지금 상황으로 봤을 때, 현재 방탄이 보여주는 행보도 좋다고 생각해. 지금 우리 일상이 전염병 때문에 약간 원래에서 벗어난 느낌인 것처럼 방탄도 그런 것이 아닐까? 결국 다시 돌아와서 그들의 이야기를 들려줄 것 같아.

시리 나는 딱 꼬집어서 말은 못 하겠어. 왜냐면 그냥 이렇게 함께 지나가는 느낌이 좋은 것 같아. 어쨌든 성장하는 느낌이. 그래서 '초기가 좋아요, 중기가 좋아요, 지금이 좋아요' 이런 말은 못 하고, 그냥 방탄이니까. 방탄 노래 들으면서 함께 성장해나가는 느낌이 좋다.

용 나는 방탄소년단이 계속 활동하는데 저변을 넓힐 수만 있다면 된다는 주의야. 지금 같은 음악을 계속하든, 예전 같은 음악으로 돌아가든…. 그러니까 방탄소년단의 활동 수명이 늘어나는 방향으로 잘 선택해 주는 게 좋다! 옛날 음악을 하는 것이 지금처럼 대중적으로 팬들의 저변이 넓혀진 상황에서 좀 도전적이라고 한다면 그것도 존중하고. 어쨌든 오래 롱런(long-run)할 수 있는 방향으로 갔으면 좋겠어.

봄이 이야길 듣다 보니 드는 생각이, 방탄소년단은 앞으로 자신들이 해야 할 음악은 뭐라고 생각할까? 예전에는 사유를 많이 했잖아. '난 슈퍼스타도 아니고 쭈구리인데, 내 음악을 알려야 하는데 핍박을 받기도 해서 억울하고 슬프고 이를 갈았던 이야기'를 노래로 많이 승화시켰잖아. 그런데 지금처럼 어느 기점에 이르고 나면, 좀 인류애적인 이야기를 해야 한다는 사명감 같은 게 생기려나? 존 레논(John Lennon)처럼 이매진 올 더 피플(Imagine all the people) 해야 한다든지….

뮹 부담감은 당연히 있을 것 같은데 그렇다고 돌이킬 수는 없는 것 같아. 그러기에는 멤버들도 자랐고, 《화양연화》 같은 가사는 그 시기, 그 나이대의 방탄소년단만이 쓸 수 있는 거고.

시리 그렇네. 그런 의미에서 30대의 방탄소년단에게 기대되는 부분은 있나요?

쥬 우리가 아직 모르는 우리의 미래처럼 예측할 수는 없지만 우리와 공감되는 이야기를 계속해 줬으면 하는 건 있지요.

뮹 나는 뭐, 인류의 전도사가 돼도 나쁘지 않다고 생각해. 그린피스(Greenpeace) 캠페인에서 나올 법한 그런 문구들을 넣은 노래를 한 곡 내도 '왜 안 돼?' 같은 생각이고.

봄이 되쥬 되쥬.

뮹 기후변화를 걱정해도 되고, 차별금지를 서포트해도 되고. 우리가 다 휴먼(human)인데 사람이 사람을 사랑하면 되지 않느냐, 이런 메시지를 줘도 나는 너무 좋을 것 같은데?

봄이 근데 궁금하긴 한 것이 30대에 들어선 우리가 가장 많이 이야기하는 주제를 보면 이제 일, 건강, 재테크, 내 집 마련, 결혼 이런 거잖아. 방탄이 내 집 마련에 대한 이야기를 할 수도 없고…. 아니, 있나?

시리 나는 오히려 사랑 이야기를 해줬으면 해. 너무 '텅!' 빠져 있어. 일부러 피해 가는 것처럼…. 근데 뮹 말 대로 평화 이야기를 해도 좋고, 사랑 이야기를 해도 좋으니까 본인들이 하고 싶은 이야기를 그냥 했으면 좋겠어!

용   맞아. 하고 싶은 이야기. 예를 들면, 사람과 관계? 관계에 대한 솔직한 이야기나 사람들의 관심이 너무 힘들어서 도망치고 싶다면 그런 이야기를 해줘도 너무 좋을 것 같고. 그러니까 진짜 그 시점의 본인이 하고 싶은 이야기!

봄이   공감. 아이돌이란 인식 때문에 사랑 이야기를 못 했든, 아님 다들 너무 사랑 이야기를 하니까 안 했든 진짜 방탄의 사랑 이야기도 좋겠다. 다들 사랑할 거 아니야. 음… 만약 못 한다면 못 하는 서글픔을 말해줘도 좋고.

시리   근데 사실 제일 원하는 건 그냥 오래오래 음악 해주는 거야, 어떤 주제가 됐든.

용   나도. 어떤 음악이든지 계속할 수만 있으면 돼. 본인들이 버거울 때는 가벼운 거 해도 되고, 무거움에 너무 짓눌리지 말았으면 해.

"너희는 그저 행복만 했으면!"

용   「빌보드」 입성이 엊그제 같은데 주요 부문 수상에 「그래미」 공연과 노미네이션(nomination)까지. 이전에 없던 독보적인 행보를 이어가는 방탄소년단. 어디까지 갈 것 같아?

봄이   음, 성과 창출면에서 올해 목표는 다들 한 마음 아닐까?

시리   「그래미」 수상! *

봄이   워후. 사실 이렇게 바라는 게 무조건 '「그래미」 대단해서!'는 아닌 것 같아, 그치?

시리   아니 난 대단해서! 대단해서 여기에 방점을 쾅 찍어버리고 싶어. 어쨌든 가까운 시일에 군대도 가야 하니까. 대단한 커리어를 이루는 건 팬으로서 바라는 일이야. 그리고 우리만 바라는 게 아니고, 무엇보다 멤버들이 원하잖아. 내 새끼(?) 꿈이 이루어지면 좋겠지. 처음 「빌보드 뮤직 어워드」에서 본상 탔을 때 좋아하는 모습 보니 정말 기분이 좋더라!

봄이   그치. 당연히 방점을 찍으면 너무 좋은데, 난 사실 봉준호 감

....

* 본 편의 대담은 2022년 「그래미 어워드」 전에 이루어졌다.

독의 유명(?) 인터뷰랑 비슷한 마음인 것 같아. "한국 영화의 세계적 영향력에 비해, 「아카데미(Academy Awards)」후보에 한 번도 오른 적이 없는 것에 대해 어떻게 생각하냐"는 질문에, "좀 이상하지만 별 것 아니다. 「아카데미」는 국제적 영화제가 아니라 로컬(local) 시상식이니까"라고 답했다는 일화. 그래놓고 본인은 엄청나게 탔지만.

용 나도 그거 봤어.

봄이 생각해보면 「그래미」도 똑같은 거지. 「그래미」가 대단하지만, 어떻게 보면 그들끼리의 리그(league)잖아. 그런 「그래미」나 「빌보드」에 의지해서 가고 싶진 않지만, 현실적으론 그럴 수밖에 없기도 하고. 「빌보드」라고 해야 봐주고 또 그 친구들한테도 보상이 가는 것 같으니까. 그래서 나도 수상했으면 좋겠고, 공연도 꼭 했으면 좋겠는데 한편으로는 이런 마음이 있긴 해. 사실 그런 걸 다 떠나서 이 친구들은 진짜인데!

시리 근데 「그래미」 수상 못 했을 때 팬들이 그렇게 이야기하긴 했잖아. '「그래미」가 뭐길래!' 그렇지만 탄이들이 원하잖아. 노미네이션 되는 것도 매년 기도하는 마음으로 지켜보고. 가장 솔직한 마음은 '탄이들이 원하니까' 받았으면 좋겠어!

쥬 사실 난 이렇게 「그래미」 생각을 할 수 있는 것 자체가 이미 너무 대단하다고 생각해. 예전에 홉이가 대상 꿈꾼다고 했을 때,

"야 밥상이 더 빠르겠다"라고 농담하던 때가 엊그제 같은데. 그때를 생각하면 이렇게 꿈꿀 수 있는 것 자체가 너무 좋다. 하지만 너무 집착이나 욕심은 갖지 말고 편하게, 편하게 했으면 좋겠다는 마음이지.

시리 근데 탄이들 마음가짐도 좀 달라진 것 같아. 옛날에 슈가가 「AMA」에서 첫 공연 마치고 너무 무서워서 울었다고 했잖아. 근데 이제는 바로 그 시상식에서 대상을 타고도 여유롭잖아.

봄이 맞아, 맞아. 막 한국어로 거침없이 소감도 말했지.

시리 이제 즐길 수 있게 된 것 같아서, 그 정도 마음이면 「그래미」를 타도 되지 않나.

봄이 '그 정도 마음이면 「그래미」를 타지 않아도 되지 않나'가 아니라?

누나즈 ㅋㅋㅋㅋㅋㅋ

시리 타야 돼.ㅋㅋㅋ

룡 나는 사실 「그래미」 수상이 뭐가 좋은지 모르겠고, 봄이 말처럼 나한테는 「그래미」가 개인적으로 미국의 시상식이고 해서 그걸 왜 꼭 받아야만 영광스럽다는 건지를 잘 모르겠어. 그래서 그게 최종 목표처럼 느껴지지는 않았으면 좋겠어. 언감생심 이런 포트폴리오를 꿈꿀 수 있는 아이돌은 없었으니까 전무후무한 것은 맞으나, 한편으로는 부담을 가질까 봐.

봄이 맞아. 근데 또 음악 하는 사람들한테는 다를 수 있지. 사실 우리가 음악 하는 사람들이 아니라서 그렇지, 탄이들은 「그래미」 수상의 의미나 상징성 같은 것을 좀 더 느낄 수 있지 않을까.

용 좋은 이벤트가 되겠지. 인생에 있어서 기억에 남을 만한 이벤트가 하나 더 생긴다는 면에서는 당연히 받았으면 좋겠다고 생각해! 하지만 「그래미」를 타든 말든 이미 나한테는 슈퍼스타고 1등 가수이기 때문에, 상을 몇 개를 타든 나만 계속 그 사람들 음악을 들으면 되는 거지!

봄이 응. 항상 얘기하지만 타도 좋고, 타지 않아도 좋아요.

시리 맞아. 탄이들이 원하니까 나도 바랄 뿐! 그냥 행복만 했으면 좋겠다.

봄이 그게 결론이죠. 뭐. 탄이들 하고 싶은 거 다 하고 그저 행복했으면!

"
너의 수고는
너 자신만 알면 돼.
"

진

전
轉

Track

7

일코 vs. 덕밍아웃

시리 자, 대망의 파트 '전'이야. 내가 왜 대망의 파트라고 하는지 다들 잘 알 거라 믿어.ㅋㅋ 《Love Yourself 轉 'Tear'》 앨범에서 〈Fake Love〉의 폭풍우 같은 감정의 소용돌이가 등장했듯이, 우리도 '전' 파트에서 방탄 덕질을 하면서 느꼈던 멜랑꼴리(melancholy)한 감정, 그니까 현타*를 조목조목 짚어볼 거거든!

뭉 우리 되게 「알쓸신잡」 같아. 그냥 덕질을 하면 되는데 쓸데없이 진지하게 시간을 들여서 분석하네.

쥬 그게 우리 덕질의 차별점이지.

시리 ㅋㅋㅋ덕질이 꽃길뿐이면 바랄 게 없지만, 사실 그렇지 않잖아?

누나즈 (격하게 끄덕)

봄이 탄이들은 꽃길만 걷기를 바라지만 우리가 현타에 빠지기도 하고.

시리 맞아. 방탄하면서 얻는 기쁨은 크지만 그렇기 때문에, 따라오는 현타도 만만치 않다 생각해. 또 우리 나이가 나이인지라(?).

뭉 어떤 질문이 나올지 벌써 두렵다.

....

* '현실 자각 타임(time)'의 준말. 흔히 헛된 꿈이나 망상 따위에 빠져 있다가 자기가 처한 실제 상황을 깨닫게 되는 시간을 의미한다. 여기서는 신나게 덕질을 하다 불현듯 "어? 나 왜 이러고 있지?" 하는 괴리감에 대해 중점적으로 이야기해 보았다.

"언제부터 덕질해야 '아미'인가요?"

시리   먼저 근본적인 질문을 한 번 던져볼까? 우리 모두 소위 방탄 '덕후'인데, 덕후와 일반인(?)을 가르는 기준은 뭐라고 생각해? 다시 말하면, 언제부터 '덕후'가 되었다고 생각하는지 궁금해!

룡   음, 나는 '저장'의 순간부터? 특정 대상의 사진이나 짤을 저장하기 시작하면 덕후 세계에 들어선 거라고 생각해. 난 어릴 때부터 아이돌을 계속 좋아했지만, 한 번도 덕질에 돈을 써본 적은 또 없거든. 콘서트는 가지만, 장거리를 뛰며 공개 방송을 따라 다니거나 하지는 않았어. 나는 방구석 덕질 스타일이어서, 방에서 보고 또 볼 콘텐츠를 저장하는 것으로 충족이 되는 타입이고 이게 내 열정이었거든. 내가 어떤 대상의 모습을 저장을 하든 수집을 하든, 어떤 카테고리에 빠져서 하나하나 모으기 시작한다는 것은 일반인이라 하기에는 투 머치 아닌가? 그래서 나에게 덕후의 기준은 아카이빙의 시작이라고 봅니다.

쥬   이게 재밌는 게 '저장'은 약간 덕질 DNA에서 비롯되는 것 같아. '팬아저'*라는 말도 있잖아. 저장하는 행위 자체가 덕후의 DNA를 가지고 있는 어떤 인간의 습성 아닐까. 나는 팬이 아니더라도 타 아이돌도 귀엽고 예쁜 짤이 있으면 저장하고는 하는데….

봄이   '팬아저'라는 말이 나왔다는 것 자체가 다르게 보면 '팬이면 무조건 저장'을 한다는 것 같기도 하네.ㅋㅋㅋ '첫 저장짤 자랑하기' 같은 것도 있잖아. 사실 첫 저장짤**이 궁금한 게 정말 그 짤이 궁금하기보다는 어떤 계기로 인해 덕질이 시작됐는지 알 수 있게 하니깐.

참고로 내 첫 저장짤은 왜 그랬는지는 모르겠지만 〈Not Today〉 안무 영상에서 정국이가 자체 슬로 모션(slow motion)으로 앞구르기를 하는 짤이야. 약간 쇼크에서 비롯한 저장 행위였던 듯. (웃음)

시리   맞아! 나는 〈No More Dream〉 때 태형이가 안경 던지는 공무원 짤이 첫 저장짤이야! 모범생에서 갑자기 무대 천재로 돌변

---

* '팬이 아니어도 저장한다'라는 뜻으로, 자신의 덕질 대상이 아니어도 그의 사진이나 영상을 저장하는 행위를 말한다. 자칭 및 타칭 '짤 덕후'인 쥬의 특징적인 행위로, 쥬의 앨범에는 921,204개의 짤이 있다는 소문이 있다.

** 누군가의 '덕후'가 된다는 건 어쩌면 대상에 대한 '아카이빙'을 시작한다는 것이 아닐까? 그런 의미에서 '첫 저장짤'은 스스로 덕후가 되었음을 인정하는 순간인 것 같다. 시리의 말을 듣고 뭉이 찾아본 자신의 첫 저장짤은, MBC 「아이돌스타 육상 선수권대회」 분홍 후드 지민! 꺄, 다시 봐도 귀여워서 기절

하는 그 모습!

쥬　갭 차이 인정. 난 프로짤줍러라 그런지 비단 아이돌뿐 아니라, 덕질 대상에 돈을 쓸 수 있냐 없냐도 중요하다고 생각하는 편이야. 굳이 그렇게까지? 하는 것에 돈을 쓸 수 있다는 마음이 생기는 것. 이건 특별한 마음, 즉 덕심이 아니면 하기 힘든 거잖아. 덕후는 투자를 한다!

봄이　흠… 확실히 안 쓰던 돈을 쓰기는 하지. 하지만 나는 돈보다는 '시간'을 더 꼽고 싶다. 내 한정된 시간을 덕질 대상에 투자하는 양이 높아질수록 비커밍(becoming) 덕후가 되는 거라고 생각해. 물론 시간을 들이다가 덕심이 커질수록 소비에 대한 부분도 변화가 있을 수 있겠지만.

　　나도 처음에 방탄에 스며들면서 앨범이나 굿즈를 사야겠다는 생각보다는 그들의 음악을 듣고 콘텐츠를 소비하는 데 시간을 엄청 들였지. 하루에 3시간 이상을 방탄에만 썼으니까.

시리　둘 다 맞는 말인데, 누가 '저는 어벤져스(The Avengers) 덕후예요.'라고 했을 때 「아이언맨(Iron Man)」만 본 사람이 그렇게 말하진 않잖아.

　　나는 덕후를 논할 때, 덕질 대상에 대한 정보량이 어느 정도 됐을 때부터 덕후가 아닌가 생각해. 덕후라면 공유하는 기본 정보가 입력됐을 때?

쥬   그래서 나한테 「아허라」* 안 봤다고 자꾸 뭐라 했구나.

시리 아니~ 그건 너무 재밌으니까 보라고 거듭 추천한 거지.

봄이 그래서 '입덕 부정기'라는 말이 정말 신박한 것 같아. 각자 덕
    질에 대한 정의가 다르듯, 나 자신의 덕질을 정의 내리기 위해
    나온 말인 거지. 내 마음을 살펴보는 기간인 건가, 내 팬심의
    정도를.

용   맞아. 스스로 덕질 대상과 밀당하는 느낌. 그런데 우리 누나즈
    네 명 다 2017년, 그러니까 방탄소년단보다 BTS가 자연스러
    웠던 그 시기** 이후에 입덕했잖아. 당시로선 소위 늦덕***
    이었는데, 늦덕에서 온 현타, 혹시 있었어?

봄이 나 있었어. 난 처음 입덕하고 나서 "방탄 팬이세요?" 하고 누가
    물으면 "네, 팬이에요" 했는데, "아미세요?"라고 하면, 어버버
    했었어. '아미'라는 단어의 정의에 대해서 고민이 됐거든.

쥬   궁금한 게 아미라고 하면 다들 자기한테 하는 이야기 같아?
    옛날에 워너원이 "워너블! 사랑해요!" 하면 나한테 하는 이

─────────────────────────────

* 2014년 7월부터 9월까지 Mnet에서 방영한 리얼리티 프로그램 「아메리칸 허슬라이프」의 줄임
말. 미국으로 '강제 힙합 유학'을 간 데뷔 2년 차 방탄소년단의 성장기를 담고 있다.
** 2017년은 방탄소년단에게 아주 중요한 해였다. 「빌보드 뮤직 어워드」에서 '톱 소셜 아티스트
(Top Social Artist)' 수상, 「AMA」 초청으로 인한 미국 TV 데뷔 등 본격적으로 글로벌 그룹으로 도
약한 원년이었기 때문이다.
*** 본 대담의 발제는 2019년에 이루어져 2017년 입덕이면 늦덕이라 불리었다…. 2022년 기
준으로 늦덕이란?

야기 같았는데, 지금은 방탄이 "아미! 사랑해요!"라고 해도 나한테 하는 이야기 같진 않아. 나 아미 공식 회원인데도. 그래서 자꾸 스스로 아미가 아니라고 말하게 돼.

시리 흠…, 왜 그럴까?

봄이 방탄은 데뷔하고 그야말로 밑바닥에서부터 올라온 서사가 있는데, 난 나중에 팬이 됐으니까. 멤버들이 "우리를 이 자리에 올려준 아미들!" 할 때 난 왠지 해당 사항이 없는 거 같고. 팬이긴 한데 아미로서의 정체성은 없는 느낌이 드는 게 아닐까? 나는 약간 그랬어.

룡 나도 비슷해. 팬은 맞는데 '아미'라는 단어에 감정이입이 잘 안 돼. 방탄이 고군분투했을 때는 팬이 아니었는데, 영광의 순간에는 팬이라고 하니까. 방탄이 아미한테 고맙다고 할 때마다 그 진심이 느껴지지만, 그게 나한테 하는 말 같지는 않단 말이지? 아주 예전부터 방탄을 응원해 온 팬들에게 염치가 없기도 하고. 내가 감히 아미라고 해도 되나? 자기 검열 같은 거지.

시리 나는 좀 다른 게, 내가 늦덕이어서 오는 현타는 사실 거의 없거든. 우리가 어떤 사람을 2017년 가을부터 좋아한다고 해보자. 그렇다고 해서 '2017년 가을부터의 너를 사랑해. 과거는 잘 모르겠어'라고 하지는 않잖아. 지금의 그 사람을 만들어온 과거까지 궁금하고 알고 싶고 사랑하지. 마찬가지로 '2017

년부터 영광의 방탄, 성공의 방탄 너무 좋아!' 이런 건 아니잖

아. 좋아하고 보니 '과거에 이런 일들이 있었네? 옛날 앨범도

들어봐야지!' 하고 지난 콘텐츠까지 즐기는데, 내가 아미가

아니라는 생각을 굳이 해야 하는지 잘 모르겠어.

봄이 '방탄에게 있어서 나는 뭘까' 하고 자기 검열을 하는 거지. 〈둘!

셋!〉*이 눈물 버튼이라고 하는데, 나는 그 안에 없었잖아. '시기

가 뭐가 중요해, 마음이 중요하지'라고 생각하면서도 "아미세

요?"라는 물음에 어버버 할 때 이런 영향이 있었던 거 같아.

룡 어쩌면 미안한 마음? 가장 빛나는 것만 취하는 느낌이라 덕질

하다가 문득 현타가 오는 거지.

시리 늦덕이란 단어 하나 꺼냈을 뿐인데, 방탄에 대한 미안한 마음

까지 나오고 있습니다, 여러분!

쥬 찐이다 찐.ㅋㅋㅋ

봄이 물론 지금은 어엿한 아미라고 당당하게 이야기할 수 있어! 힘

들었던 시기를 함께하진 못했지만, 오랜 시간 응원하면서 같이

했으니까. 어쨌든 우리도 이제 늦덕이라고 하기가 애매해졌는

데, 그 이후에 입덕한 팬들도 우리처럼 생각할지 궁금하다.

시리 그러게, 이제 우리도 더 이상 늦덕이 아닐지도?

....

* 《WINGS》 앨범에 수록된 방탄소년단의 대표적 팬 송. 풀 네임은 〈둘! 셋! (그래도 더 좋은 날이 많기를)〉

"방탄 좋은데, 진짜 참 좋은데,
어떻게 일코 안 할 방법이 없네?"

시리 이제 그럼 조금 더 우리 안의 내밀한 현타에 집중해 볼까? 우리 다 사회생활을 하는 30대잖아, 다들 일코*하는지 궁금해. 이렇게 찐으로 좋은 방탄인데도.

봄이 일단 나는 작년 초까지는 회사에서만 일코했었어. 뭔가 일하는 곳에서는 내 취향을 선택적으로 공유하고 싶었거든. 내가 방탄 덕질을 하는 것에 대해서 회사에서까지 다른 이들의 의견을 수용하고 싶지 않았던 것 같아.

뭉 나도 회사 다닐 때 일코를 했었어. 두 가지 이유가 있었는데,

시리 어머, 무려 두 가지씩이나!!

뭉 첫 번째 이유는 어떤 콘텐츠에 대한 배경 지식이 많다는 걸 알리면 항상 일이 많아졌어. 내가 TV 키즈(kids)라는 게 알려지면서 진짜 일이 많아진 적이 있거든? '이것도 니가 잘 아니까 뭉이 해', '저것도 뭉이 해' 같은 거 있잖아. 방탄 팬이라고 덕

---

* '일반인 코스프레'의 줄임말. 주위의 시선이 두려워 자신이 좋아하는 연예인이나 취미 생활을 감추고 드러내지 않는 일을 말한다.

밍아웃 하면 아이돌에 조금이라도 관련된 업무는 다 나한테 넘어올 게 뻔하잖아?

두 번째 이유는, 내가 팬임을 밝히면 긍정적이든 부정적이든 나라는 사람에 대한 피드백이 와. '헐~ 몽 이런 남자 스타일을 좋아했구나!', '취향이 소나무구나!' 같은 것들. 굳이 내가 방탄 팬인 것을 회사에 밝혀서 회사 사람들에게 이런저런 피드백을 듣고 싶지 않았던 거 같아.

쥬   난 예전이었으면 일코를 했을 거 같은데 지금은 안 해. 일코라는 게 본인의 신념도 관련되어 있지만, 주변의 영향도 큰 거 같아. 지금 팀은 방탄 콘서트 가게 됐다 하면 축하해 주거든? 취향을 존중해 주는 분위기라서.

시리   맞아, 일코 해제에는 내가 속한 집단의 분위기가 되게 중요한 거 같아. 내가 속한 어떤 집단에선 아직도 아이돌을 좋아하면 약간은 한심하게 보는 분위기가 있어. "엥? 나이가 몇인데?" 이런 느낌.

봄이   결국 분위기네. 덕후의 기질을 받아들여 줄 수 있는지 없는지. 사실은 아이돌이기 때문에 더 민감한 게 있긴 하지.

몽   취향에도 급을 매기는 사람들이 많으니까.

봄이   그니까. 일코가 언뜻 보기에는 나 자신의 문제 같지만, 사회에서 기본적으로 공유되는 아이돌 좋아하는 사람에 대한 편견이 있고 거기에 상처받고 싶지 않은 마음이 더 크기도 해.

용 자기방어 기제를 발동시키는 거지. 내가 굳이 그런 편견에 맞서 싸워서 그 사람들에게 내 취향을 인정받아야 할 필요는 없으니까.

봄이 스스로에게 "방탄소년단 팬인 게 부끄럽냐?" 물어보면 전혀 아니거든? 근데 내가 방탄소년단을 좋아한다고 말했을 때 색안경을 끼고 볼 것 같은 사람들에게는 굳이 말하고 싶지 않은 거지.

용 어차피 다른 세계에 사는 사람들이니까. 그런 사람한테는 취향에도 자기만의 급이 있어. 이 나이에는 이러이러한 걸 좋아해야 한다는. (분노하며) 웃겨, 내가 30대에 방탄 좋아한다는데 그걸 왜 너희들한테 설득해야 하는 거지? 내가 그냥 방탄소년단 좋.다.는.데.!!

누나즈 ㅋㅋㅋㅋㅋㅋ

시리 아이돌이 왜 이렇게 특수한, 그러니까 30대쯤 되면 졸업해야 할 취향으로 취급받는 걸까? 「해리포터(Harry Potter)」나 프라모델 좋아하는 사람한테는 '키덜트(kidult)'라는 이름도 잘만 붙여주면서?

쥬 영화, 책은 보편적 취향이지만 아이돌은 예전부터 좀 특수한 취향 취급을 받았잖아. 삼촌팬, 빠순이 프레임이 오래됐기도 하고. 그런데 요즘은 아이돌을 좋아하는 게 보편적 취향이 되어가고 있다고 생각해. 방탄소년단 덕택에.

시리 맞아, 그리고 「프로듀스 101」 시리즈도 한몫했지.

봄이 맞아. 말도 많고 탈도 많은 프로그램이 되었지만 확실히 아이돌 팬 저변을 넓혀주긴 했어. 그래도 여전히 마이너하게 보는 사람들이 많은 것 같아. 옛날에 빅뱅, 소녀시대 팬이라고 할 때는 분명 이렇게까지 배척받는 분위기까지는 아니었는데.

뭉 나는 아이돌에 대한 시선이 양극화되고 있는 거 같아. 취향 존중과 비존중. 이 업계*만 벗어나도 아이돌에 관심 있는 사람이 드문 것 같거든. 젊은 남자 아이돌을 좋아하는 30대? 사실 그렇잖아. 젊어서 좋아하는 거 맞고, 잘생겨서 좋아하는 거 맞고, 멋있어서 좋아하는 거 맞고. 물론 그게 다가 아니래도 사실이긴 하잖아. 그런데 어째서 그게 폄하되어야 할 취향인 거지? 그게 왜 잘못인지 모르겠으며, 그 취향이 누군가에게 비난받을 거리인지 모르겠다.

쥬 내가 싱글이어서, 아이돌 좋아하는 걸 한심하게 보는 사람들도 있는 거 같아.

시리 그치, 아이돌 좋아해서 연애 못 한다고.

....

* 앞서 밝힌 바처럼 누나즈 모두는 문화콘텐츠 업계에서 일하고 있다.

쥬　근데 또 보면 남자친구 있는 사람이 아이돌 좋아해도 한심하게 보는 사람도 있더라고.

시리　그치, 아이돌 좋아해서 철 안 들고 결혼 안 한다고!

쥬　결혼한 사람이 좋아해도 한심하게 보더라고?

시리　그럼 아이돌 좋아하느라 아기 안 가진다고!!

쥬　아기 있는 사람이 좋아해도 한심하게 보던데!!!

시리　그럼 아이돌 좋아해서 가정에 불화 생긴다고!!!!

누나즈　(일동 폭소)

시리　진짜 아이돌 좋아하는 게 죄다 죄.

봄이　아이돌 좋아하는 취향을 폄하하는 사람 중엔 자기 취향을 올려치기 하려고 그러는 사람도 많은 것 같아. 남의 취향을 깎아내리면 자기 취향이 높아 보이기도 하잖아? 해외 밴드, 빌보드 가수는 핫해서 좋아하고 방탄은 아니래. 아니 같은 빌보드 가수인데?

쥬　우리는 되게 다양한 이유로 방탄을 좋아하는 거잖아. 노래도 좋고 가사도 좋고 본받을 점도 많고, 그런데 그걸 모르는 사람들은 우리가 '오직' 이성적인 측면으로만 방탄을 좋아한다고 생각하잖아. 그래서 편견이 계속 생기는 거 아닐까?

룡　맞아, 나는 삼촌팬에 대한 편견도 마찬가지인 거 같아. 예전에 「나 혼자 산다」에서 노브레인(Nobrain) 이성우 씨가 러블리즈(Lovelyz) 덕질*하는 게 나오더라고. 진짜 일상에 활력을 주는 덕질로 보여서 재미있게 봤어. 또 그런 의문도 들더라. 각자 좋아하는 것을 마음껏 좋아하는 게 어째서 누군가를 평가하는 잣대가 되는지. 누군가를 순수하게 좋아하는 마음을 누군가가 평가하는 게 더 이상하지 않은가?

* MBC「나 혼자 산다」에 출연한 노브레인 보컬 이성우는 러블리즈 사진, 사인, 굿즈, 응원봉까지 인증하며, '러블리너스' 4기 회원임을 당당히 덕밍아웃했다.

"취향은 드러냈을 때 더 유리하다"

시리 다들 아이돌에 대한 편견에서 얻은 크고 작은 상처가 하나씩 있는 거 같아. 그런데도 덕밍아웃한 사람도 있는 거 같단 말이지? 덕밍아웃 경험, 오픈할 수 있겠습니까?

봄이 사실 저는 책 쓰고 나서 자랑하고 다니느라 덕밍아웃당했, 아니 했습니다.

몽 저도 그랬죠. 사실 지금 내 주변에는 K-POP 팬은 없지만 방탄소년단을 좋아한다는 걸 나의 여러 취향 중 하나로 생각을 해주는 편이라, 특별히 일코를 하지는 않아. 업을 바꾸고 프리랜서로 독립하면서 덕밍아웃이랄 것도 없이 그렇게 됐네.

시리 나도 인스타에 책 홍보하고 그랬더니 친구들한테서 막 연락이 오는 거야. '나도 방탄 좋아하는데 사실 일코하고 있다. 책도 잘 읽었다'면서 연락 오고….

쥬 사실 나는 회사 다니면서 한동안 가면을 쓰고 다녔거든. 회사에서 잘해야겠다는 강박이 심해서, 심지어는 사무실에서 깔깔깔 하고 웃지도 못했어. 근데 어느 순간 온전히 나 자신을 보여주고 싶어지더라? 나는 이렇게 흥이 많은 사람인데, 왜 이렇게 쭈그리고 살아야 하지? 그런 의문이 들어서 어깨춤도 막 추고, 수다도 막 떨고 그랬어. 뭐 말하자면 〈Epiphany〉*였던 거지.

누나즈 오우, 〈Epiphany〉!

쥬 그런데 이렇게 내 모습 그대로 살다 보니까 있잖아, 누가 부정적인 말을 한다고 해도 그걸 받아칠 힘이 생긴 거 같아. '내가 원래 이런 애인데 어쩔 거야? 내가 원래 방탄소년단 좋다는데 니들이 어쩔 거야? 그래, 나 아이돌 좋아한다, 내 취향 구리다고? 그래 니가 뭐 어쩔 거야?' 이런 거지.

봄이 와~ 이게 바로 진정한 럽마쉘 아닙니까?

쥬 물론 처음에 자신을 드러냈을 때 맞닥뜨리게 되는 경직된 분위기는 힘들었어. 하지만 자신을 온전히 드러냈을 때 얻는 힘이 분명 있는 거 같아.

스스로에게 당당할 때 그런 부정적인 피드백을 내칠 수 있다고 생각해.

시리 맞아. 공감이 간다. 나 처음 방탄콘 갈 때는 너무너무 눈치 보

....

* 《Love Yourself 結 'Answer'》 앨범에 수록된 진의 솔로곡 제목. 에피파니(Epiphany)의 사전적 의미는 '평범하고 일상적인 대상 속에서 갑자기 경험하는 영원한 것에 대한 통찰로 다소 어렵게 느껴지는 종교적 색채가 깊은 단어. 하지만 쥬는 작은 깨달음이 있을 때마다 '에피파니했다'고 말하며 지극히 일상적인 단어로 활용하고 있다.

였거든. 아이돌 콘서트 가려고 연차 낸다고 하면 사람들이 날 어떻게 볼까 싶었어. 그런데 '내가 좋아하는 거 보려고 내 연차 쓰는 건데 뭐'라고 생각하니 마음이 편해지더라. 내 자리에 방탄 사진도 하나씩 놓고 할수록 회사에서 숨 쉴 구멍도 하나씩 생기는 거 같아.

쥬 그러니까. 이제 누가 '방탄 좋아하니까 남친 없지' 이런 말 해도 웃으며 받아칠 수 있을 거 같아.

봄이 멋있다. 나도 그러데이션처럼 덕밍아웃을 하고 있는데, 확실히 〈Dynamite〉 이후에 팬이 또 엄청 는 것 같은 거야. 회사에서도 방탄소년단에 빠졌다고 이야기하는 사람이 늘었는데, 그때마다 내가 슬쩍 '사실 제가 이런 책을 썼는데 관심 있으세요?' 하면서 틈새를 공략했거든. 근데 생각보다 응해주는 사람이 되게 많았어!

쥬 주변에 라이트(light)한 팬들도 더 많아지면서 좀 더 쉽게 얘기할 수 있게 된 것 같아. 예전에는 '아이돌 팬'이라는 프레임에 갇힌 시선이 많았다면, 지금은 좀 더 '월드스타의 팬'으로 보는 느낌이 되었달까. '아, 그래. 다들 방탄 좋아하더라~' 이렇게 받아들여지니까. 사실 나는 항상 '방탄소년단'이라는 가수의 팬이었을 뿐이지만.

봄이 맞아. 'A.R.M.Y is everywhere(아미는 어디에나 있다)'라고,

예전에 혼자 회사 복도 지나가는데 치미* 휴대폰 케이스에 쿠키** 슬리퍼를 신고 지나가시는 분 뒤꽁무니를 나도 모르게 쫓아간 적이 있었어. 나는 일코하고 있었던 때인데, 그게 너무 멋지고 그 사람이 궁금해서.ㅋㅋㅋ 그리고 회사에서 격주로 일찍 끝나는 날이 있었는데, 퇴근 시간이 되면 스피커로 노래 틀어주는 분이 있었거든. 그런데 언젠가 방탄 노래가 나오는 거야. 알고 보니 엄청난 정국 덕후시더라고. 그런 사람들하고 같이 이야기하고 싶어서 이젠 '저 아미예요~ 책도 썼어요~'라고 얘기하게 됐어. 덕밍아웃이라는 게 처음이 어렵지, 하고 나면 별거 아니더라.

시리 나도 일코 해제를 그렇게 인스타를 통해서 했는데, 생각보다 별일이 없더라. 그래서 진작 할 걸 그랬다고 느꼈어. 내가 나의 틀에 스스로를 가둬놓고 사람들이 나를 이상하게 보지 않을까 지레짐작으로 생각한 건 아닌가.

봄이 시리는 덕밍아웃 덕분에 콘서트도 갈 수 있었잖아.

시리 맞아! 내가 아미라는 걸 밝히고 나니 회사 온라인 게시판에 콘서트 표 양도 글이 올라온 걸 보고 다른 팀 팀장님이 전화 와서 '시리야, 빨리 댓글 달아!'라고 말씀해 주신 덕분에 선

* 라인프렌즈 캐릭터 BT21의 강아지 캐릭터. 지민의 아들 혹은 딸
** 라인프렌즈 캐릭터 BT21의 근육 토끼 캐릭터. 정국의 아들 혹은 딸

착순 당첨될 수 있었지.

묭   너무 훈훈하다.

쥬   그리고 그 티켓 놓친 게 지금 우리 팀장님. 그렇게 아쉬워하시 더라고.

누나즈   (웃음)

묭   확실히 취향은 드러냈을 때 유리한 점이 더 많은 것 같아. 나 는 요즘 비즈니스 미팅을 할 때 처음 만나는 사람이 내가 방탄 소년단 팬인 걸 인스타를 통해 미리 알고서는 '저도 누구 좋 아해요~' 하면서 첫 만남의 어색한 분위기가 풀어지는 경험 도 좀 했어.

쥬   몇 년 전에 마룬 5(Maroon 5) 콘서트가 평일에 있었는데. 야근 을 해서 못 갔어. 그때는 팀원들한테 마룬 5 팬이라고 말도 못 했었고.

그런데 화장실에 우연히 만난 다른 팀 차장님이 해주신 말이 아직도 기억나. "아이고, 부질없다. 시간 지나면 지금 무슨 일 을 했는지는 다 까먹고 못 간 그 콘서트만 기억날 텐데. 하고 싶은 대로 그냥 해요!" 근데 진짜 그때 무슨 일 했는지 지금 기억 하나도 안 나거든. 콘서트 못 간 것만 억울하고. 다들 하 고 싶은 대로 했으면 좋겠어. 눈치 보지 말구.

묭   물론 일하는 나와 덕질하는 내가 일치하면 좋겠지. 가면을 쓰고 살아가는 건 힘들 테니까. 하지만 그렇게 용기 내기까지 걸리는 시간이 다 다를 텐데, 덕밍아웃을 못 한다고 해서 자책할 필요도 없는 거 같아!

내가 나의 틀에 스스로를 가둬놓고

사람들이 나를 이상하게 보지 않을까

지레짐작으로 생각한 건 아닌가.

SUGA

"

구름 위는 항상

행복할 줄 알았는데

아래를 보니 때론 두렵기도 하네요.

우리가 함께 날고 있음에

용기를 얻습니다.

추락은 두려우나 착륙은

두렵지 않습니다.

"

전
轉

Track

8

거울에다 지껄여 봐,
이 감정 대체 뭐니?

"유사 육아, 유사 연애. 내 감정의 모양은?"

쥬　　일코 이야기할 때 잠깐 나온 주제인데, 어린 남자 아이돌을 좋
　　　아하는 30대 누나 팬의 감정에 대해서는 편견이 많은 것 같아.
　　　아이돌 덕질하는 마음이 결국 연애하는 거랑 비슷한 거 아니
　　　냐며 '유사 연애'라는 말이 있기도 하고, 내 새끼 키우는 부모
　　　마음에 비유하는 '유사 육아'라는 말까지 있고. 덕질하면서
　　　내 감정은 어떤 마음에 가까운 것 같은지 생각해본 적 있어?

룡　　왠지 앞에 거울을 갖다 두고 나 자신과 대화를 해야 할 것 같
　　　은 질문이다.

쥬　　거울에다! 지껄여 봐! 너는 대체 누구! *

시리　어려운 질문이다. 생물학적으로 남자니까 이성으로 안 본다
　　　고 할 수는 없지만, 이 감정을 기다 아니다로 정리하기에는 미
　　　묘한 부분이 있어.

룡　　나는 처음에 특히 '유사 연애'라는 단어를 들었을 때 냉소적
　　　이었어. '내 나이가 몇인데' 이런 느낌. 이제 30대니까 20대

....

* 《Love Yourself 轉 'Tear'》 앨범의 〈FAKE LOVE〉 가사 중에서. "거울에다 지껄여봐 너는 대
체 누구니"

처럼 아이돌한테 연애 판타지를 투영하기엔 감성도 많이 메말랐고. 그런데 '진짜 순수한 응원의 마음만 있는가'라고 스스로 질문을 계속해보니까 아닌 것 같다는 결론이 났어. 최애가 내 이상형이랑 가까워서 그런가? 평소에 사람을 만날 때 각자 보는 포인트들이 있잖아. 그런 포인트들이 최애에도 투영이 되는 것 같더라고. 예를 들어 내 경우에는 큰 키라든지, 비율이 좋아서 옷 태가 잘 나는 사람을 좋아하는데 그러다 보니 남준이에게 더 관심이 간 것도 있는 것 같아. 그렇다고 확실히 연애하는 감정으로 좋아하는 건 아닌데, 연애보다 더 재미있는 친구가 생겼다고 해야 하나.

쥬 나도 거울에다 좀 지껄여 본 결과, 나는 확실히 최애인 석진이한테는 연애 감정이 있는 것 같아. 유사 연애는 아니지만 내가 일상생활을 하면서 주변에서 멋있다고 생각되는 누군가를 보고 설렐 수도 있는 거잖아, 그런 느낌으로 좋다는 거지.

시리 솔직히 연애 판타지가 아예 없을 수 있을까? 아이돌이 "보고 싶어", "사랑해요"라고 항상 말하는 것부터가 연애와 유사한 감정을 만드는 건 아닐까 생각해. 아이돌은 팬이랑 밀착해서 소통하면서 감정을 형성하는 일이 굉장히 중요하고.

봄이 맞아. 다만 어떤 감정이라고 딱 하나로 정의할 수는 없을 것 같아.

거울에다 지껄여 봐, 이 감정 대체 뭐니?

시리 응. 어떤 팬이 쓴 탈덕문*에서 이런 말을 봤어. "팬이 아이돌을 생각하는 마음은 매우 복잡하다. 연애 감정 조금, 동료 의식 조금, 한없이 돌봐주고 싶은 감정(통용되는 의미로서의 모성애 비슷한) 조금, 동경 조금 내가 못 이룬 주목받고 화려한 삶에 대한 자아 의탁도 조금 있고 아무런 대가 없이 줘도 안 아까운 스스로에 대한 고양감도 조금." 나는 이 글에 공감이 갔어. 특히 '아무런 대가 없이 줘도 안 아까운 스스로에 대한 고양감' 이 부분도 크다고 생각해. 나만 해도 1년 동안 줄줄이 티켓팅에 실패하면서도 방탄 보러 가겠다고 노력했던 것 생각하면, 그건 단순히 연애 감정 때문이 아닌 거 같아.

봄이 저 탈덕문은 정말 잘 썼다. 굉장히 공감이 가. 나도 이 덕심을 유사 연애, 유사 육아 같은 말로 규정하는 게 잘못된 거 같아. 단어 하나로는 표현할 수 없는 복합적인 마음이니까. 여러 가지 섞인 감정을 뚝뚝 잘라서 구분할 수는 없어.

시리 아이돌이 이성애적인 감정을 형성해서 인기를 얻고 사랑받는 측면은 분명히 있지만, 받아들이는 사람마다 또 다르기도 하잖아. 그런데 그 점을 간과하고 아이돌을 좋아한다고 하면

---

* 한 트위터리안이 2018년 8월에 업로드한 장문의 탈덕문 중 일부 발췌. 팬들이 아이돌의 사생활 문제 때문에 실망하게 되고 탈덕에 이르기까지의 복잡미묘한 감정을 꼼꼼하게 분석한 글로, 많은 아이돌 팬의 공감을 얻었다.

100% 연애 감정으로만 덕질을 한다고 생각하는 건 아닌 것 같아.

봄이 그렇지. 또 같은 그룹 내에서도 멤버에 따라 감정의 결이 다르기도 하고. 나만 해도 형 라인은 이성애의 대상이 될 수도 있다는 느낌이지만, 막내 라인은 절대 그런 느낌이 아니거든. 이유는 모르겠지만. 역시 나이 탓일까? 복잡하네. 근데 이런 마음보다도 결국엔 방탄이라는 그룹이 하는 음악이 좋고 무대가 좋으니까 좋아하는 게 가장 크지 않나? 이 점은 지금까지 논의한 모든 것과 상관이 없는 것 같아. 정말 음악인으로서 좋아하는 마음도 그 자체로 확실한 거니까.

시리 멤버들이 "사랑해요", "보고 싶어요"라고 말하는 것도 우리의 복합적인 마음처럼 사실 여러 의미가 섞여 있겠지? 나는 이제 그런 말도 친구, 동료, 지지하는 사람, 무한한 사랑을 주는 팬이라는 존재에 대한 사랑의 표현이라고 생각해.

룡 결국 의미 부여는 본인이 하는 거잖아. 훨씬 더 어릴 때는 그 사랑한다는 말에 정말 첫사랑에 빠지듯 빠져들 수 있었지만, 지금은 현실과 덕질의 세계를 분리해서 생각할 수 있게 된 거 같아. 방탄이 사는 세계랑 내 세계가 절대 합쳐질 수는 없단 걸 아는 나이라서. 그래서 우리가 이게 '이성애적 감정이다, 아니다' 말하기가 더 망설여지는 게 아닐까? 일부러라도 분리하려고 노력하는 30대의 누나들이라서.

봄이 이 책의 근본적인 기획 방향에 아주 걸맞은 주제인 것 같아요. (웃음) 그렇다면 '30대 누나 팬으로서의 나'는 멤버들의 열애설을 봤을 때 타격이 덜한가요? 아니면 역시 사바사*의 문제인가?

쥬 확실히 예전에는 좋아하는 아이돌의 스캔들이 터지면 가슴이 철렁하고 감정적으로 타격이 있었어. 짝사랑하던 사람이 있었는데 그가 소개팅에 성공해서 연애를 시작했다는 소리를 들어서 가슴이 살짝 멍든 사과가 되는 느낌? 그런데 지금은 그런 감정적인 타격은 덜한 것 같긴 해. 오히려 응원할 것 같은 느낌. 나, 어른이 된 건가…?

봄이 음, 나도 열애설 자체에는 받는 타격은 별로 없는 것 같아. 내가 팬으로서 그들에게 기대하는 바가 무조건적인 연애 감정이 아니라 어떤 동료 의식 같은 것도 있기 때문에…. 친구이자, 지지하고 싶은 존재이자, 무한한 사랑을 주고 싶은 대상이라는 아주 별도의 존재에 대한 사랑인 것 같아. 근데 이건 스스로 정하는 일인 거지. 뭉이 말대로 의미 부여는 본인이 하는 것이기 때문에, 본인이 그들을 어떻게 보느냐에 따라 결정이

---

* '사람 by 사람'이라는 뜻으로 '사람마다 다르다'는 의미. '경우마다 다르다'라는 뜻의 '케바케 (case by case)'의 파생어

되는 거라 생각해. 근데 열애설로 인해 갑자기 사람들이 이런 저런 말을 보태고 루머를 덧붙인다거나 하는 그런 식의 외부 폭력이 들어오는 상황이 생기는 건 너무 보기 안 좋더라고.

시리 나도 그래. 이전까지는 '열애설이 나든 말든'이라고 생각했었는데, 봄이가 말한 일련의 상황들을 보고 들으면서 '아이돌의 열애설은 안 나는 게 최고'라고 생각했어. 연애를 한다는 건 좋은 일이지만, 다양한 팬심이 있기 때문에 안팎으로 안 좋은 영향을 미칠 수밖에 없는 것 같아. 예전에는 '연애? 그들도 사람인데 하면 좋지 뭐~' 이런 단순한 마음이었는데. 아이돌 팬 오래 해온 사람들이 열애설은 안 나는 게 무조건 좋다고 했던 말이 이제서야 이해가 되는 것 같아. 그냥 알 필요가 없는 영역이기도 하고.

용 나도 멤버들과 나는 현실 세계에서 연결고리가 전혀 없다고 딱 생각을 해버려서인지 별생각은 없어. 근데 좋은 사람을 만났으면 좋겠다는 좀 웃긴 마음은 있더라. 내가 뭐라고. 나한테 그럴 권리도 없다고 생각하지만 어쨌든 그런 생각이 든 적은 있어.

시리 나도 그런 맘은 있었어! 이왕이면 좋은 사람 만났으면 좋겠다! 팬의 마음으로….

용 사적인 영역이니까 사실 누구랑 연애를 하든 그건 그대로 두어야 하는 부분이기는 하지. 관여할 바는 아니라고 봐.

거울에다 지껄여 봐, 이 감정 대체 뭐니?

봄이 맞아. 그리고 사실 상대가 괜찮은 사람인지 아닌지 내가 알 수 가 없잖아. 당사자만이 아는 것이고. 또 누군가에게 나쁜 사람 이 누군가에겐 누구보다 좋은 사람일 수도 있고. 누가 좋은지 나쁜지 알 수도 없는데, 좋은 사람 만났으면 좋겠다는 마음이 어쩔 수 없이 드는 건 이유를 알 수가 없네.

용 맞아 맞아. 이런 마음이 참 복잡해.

시리 근데 우리 10대 때의 덕질을 생각해보면, 닉네임 같은 것도 '태형뷔(부인)' 이런 걸로 해야 하는데 그렇지는 않잖아. 확 실히 좀 더 성숙해지지 않았나? 우리가 10대가 아니라서 모르 는 걸까….

용 음…, 10대 팬들은 그럴 수도 있지 않을까?(by 30대 누나)

봄이 그러게. 근데 확실히 예전의 모습과 조금 다르다고 느낀 게, 우리가 10대일 때 좋아하던 아이돌은 지금처럼 '가수'라는 역량적인 부분에서 선별되고 또 선별돼서 완성된 모습으로 나온 게 아니라 좀 더 이성애적 감정을 불러일으키는 존재로 기획됐던 것 같긴 해. 그래서 팬들도 더 그렇게 받아들였고. 지금은 아이돌에게도 아티스트적인 면모를 강조하는 부분이 커져서 예전과는 결이 다른 게 아닌가…. 특히 방탄 같은 경우 에는 아티스트로서의 위치가 더 확고하기 때문에, 그들을 향 한 마음이 더 다양한 모양이지 않을까?

"너, 연애할 생각은 없는 거니?"

쥬　방탄에 대한 우리 마음이 안 그래도 이렇게나 복잡한데, 30대 누나 팬들한테는 특히 연애나 결혼이랑 연관 지은 간섭도 많지. 한마디로 '덕질하니까 연애를 못 하는 것'이라는 편견 말이야. '혹은 너 연애할 생각 없니?' 하는 질문을 받거나. 실제로 일상생활 속에서 이런 참견을 들은 경험이 있나요?

용　나 카톡 프로필 사진 지민이 사진인데, 얼마 전에 엄마가 남친 생겼냐고 물어봤거든?

누나즈　어머니ㅠㅠ

용　엄마 단골 멘트가 '내년에는 누구를 만나야 1년 정도 연애를 하고 결혼을 하지'거든. 엄마가 나 남친 생긴 줄 알고 설레다가 방탄소년단의 지민이라고 말해주니까 실망하면서 '우리 딸 눈이 높아서 큰일이네'라고 했어. 아이돌 좋아하면 현실과 가상을 혼돈할 거라고 생각하는 걸까? 물론 내가 눈이 높은 건 사실이지만(!) 그렇다고 지민이 같은 사람 만나겠다는 생각으로 사는 게 아닌데 말이야.

쥬　나는 지인이랑 밥을 먹다가 그분이 그러는 거야. "쥬 님은 연애할 생각이 있어요?" 하길래, "네, 그럼요. 연애하고 싶어요. 혹시 소개팅 있으면 해주세요!" 그랬더니 "아, 콘서트도 그렇게 다니고 인스타에도 항상 방탄 올리시니까 저는 연애 생각이 아예 없는 줄 알았어요"라고 말해서 충격이었어. 덕질과 현실 연애를 동일시하다니.

봄이 결국엔 아이돌 덕질을 무조건 이성애적인 감정이라고 오해해서 그렇게 말하는 거 같아. 편견인데.

쥬 응. 내가 방탄을 좋아하고 음악도 듣고, 콘서트도 가고 즐겁게 시간을 보내지만 내 인생은 별개라고 생각해. 그런데 어떤 사람들은 내가 방탄을 좋아한다는 이유만으로도 '연애할 생각이 없다'고 생각한다는 게 신기했어. 물론 아이돌 팬이 아닌 사람들은 이해하기 어렵겠지만. 이해는 되는데 조금 속상했어.

뭉 그런데 가끔은 스스로도 헷갈려. 내가 정말 아이돌을 좋아하니까 현실 연애와 멀어지는 건 아닐까 현타가 오기도 하고. 현실에서 이성을 볼 때 나도 모르게 외모 기준 같은 부분에서 코르셋(corset)이 생긴 게 아닐까 하는 생각을 해본 적 있거든.

시리 예전에 들었던 일화 중에 모 아이돌 팬이었던 분이 남자친구와 헤어졌는데 굉장히 잘생기고, 잘 꾸미고, 옷도 잘 입는 대상만 보다 보니 남자친구를 봤을 때 그런 기준에 못 미치는 게 자꾸 눈에 들어와서 그렇게 되었다는 썰.

봄이 그런 부분이 없진 않겠지만 권태기라거나 그러지 않았을까? 사람은 워낙 다양하니까 함부로 추측할 순 없지만….

시리 맞아. 권태기였고 핑계라는 말도 있었는데, 어쨌든 나도 그런 이야기를 들으면서 완전히 별개의 문제라고 생각했던 것이 어쩌면 남성관 같은 데에 영향을 줄 수 있지 않을까 하고 생각하게 됐어.

룡 단순히 외모에 대한 눈높이 같은 층위의 문제를 넘어서, 현실 세계에서 누군가와 친밀감을 쌓고 관계를 이어 나가는 일이 점점 더 번거롭게 느껴지는 부분은 없지 않아 있는 것 같아. 나만 그래?

시리 그런 건 있지. 아이돌은 우리가 원하는 말을 즉각적으로 해주잖아. 수많은 콘텐츠를 통해서 멤버 각자의 취향이 어떤지, 어떤 성격이며 무엇을 좋아하고 싫어하는지 알기 쉽고, 그래서 더 몰입하게 되고. 현실에서 누군가를 새롭게 만나서 관계를 맺고 알아가려면 적어도 한 달 이상은 걸릴 텐데.

봄이 그래서 씁쓸하지만 덕질이 연애보다 투자 대비 얻는 게 많다는 '가성비'라는 말까지 나오는 게 아닐까. '일타n피'적 관계인 거지. 게다가 어떨 땐 친구가 되어주기도 하고, 아티스트적인 부분도 소비할 수 있고.

용   다들 너무 바빠서 그런 거 같아. 항상 해야 하는 일이 쌓여있으니까 천천히 느긋하게 관계를 쌓는 일이 버겁게 느껴지는 거지. 다른 사람한테 관심을 가지고 흥미를 느끼려면 일단 내 마음의 여유가 있어야 하는데 말이야. 하긴 애초에 연애 안 하는 게 무슨 큰일도 아닌데 고민까지 해야 할까? 게다가 "너 그렇게 아이돌 좋아하니까 연애 못 하는 거다"라는 말 속에는 애초에 내가 이성애자라고 전제하는 거잖아. 내 성적 지향을 어떻게 아시고? 참 여러모로 잘못된 참견이라 생각해.

시리   나한테는 확실히 방탄을 사랑하는 마음과 연애 감정의 모양은 다른 것 같아. 다만 매 순간 마음의 총량은 한정되어 있을지도. 왜냐면, 남자친구가 생긴 후에 잠깐 덕질에 소원해졌던 건 사실이야….

봄이   RM이 이어준 사람이죠!

시리   RM 좋아하는 내 남친♡ 확실히 내가 혼자였을 때는 내 시간을 온전히 다 덕질에 썼다면, 이제는 남자친구랑 노는 시간하고 쪼개야 하니까. 남자친구가 없을 때는 내가 가지고 있는 애정의 할당량에서 90% 이상을 방탄에 썼었거든. 내가 봄이한테 우스갯소리처럼 얘기한 적 있는데 '탄이들 군대 갔을 때 빨리 연애하고 결혼해야겠다'고 한 적도 있어.

봄이   그랬었죠. 이런 얘기도 있잖아. 사주에서 '너는 2022년과

2023년에는 아주 남자 복이 알차게 들어와 있다'라고 했는데 이때 덕질을 하게 되면 망한다는 속설.

쥬　나도 그 얘기 들은 적 있어. 내 지인도 실제로 3월 봄부터 연애 운이 들어왔다고 했는데, 그때가 방탄이 컴백할 때였대.

몽　웃기다.

봄이　연애운이 다 그쪽으로 소진되니까 '절대 덕질하지 마세요'라 고까지 얘기해 주는 사람도 있대.

시리　한창 덕질 심하게 할 때는 정말 연애할 생각이 안 들기는 했 어. 이건 정말 시간이 부족해서. 회사 갔다 오면 너무 피곤해 서 소개팅하는 것조차 귀찮아서 안 한다고 한 적 많았거든. 꼭 방탄과 연관된 건 아니지만, 이런 상태의 30대 아미들도 많지 않을까 생각해.

쥬　근데 나는 석진이를 좋아할수록 내가 더 나은 사람이 되고 싶 어서 오히려 빨리 연애하고 싶어지던데? 현실에서 더 나은 사 람이 되고 싶고, 누군가를 사랑하고 사랑받으면서 안정적인 상태가 되고 싶어. 그래서 나는 오히려 덕질을 하면서 연애도 하고 싶어진 경우야. 석진이는 나와 비슷하다 느껴지는 사람 이자, 같은 길을 걷고 싶은 사람이라고 해야 하나. 석진이는 석진이 길을 걷는 거고, 나는 내 길을 걷지만 나도 석진이처럼 더 나은 사람이 되고 멋진 길을 걸어가고 싶은 거지.

거울에다 지껄여 봐, 이 감정 대체 뭐니?

봄이   진짜 같이 길을 걷고 있구나.

쥬   그렇지. 나는 내 길, 너는 네 길을 걷는 거지. 뭐, 그렇게 생각합니다.

시리   어렸을 때는 사랑 같은 감정의 모양이 하나인 줄 알았는데, 자라면서 감정이 여러 모양으로 바뀌는 걸 경험한 것 같아. 10대, 20대, 30대의 덕질이 다른 이유도 그런 것 같고. 그런데 우리가 계속 이성애적인 감정 한 가지로 대상을 좋아한다고 생각하는 사람들이 여전히 많잖아. 그래서 '나이 들어서 아직 정신 못 차린다'라고 한다거나.

봄이   그럼 남자친구도 있고, 방탄소년단도 사랑하는 사람은 어떻게 설명할 건데!

룡   폴리아모리(polyamory)*인가요.

봄이   방탄으로 태교도 하는 사람이 있는데! 「유퀴즈」로 입덕한 아미 친구가 있는데 걔가 기혼자거든. 짧은 시간인데도 엄청 깊게 팠어. 매일 방탄소년단 얘기만 하고…. 그런지 얼마 안 돼서 임신을 했는데, 또 방탄 노래에 이렇게 좋은 태교 음악이 많은 줄 몰랐다면서 맨날 듣는대. 너무 좋다고! 이런 사람은 어떻게 설명할 건데?

....

* 두 사람 이상을 동시에 사랑하는 다자간 사랑을 뜻하는 단어

시리   맞아. 어떻게 설명할 거야.

봄이   태명이 '우주'라고 해서 또 거기에 맞게 플레이리스트를 짜

줬어요. 〈소우주〉와 〈My Universe〉도 알차게 넣어서.

몽   덕질하면서 연애도 잘하고, 결혼 생활도 잘하는 아미들 많은

데, 기본적으로 남의 연애나 결혼에 이래라 저래라 하는 것 자

체가 노 땡스(No thanks)인거죠. 내가 알아서 잘하겠습니다★

쥬   맞아요. 덕후이지만 소개팅 받습니다.

취향은 드러낼수록 힘이 된다

'빼순이'라는 단어의 과격함 때문이었을까.

점점 나이가 들어가면서 나는 아이돌을 좋아하는 취향을 드러내는 것을 주저하게 되었다. 내 취향을 솔직히 드러내기보다는 '저 사람이 나를 어떻게 볼지'가 더 중요했고, 첫 만남부터 나를 소위 '빼순이'로 판단하는 것은 아닐까 걱정했다. 어린 시절, 그 누구보다 당당하게 덕질을 하던 나는 어느새 어디론가 사라지고 없었다. 하루에 몇 시간을 방탄소년단을 보느라 유튜브에서 허우적대면서도 모르는 사람 앞에서는 독서라든가 음악감상이라든가 하는 고상한 취향이 나의 것이라고 말하고 싶었다. 저 사람이 나를 있는 그대로의 나보다 좋게 평가해 주길 바라며. 홍길동도 아니면서, 방탄을 좋아하면서 좋아한다고 말할 수 없던 나. 그렇게 나의 일코는 시작되었다.

하지만 일코를 하면서도 자신의 덕심을 솔직하게 드러내는 이들이 내심 부러웠다. 보란 듯이 사무실 책상에 좋아하는 아이돌 포스터를 붙여놓던 A, 최애 아이돌의 새 앨범을 나눠주며 영업을 하던 B, 황금 같은 연차를 아끼고 아껴 아이돌 해외 콘서트에 가던 C까지. 사회생활을 하며 취향을 당당히 드러내는 이들은 신기했고, 때로는 나도 저들처럼 취향을 드러내 볼까 고민해 보기도 했다. 그러나 동시에 그들의 뒤통수에 들려오던 말들이 따갑게 다가왔다.

"쟤는 아직도 아이돌 좋아하나 봐?"
"회사에서 왜 저러는 거야?"

좋아하는 것에 나이 제한이 있는 것도 아닌데, 회사에서 위법을 저지른 것도 아닌데. 좋아하는 영화나 음악으로는 점심시간이 다 지나도록 수다를 떨면서, 사람들은 아이돌을 좋아하는 취향에만은 엄격했다. 왜 그 나이를 먹고도 그 취향에 멈춰 있냐는 것처럼. 나는 그런 엄격함에 당당히 맞서기보다는 취향을 숨기는 것으로 응대했다. '나를 잘 모르는 사람들한테 취향으로 함부로 평가받고 싶지 않아!' 그랬다. 그것은 그냥 당당하지 못했던 나 자신의 비겁한 핑계였다.

그러던 어느 날이었다. 유난히 회사에서 울적한 기분이 들던 하루였다. 이 기분을 떨쳐내고 싶어 언제나처럼 몰래 방탄소년단 영상을 보기 시작했다. 그런데 그날따라 기분이 점점 좋아지다 못해 방뽕이 주체할 수 없이 차오르는 게 아닌가? 나의 우울함까지도 금방 씻어주는 위대한 방탄! 아, 정말이지 이 방탄을 자랑하고 싶은 마음이 용솟음쳤다. 그렇다고 일코를 하던 내가 갑자기 사무실에서 "저 실은 방탄소년단 완전 좋아해요!"라고 외칠 수도 없는 노릇이고…. 나는 고민 끝에 금방 사라져버릴 인스타 스토리에 제이홉의 BT21 캐릭터인 '망이'를 찍어 올렸다. 아무도 모르겠지? 하지만 동시에 누군가 조금이라도 알아주었으면 하는 마음으로. 팔로워가 100명도 채 안 되는 나의 인스타 스토리에, 방탄소년단도 아닌 그들의 캐릭터 중 하나를 올린다고 해서 누가 관심이나 있을까. 그런데 얼마 지나지 않아 '드르륵' 하고 진동 소리가 들렸다.

"꺅 언니, 호비 팬이에요?"

평소 인사만 하고 지냈던 회사 동료였다. 놀랍게도 우리는 방탄소년단 이야기만으로 30분 가까이 수다를 떨었다. 취향이란 것은 이리도 신기했다. 같은 걸 좋아한다는 것만으로 이렇게 할 이야기가 많다니. 좋아하는 걸 함께 좋아하는 것, 나는 처음으로 회사에 덕메가 생겼다.

덕메라는 마음의 지지대가 생겼기 때문일까. 나는 회사에서 방탄이라는 취향을 조금씩 드러낼 수 있었다. 처음에만 힘들지, 한번 방탄 이야기를 시작하니 자신감(?)이 붙었다. 사무실 책상 위에 굿즈를 올려놓는 것에서부터 팀원들에게 방탄 입덕 영상을 영업하기까지 시간은 그리 오래 걸리지 않았다. 그렇게 동료들에게 방탄 이야기를 하고 나니 뜻밖의 좋은 일들도 따라왔다. 이를테면, 티켓팅에 실패해 좌절하고 있었는데 갑자기 걸려온 부장님의 전화. "시리야, 게시판에 방탄 콘서트 양도한다는 글이 올라왔어, 얼른 연락해 봐!" 부장님의 친절한 알림으로 나는 하늘이 점지한 자만 갈 수 있다는 방탄 콘서트에 무사히 입성할 수 있었다. 남의 시선이 두려워 일코를 계속했다면 불가능했을 일이었다.

신기한 일은 계속되었다. 조금은 지루했던 한 소개팅 자리였다. 이전 같았으면 낯선 이에게 아이돌을 좋아한다는 말은 절대 하지 않았을 테지만, 나는 이미 회사에서 덕밍아웃을 하고 내 취향에 자신감이 붙은 후였다. 취미가 무엇이냐는 상대의 질문에 나는 당당히 "방탄소년단 좋아해요, 콘서트 다니는 게 낙이에요!"라고 말했다. 잠시 스쳐가는 적막 후, 상대는 이렇게 답했다. "아! 저도 RM 좋아하는데!" 신기하게도 그의 취향 역시 아이돌이었다. 그날의 소개팅은 더 이상 지루하지 않았다.

취향은 드러낼수록 힘이 됐다. 회사 동료들에게 방탄 팬이라고 입 아프게 말한 덕분에, 나는 그렇게 부러워하던 C처럼 이제 황금 같은 연차를 모아 방탄을 보러 다니고 있다. 인스타 스토리 '망이'를 올린 덕분에 생긴 나의 첫 회사 덕메인 '쥬'는, 나에게 방탄에 관한 책을 만들어 볼 생각이 없냐고 제안해 주었고, 그 덕분에 이 책이 탄생할 수 있었다. 책을 만들면서 나와 같은 고민을 하는 누나 팬들이 많다는 것을 느낄 수 있었고, 내 덕질은 한층 풍요로워졌다.

하지만 무엇보다도 취향을 드러냄으로써 가장 좋았던 것은 내가 좋아하는 방탄을 더 좋아할 수 있게 되었다는 것이다. 남의 평가보다 중요한 것은 내 마음을 오롯이 인정하고 받아들이는 것이었다. 이제는 누가 나를 빠순이라 불러도, 아직도 아이돌을 좋아하냐고 수군거려도 상관없을 것 같다. 아니, 오히려 "그래. 나 빠순이인데, 내 취향이 이렇다는데 어쩔 건데?" 하고 되받아쳐 줄 마음의 근육이 생긴 것 같다. 남의 시선이 신경 쓰여 내 취향을 꼭꼭 감추기엔, 취향을 드러냈을 때의 그 힘이 너무나 크다는 것을 이제 알고 말았다.

남들의 시선에 갇혀 있던 과거의 나에게 말해주고 싶다. 취향을 감추지 않아도 괜찮다고, 좋아하는 것을 드러낼수록 너에게 힘이 될 테니까.

남의 평가보다 중요한 것은
내 마음을 오롯이
인정하고 받아들이는 것이었다.

RM

"

격정 마.
우린 이미 서로의 의지야.

"

전
轉

Track

9

어쩌면 나의 원수이자 벗?
덕후의 속사정

"방탄과 나, 같은 데뷔 9년 차인데…"

시리 덕질 생활을 하면서 자기도 모르던 감정에 빠지게 될 때가 있을 거예요…. (눈빛 발사)

쥬 왜 저한테 그러세요?

누나즈 (일동 웃음)

룡 최면 거는 건가요?

시리 확실히 30대 누나 팬으로서 덕질이라는 것이 마냥 즐겁지만은 않은 거 같아. 일코를 해야 하나 말아야 하나 갈등하기도 하고, 연애 간섭은 덤으로 따라오고. 바쁜 와중에 시간 쓰고 돈 쓰더라도 아무튼 방탄은 보고 싶고!

룡 극한직업 누나 팬.

시리 이런 역경 속에서 덕질을 하다 보면 방탄 너무 좋은데, 좋은 건 확실한데, 가끔 좋지만은 않은 양가적인 감정에 빠질 때가 있지 않나요? 분명 방탄이 잘되길 바라는데 너~무 잘되어 버린 탓에(?) 내가 유독 초라하게 느껴져서 현타를 느꼈다던가, 안방 1열에서는 베프 같았던 최애가 콘서트장에서는 닿을 수 없는 점으로 느껴져서 슬펐다던가. 그런 경험 있으신가요?

봄이   저요! 저는 방탄이 너무 잘돼서는 아니었고, 제가 2018년 럽 셀콘으로 첫 단콘 입성했는데 그때 처음 목격했거든요.

용   무엇을요?

봄이   무려 4만 5천 명의 사람이 한 공간에 모여 저 멀리 있는 하나의 대상에게 엄청난 애정을 일방적으로 쏟는 광경. 그때 알 수 없는 현타가 왔어. 그때가 방탄소년단이 처음으로 서울올림픽주경기장(잠실주경기장)에 입성한 날이었지.

시리   아, 안방에서는 베프 같은데 콘서트장에 가니까 너무 멀게 느껴져서 현타가 온 걸까?

봄이   음, 그런 것보다는 순간적으로 나랑 비교했던 것 같아. 알다시피 방탄이랑 우리가 데뷔 연차 똑같잖아?ㅋㅋㅋ 나도 2013년에 사회생활 데뷔(?)했고 당시 똑같은 6년 차였는데, 방탄소년단은 수많은 팬들의 무한한 지지와 사랑을 받으며 자기 일을 하고 있다는 거에 현타가 왔나봐. 팬과 가수의 관계를 떠나 이 사회에서 나라는 존재가 어떤 의미가 있는가 하는 마음. 콘서트 다녀와서 친구들한테 이야기했더니 "야! 무슨 방탄이랑 너를 비교하냐?" 비웃더라고!(억울)

시리   나는 아직 성취한 게 없는데 누군가는 몇만 명의 사랑을 받으면서 이뤄내고 있으니까?

봄이   맞아. 이게 어떻게 보면 그들에겐 궁극적인 목표였잖아. 이렇게나 넓은, 성공의 척도라고 불리는 잠실주경기장을 꽉 채운 팬들과 함께 공연하는 것. 나도 방탄과 한마음으로 콘서트장에 있었지만, 이런 선상에서 나는 무엇을 저들만큼 성취했는가 하는 생각이 든 거지. 스스로 해낸 게 아무것도 없는 것 같은데, 누군가는 다 이뤄낸 거 같으니까. 또 이 사회에서 내가 유의미한 존재인가 하는 질문도 하게 되고. 그날은 정말 양가적인 감정의 끝판왕이었어. 특히 콘서트장이니까. 너무 행복하면서도, 알 수 없는 허탈감을 동시에 지닌 채 3시간을 함께 했지.

쥬 나도 비슷한 감정으로 괴로웠던 적이 있어. 지난해 회사에서 자부심도 느끼고 일이 잘 풀려서 좋았는데, 이 시기가 지나니까 이제 다음 단계로 또 올라갈 수 있을까 하는 걱정이 들더라. 그런데 내가 좋아하는 방탄은 사실 올라가다가 고꾸라진 적이 한 번도 없잖아. 나도 계속 다음 단계로 나아가면서 성공가도를 달릴 수 있을까 비교하고 의문을 가졌던 때가 있었어.

룡 이건 정말 우리가 사회인이라 느끼는 현타인 거 같다. 나도 일 관련해서 현타 느끼거든. 출판 콘텐츠를 만드는 사람으로서 방탄을 보면 엔터테인먼트 업계와 출판 업계의 체급 차이에 현타를 느낄 때가 있어. 감히 방탄이랑 경쟁이 되는 것도 아니지만. 출판 콘텐츠를 만드는 사람으로서 책에 열광하는 사람과 아이돌에 열광하는 사람의 수를 비교하면….(한숨) 방탄이 생산하는 콘텐츠와 내가 만든 콘텐츠의 영향력 차이가 비교조차 할 수 없을 만큼 크다는 사실이 씁쓸할 때가 있지. 솔직히 '방탄소년단'이라는 브랜드가 부러워. 당장 방탄소년단 이름을 걸면 받을 수 있는 관심이 어마어마하니까.

시리 나도 일하면서 현타온 적 있어. 멤버들은 어쨌든 자기가 하고 싶은 말을 하고 무언가를 계속 생산하는데, 내가 하는 회사 일이라는 것은 그럴 수가 없잖아. 나는 그 점이 부러웠어. 사무실에서 수정 사항을 확인하고 또 수정하던 어느 날 밤에.

룡 많은 직장인들이 공감하지 않을까 싶다.

시리 어찌 보면 우리가 창작 관련 일을 하지만 '진짜 하고 싶은 이야기'를 못 할 때가 많아서 본업과 관련된 현타를 많이 느꼈을 수도 있겠다.

쥬 하지만 방탄도 믹스 테이프를 따로 내는 걸 보면 하고 싶은 말을 다 할 수는 없는 거 같아. 우리도 하고 싶은 거 하려고 이렇게 프로젝트를 따로 하는 거고. 믹스 테이프처럼!

시리 그러게 지금 우리 믹스 테이프 녹음하는 거네.ㅋㅋㅋ

"우리, 이렇게 변해가나요?"

시리 덕질하면서 방탄이 심하게(?) 슈퍼스타라서 느낀 현타는 없었어?

뭉 있지. 나는 근데 일본 콘서트 예매 실패 이후로, 이번 생에 방탄을 실제로 보기는 어려울 것 같아서 마음을 내려놓았어.

시리 하긴, 나도 티켓팅 실패했을 때 '나, 방탄 보러 태어난 거 맞나요?' 하는 회의감이 들었어.

봄이 존재론적인 고민을 했네. 나는 업무상 동선 때문에 방탄 팬 사인회 현장을 본 적이 있는데, 그때 순간 거리감이 느껴졌어. 수많은 경호원과 의전팀으로 만들어진 벽을 눈앞에서 봤거든. 우리 집 안방에서는 석진이가 눈을 끔벅이는 습관이 있다는 것까지 알 정도로 가까웠는데, 삼엄한 경비에 둘러싸인 방탄을 보니까 정말 스타라는 걸 체감했지. 안방에서 보다 보면 슈퍼스타라는 걸 순간 잊고 가까운 친구처럼 생각하게 되는 거 같아.

시리 맞아, 안방에서는 표정이랑 평소 자주 쓰는 말투까지 잘 알고 있는데, 콘서트 가서 3층 하나님석에서 망원경 꺼내서 멤버들을 보는데 뭔가 너무 좋으면서도 내가 진짜 이번 생을 살아가는 동안에는 방탄을 코앞에서 볼 일은 없겠다는 현타를 동시에 느꼈어. 물리적 거리가 엄청 멀게 느껴지니까. 심리적 거리는 지금 내 옆에 앉은 뿅이나 태형이나 비슷한데.

쥬   아, 지금 바로 옆에 태형이 있어?ㅋㅋㅋ

뿅   너무 코앞인데?

시리   그치.ㅋㅋㅋ 한마디로 안방에서는 태형이가 친구 같은데 콘서트장에서는 망원경으로 봐야 하다니. 뿅이는 어때?

뿅   음… 나도 물론 방탄이 잘되어서 너무 좋기는 한데, 예전 방탄의 모습이나 음악이 그리울 때도 있어. 예전에 한 인디 뮤지션을 좋아했었는데, 특히 그의 1집을 가장 좋아했거든. 근데 그가 점점 대중적으로 유명해지면서 발표한 음악들은 1집 때 느낌이 안 나는 거야. 음악이 더 성숙해지고 능수능란해지는 것이 보이긴 하지만, 1집에서만 볼 수 있는 풋풋함이라든지 아직 덜 다듬어졌을 때 나오는 매력이 안 나더라고. 그런 의미에서 나는 요즘 방탄을 볼 때, 내가 늦덕임에도 초기 앨범을 더 많이 듣고 옛날 콘텐츠를 볼 때가 더 좋을 때가 있어. 그런 양가적 감정이 있어. 잘된 것은 너무 좋은데.

시리   아무래도 팬시(fancy)해진 느낌이 있지?

뿅   응. 지금의 사회적 위치와 그들의 대중적 인기가 처음과 차이가 너무 크니까. 탄이들 일곱 명이 처음 나왔을 때의 느낌과는 다를 수밖에 없는 것 같아. 수많은 스태프의 도움와 또 세계적인 작곡가들의 손길이 더 느껴지고. 방탄이 유명해지면서 전 세계의 유명하다는 가수나 프로듀서들과 협업하거나 또 무명이지만 실력 있는 작곡가들을 발굴하는 행보도 물론 좋지만, 나는 아무래도 언더독(Underdog) 서사* 덕후라서 그런가 봐. 덜 다듬어진 시절에만 나오는 느낌이 좋거든.

시리   맞아. 많은 사람들이 방탄의 언더독 서사를 좋아하잖아.

봄이   참 이게 어려운 게, 무턱대고 변했다고 하기에도….

룡   방탄이 변한 건 아니야.

봄이   어쩔 수 없는 것 같아. 나도 그래. 우리 모두 그렇잖아. 30대인 지금이랑 20대 때랑 비교하면 전혀 다르니까.

시리   나는 변했다는 말을 애써 피하지 않아도 될 거 같아. '방탄소년단 변했어'라고 말하는 걸 팬들이 두려워하기도 하는데, 사람은 시간이 지나면 변하는 게 당연한 거라 생각해. 변해가면서 또 지금 상황에서의 진심을 보여주면 되는 거지.

룡   '변했다'라는 단어가 지닌 여러 의미 중에서 좋지 않은 의미로만 쓰일까 봐 기피하는 것 같아. 그래서 오해를 피하기 위해

* 혹자는 경쟁에서 열세에 있는 약자를 더 응원하고 지지하는 심리 현상을 뜻하는 '언더독 효과(Underdog Effect)'가 방탄소년단의 성공 요인 중 하나라고 분석하기도 했다.

서라도 나는 '성장했다'는 말로 표현하고 싶네. 나이가 들었으니까 당연히 방탄소년단도 성장한 거지.

시리 그럼 혹시 그런 것에 대해선 양가감정 없나요? 예를 들면, 멤버들이 현금으로 고급 아파트를 일시불로 샀다던가 하는 소식이요.

뭉 어, 나는 확실히 그런 것도 있긴 해. 이건 근데 사실 탄이들뿐 아니라 다른 누가 무슨 건물을 샀다, 집을 샀다 해도 아무 생각이 없기는 힘든 것 같아. '너무 부럽다'라는 일차원적인 생각이 순간적으로라도 들 수밖에 없지 않아? 다만 그들의 직업이 다른 일반적인 직업 대비 수입이 많은 편이기도 하니까, 그만큼 벌어서 어디에 투자를 하고 무엇을 사든 당사자들의 자유인 거지. 그런데 가끔 보면 미디어에서 일부러 노출하면서 위화감을 만들어 낼 때가 있는데 그런 건 좀 별로야. 사생활 침해이기도 하고.

봄이 맞아, 잘 보면 부동산 언론에서 내. 협의된 건가? 싶었어.

쥬 마케팅이 되기도 하고…. 실제로 모 고급 아파트는 공실이 많기도 하대.

봄이 그래? 그럼 제가 한번 들어가 보겠습니다.

시리 2천 년 후에.

누나즈 (폭소)

시리 아, 200년인데 잘못 얘기했다.

뭉 더 나빠.

시리 2년에 1억씩 계산해도….

쥬 아니, 2년에 1억을 어떻게 모아.

시리 그니까. 그렇게 해도 200년이라구. (웃음)

쥬 지금 되게 기자 같았어. 막 사람들 자존감 떨어지게 하는 그런 기사 쓰는.ㅋㅋㅋ

시리 아냐~ 나 스스로에게 하는 말이었어. 시리야, 200년! 파이팅!

봄이 나는 방탄의 경제적인 부분에 대한 현타는 없는 것 같아. 그냥 뭇 연예인들이 어디 건물을 샀다는 소식을 들었을 때랑 비슷한 수준? 오히려 '뭐, 방탄은 살 만하지'라는 생각도 들고. 많이들 그렇게 생각하는 것 같더라고. 그런 거 보면 '내 집'이나 '부동산'에 참 예민한 나라인데도 '방탄은 인정'이러는 거 보면 확실히 레벨이 다르구나 싶어.

쥬 맞아. '방탄인데, 저 정도는 살아야지'라는 댓글도 많고…. 좋은 시선으로 보는 편인 것 같아. 숙소를 한남동 모처로 옮겼다고 했을 때도 '되게 잘됐다, 필요한 환경이었지'라는 생각이 들고 좋게 느껴졌어.

시리 이렇게 보면 다들 어느 부분에서든 현타를 느꼈네. 양가적 감정이라는 게 어떻게 보면 '어? 지금 이게 뭐 하는 거지?' 하고 제동을 걸게 하는 덕질의 방해 요소이기도 하잖아. 그렇다면 다들 현타에서 어떻게 벗어났는지 궁금해. 벗어나지 못했다면, 어떤 방법으로 덕질을 지속하고 있나요?

용 극복이 되는 부분은 아닌 거 같아. 억지로 극복할 수 있는 문제는 아니고, 이런 양가적인 감정을 어찌 할 수 없지만 그래도 방탄하는 동안 재미있고 좋으니까! 단순한 이유인 거야. 그래서 계속 하는 거고…. 문득 찾아드는 현타와 쓸쓸함을 겪으면서.

봄이 맞아. 같이 안고 가야 하는 부분이야. 나는 콘서트장에서 느낀 현타가 조금 오래간 것 같은데 시간이 지나니까 저절로 없어졌어. 나한테는 방탄 덕질이 끝내주게 잘 쓴 책을 보는 거랑 비슷해. 그러니까 그 책을 쓴 사람의 능력이 너무 뛰어나서 현타가 오는데, 책의 내용이 너무 좋으니까 그 책을 덮을 수는 없는 거지. 읽으면서 계속 "와, 이런 걸 쓰다니"라고 말하면서 계속 읽는 거지.

용 공감. 현타가 와도 절대 놓을 수는 없다!

봄이 그리고 즐거우니까.

시리 나도 비슷해. 양가적인 감정이 주는 고통이 10이라면 덕질에서 얻는 기쁨이 90 정도이니까 계속 할 수 있는 거 같아.

쥬 나도 현타보다 덕질에서 얻는 동기부여가 훨씬 더 커서. 어쨌든 다들 기쁨이 더 큰 거잖아? 행복한 덕질합시다 우리! ♥

인생은 밸런스 게임

나 잠깐 휴덕하려고.

어느 날 갑자기 기자회견을 열어 은퇴 소식을 발표하는 아이돌처럼 휴덕, 즉 덕질을 잠깐 멈추겠노라고 선언하고 다녔다. 일일 평균 '7시간 46분'이라는 아이폰 스크린 타임이 기록한 충격적인 숫자를 확인했을 때만 해도 '웹 서핑 하는 시간도 글쓰기를 위한 자료 조사의 일부'라며 최다 사용 앱이 유튜브라는 것쯤은, 유튜브를 켜는 이유는 방탄소년단 관련 영상을 보기 위함이라는 사실은 흐린 눈으로 가뿐히 외면해 버리곤 했던 나였다. 그러다 얼마 전 오랫동안 결정을 미루던 '난이도 최상의 밸런스 게임'에 종지부를 찍기로 결심하면서 이제는 정말, 시간이 부족해졌다.

3n년 인생 중 극강의 난이도였노라 자신 있게 말할 수 있는 문제의 밸런스 게임은 건강과 밀접한 관련이 있었다. 병원을 돌아다니며 주워들었던 복잡한 의학적 소견은 다 건너뛰고, 요약하자면 이런 문제다. 수술 후 (운 나쁘면) 부작용 vs. 수술하지 않고 살다가 고통이 점차 심해지

거나 (운 나쁘면) 암 진단. 외면과 회피의 아이콘인 나는 이 무시무시한
선택지를 앞에 두고도 3년이나 별생각 없이 난이도 최상의 밸런스 게
임을 미루고 또 미뤄왔다.

그러다 하루아침에 결단을 내리게 된 건 여느 날과 다름없이 굴비처럼
줄줄이 엮여서 딸려 나오는 방탄소년단 관련 영상을 보다가 슈가가 밸
런스 게임을 하는 모습을 편집한 영상을 클릭한 후였다. '정국이 다섯
명 vs. 다섯 살 정국이'라는 황당한 듯 어려운 (지금의 정국이 같은 사람
이 다섯 명인 것도 놀랍지만, 다섯 살 정국이의 모습을 실제로 볼 수 있다면 얼
마나 귀여울까!) 밸런스 게임에도 막힘없이 단호하게, 특유의 나른한 목
소리로 '정국이 다섯 명'을 고르며 게임을 곧장 종료하는 슈가의 모습
은 마치 무심한 듯 자신 있게 펀치 라인(punch line)을 내뱉고 퇴장하는
래퍼의 간지 그 자체였다. 자고로 밸런스 게임이란 잔뜩 곤란해하는 모
습을 보는 맛으로 이어가는 건데 곤란해하기는커녕 상황을 단번에 종
료시키는 윤기의 시원시원한 밸런스 게임을 바라보며 엉뚱하게도 '잘
봐, 이런 게 인생이란 거다'라는 주문을 들은 것만 같았다.

인생은 밸런스 게임의 연속이다. 결정을 미룰 수야 있겠지만 한 번 결

정을 내린 뒤엔 책임을 져야 하고, 이 책임은 곤란하다고 해서 타인에게 전가할 수는 없다는 점만큼은 만인에게 평등하다. 도무지 어느 한쪽의 손을 들어줄 수가 없을 것 같아 기어를 중립에 두고 뭉개고 있더라도 언젠가는 나아가야만 하는 자동차처럼 선택의 순간은 찾아온다. 어차피 움직여야 하는 거, 윤기처럼 현명하게(?) 빠릿빠릿하게 움직여 보자.

그렇게 미루었던 수술을 받았고, 그날부터 인생의 파이 그래프에서 '건강' 항목의 비중이 눈에 띄게 늘어났다. 일단 약을 먹으려면 삼시 세끼 알차게 챙겨 먹어야 하고, 식후 30분 걷기 운동도 빠트릴 수 없었다. 그러다 보니 하루 중 깨어 있는 동안에는 끼니를 고민하고 요리해서 챙겨 먹는 시간과 운동 시간이 도무지 양보할 수 없는 1순위 활동이 되어버렸다. 이런 와중에도 굶어 죽을 수는 없으니 짬짬이 일도 해야 한다. 하루 평균 7시간 46분을 방탄소년단 관련 자료를 찾아보던 루틴을 유지하다가는 건강과 일을 도무지 챙길 수 없을 정도로 나 자신을 돌보는 시간이 늘어나 버린 것이다.

지금보다 훨씬 어렸던 20대에는 공부도 열심히 하면서 연애도 하고, 주위 사람도 살뜰히 챙기면서 착실하게 사회 경험도 쌓는 친구들이 공 여덟 개를 공중에 띄우고 두 손으로 저글링을 하는 사람처럼 신기해 보였다. 어떻게 저걸 다 해? 공 하나만 제대로 잡기에도 피곤한 인생인데.

이렇듯 어린 시절부터 삶의 다면적인 요소를 장악하고 시간과 자원을 배분하는 능력이 유달리 부족한 편이었던 나란 인간은 덕질을 할 때도 하루 중 7시간을 좋아하는 아티스트와 동기화된 삶을 사느라 늘 시간이 부족해 허덕이는 타임 푸어(time poor)가 되고 말았다. 20대 때는 브레이크가 고장 난 자동차처럼 무조건 직진하면서 삶의 어느 순간에는 연애만 했고, 일만 하거나 아니면 아무것도 하지 않은 채로 침대에 누워 공상만 하면서 시간을 죽이는 패기를 부리기도 했지만 유한한 시간의 흐름을 몸으로 느끼며 숨이 가빠진 30대의 나는 시간 활용에 변화를 주는 것 외에는 달리 선택지가 없었다.

다이어트의 시작은 "나 다이어트할 거야"라고 주위에 알리는 것부터라고 했던가. 혼자만의 힘으로 시간을 재편할 자신이 없어서, 좋아하는 마음에 제동을 걸 자신이 없어서 여기저기 떠벌렸다. "잠깐 휴덕할 거야"라는 말은 얼른 하루 7시간씩 방탄소년단 영상을 봐도 무리 없을 정도로 건강을 회복하고 싶다는 소망을 돌려 말한 것이기도 했다. 휴덕 기간에 주어진 7시간을 어떻게 보낼지에 대한 장밋빛 청사진도 종알종알 얘기하고 다녔다. 삼시 세끼 요리해서 잘 챙겨 먹을 거고, 미뤄둔 원고도 꼭 마감하고, 가족과 여행을 가고, 친구들과 시간을 보내고, 쌓아두기만 한 책도 부지런히 읽고… 음, 좋았어, 아주 완벽한 계획이야. 원대한 포부를 품은 채 시작된 휴덕 기간, 1년간 질질 끌던 원고를 마감

했고, 옛 친구와 대화하는 시간을 늘렸으며, 균형 잡힌 식사와 운동은 (아직까지는) 빼먹지 않고 있다. 천명관 작가의『고래』를 읽기 시작했고, 다음 주에 실밥을 제거하고 나면 주말엔 전시회를 보러갈 예정이다. 어쩌면 의정부에 있다는 미술 전문 도서관까지 나들이를 가보는 것도 좋을 테고, 반년이 더 흐르면 격렬한 운동도 할 수 있다고 하니 복싱이나 배워볼까?

다시 한번 장밋빛 미래를 구상하는 오늘, 문득 기묘한 느낌과 함께 팔뚝에 소름이 오도도 돋았다.『고래』라는 책과 미술 전문 도서관은 RM의 인스타그램을 기웃대다 본 것이며, 복싱은 정국이가 배우기 시작한 운동이었다. 출처는 역시 정국이 개인 인스타그램. '휴덕이라며?' 어디선가 들려오는 목소리, 오랜만에 아이폰 스크린 타임을 확인해본다. 4시간 23분. 오, 많이 줄어들었어. 거봐, 휴덕 맞다니까. 물론 그중에서 3시간 10분의 비중을 차지하는 애플리케이션이 바로 인스타그램이라는 것, 인스타그램에 들락날락하는 이유가 방탄소년단 멤버들의 계정 일곱 개를 순회하기 위함이라는 건 너그럽게 넘어가 주기로 한다.

'휴덕이라며?' 여전히 나란 사람이 대체 제대로 된 휴식기를 가지고 있긴 한 건가 아리송할 때면 어제 먹었던 스테이크와 양송이, 아스파라거스 구이를 떠올린다. 거봐, 이렇게 잘 챙겨 먹으며 지내고 있다고. 잠깐, 그런데 이건… 진의 인스타그램에서 봤던 메뉴다. 그러고 보니 석진이가 농장에 가서 딸기를 딴 날엔 나 역시 향긋한 딸기 한 소쿠리를 과일 가게에서 사와 냠냠 먹으면서 책을 읽었다. 방탄소년단 일곱 멤버의 일상과 내 일상이 어쩐지 휴덕 전보다 오히려 더 끈적하게 동기화되고 있는 것 같기는 하지만, 아직은 엄연히 따지자면 휴덕 중인 게 맞다. 휴덕이란 다름 아닌 나를 위한 중요한 일도 챙기면서, 좋아하는 아티스트를 더욱 오래오래 좋아하겠다는 선언이었으니까.

매일 '일 vs. 덕질, 덕질 vs. 가족' 이런 식으로 내 삶과 덕질을 양립 불가능한 것으로 간주하고 무조건 하나만 선택해 왔던 건 바로 다름 아닌 나였다. 물론 인생은 밸런스 게임, 선택의 문제다. 그러나 어떤 선택지는 관점을 바꾸어 보면 다시 세팅할 수도 있다. '나는 휴덕 중인 팬이다'라는 말은 꽤 도움이 된다. 덕질하는 나에게 휴가를 주면 다른 내가 튀어나온다. 방탄하느라 바쁜 내가 쉬는 동안에, 건강을 신경 쓰는 내가 튀어나와 식사를 챙기고 운동을 한다. 미뤄둔 일도 처리한다. 유독 한 번에 하나밖에 못 하는 누나들, 타인에 대한 애정이 흘러넘치면 자꾸만 내 일, 내 사람, 내 건강을 무한정 미루기만 하는 사랑꾼 누나들에게는 잠시 무리한 밸런스 게임을 멈춰보라고 권유하는 바이다. 필요할 때는 언제든 따라서 외쳐보세요. 나는 휴덕 중인 팬이다. 휴덕 중인 팬도 팬이다.

결

結

Outro

그럼에도,
Love Yourself

"내 나이 3n, 덕질로 얻은 것"

시리　여러분! 대장정의 끝자락입니다. 여기까지 오시느라 수고 많으셨습니다.

누나즈　(물개 박수) 와아아아!!!!!

룡　라스트 팡!

봄이　진짜 대장정이었어. 계절이 바뀌었잖아.

룡　너는 나의 다섯 번째 계절~♪ * 안 올 줄 알았다는 말이야.

누나즈　(일동 웃음)

시리　이렇게 긴 시간 동안 아무도 포기하지 않은 것에 대하여 일단 축하드리고요.

봄이　책임감이 아주 엄청나.

룡　다들 대단해 프로야, 프로.

봄이　무슨 주접이야 이건, 셀프 주접.ㅋㅋㅋ

시리　자, 우리가 이렇게 덕질을 하면서 책을 만들 만큼 많은 일들이 있었는데요. 내 나이 3n살, 방탄의 팬이 되었는데 덕질로 얻은

....

* 《화양연화 Pt. 2》 앨범 중 〈고엽〉의 가사

것이 있다면 뭘까요?

뭉 저는 정말… 제가 방탄소년단을 좋아한다는 이유만으로 이렇게 무언가를 창작하겠다고 나설 만큼 능동적인 면이 있는 사람인 줄 이번 프로젝트를 통해 처음 알았어요. 나한테 이런 열정이 남아 있었다는 거를 확인한 거지.

봄이 내 안에 열정의 불씨를 확인할 수 있었다?

뭉 응. 열정의 불씨! 내 인생에 아직 열정의 불씨가 있다는 것을 깨달았어. 더 들어가자면 남준이를 보면서 나도 음악과 책, 그림을 더 많이 보고 내 취향을 만들어 가야겠다는 자극을 많이 받는 것 같아. 취향을 포기하지 않고 살아 가야겠다는 다짐도 하게 해 주고.

시리 역시, 뭉이의 뮤즈 남준~?

뭉 응. 취향을 포기하지 않는 게 제 인생의 목표가 되었습니다! 남준이가 자기 취향을 많이 드러내고 표현하는 모습이 나도 보기 좋았어.

봄이 맞아. 30대가 되니까 취향에 더 목을 매는 것 같아. 왜냐면 취향이 곧 나고, 이것 때문에 내가 계속 살아가게 되는 것 같아. 20대와는 다르게.

뭉 그리고 나이가 들수록 취향을 포기해야만 하는 일이 생길 때도 있는데, 덕질을 하면서 절대 그러고 싶지 않다는 신념이 더 확고해진 것 같아. 취향이 있는 지금의 내 모습을 사랑하게 되었어.

봄이 방탄이 취향인가요?

뭉 네! 저는 방탄이 취향입니다! 방탄이 취향이 되었고, 나는 그 취향이 좋아.

시리 좋네요.

봄이 캬, 취향이 방탄이라니…. 눈물 나네요.

시리 나는 내가 누군가를 이렇게 순수하게 좋아할 수 있는 마음이 남아 있다는 것에 스스로 감동 받았어. 부끄럽지만, 30대가 되면서 누구를 만나도 내가 손해 보는 건 아닐까 하는 생각을 사실 많이 했거든. 내 에너지만 뺏기는 건 아닐까?, 내 시간만 쓰게 되는 건 아닐까? 같은. 심지어 연애를 하든 친구 관계이든 뭐든 간에.

누나즈 (끄덕끄덕)

시리 근데 아직 나한테도 그냥, 대가 없이 누군가를 순수하게 좋아할 수 있다는 마음이 있다는 걸 방탄하면서 알게 됐어. 아무도 알아주지 않지만 나 혼자 해외 콘서트를 간다든지, 계속되는 티켓팅 실패 속에서도 방탄을 내 눈으로 꼭 보고 싶은 마음이 여전히 든다든지. 내 안에 이런 순수함이 남아 있다는 걸 발견하게 돼서 기뻤어. 아직까지 나도 누군가를 뜨겁게 좋아할 수 있는 사람이구나 하는 거.

룡 계산 없이 누군가를 좋아할 수 있다는 걸 안다는 것만으로도 좋지.

시리 맞아. 어쩔 수 없이 계산적으로 살게 되는 30대의 삶에서.

룡 나도 그게 스트레스일 때가 있어. 계산하지 않고 싶은데 어느 새 그게 인이 박여서 대차대조표를 그리게 되는 나 자신!

시리 그러니까. 그런데 우리가 덕질 앞에서는 순수해졌잖아? 누가 시키지도 않았는데 자발적으로 영상도 보고. 덕질하는 이런 마음이, 나에 대해 여러 번 생각하게 해 줬어. 그게 내가 가장 크게 얻은 것 같아. 나를 돌아볼 수 있었다!

봄이 와, 거의 마무리인데?

시리 머리가 아닌… 마음으로 덕질하는… 내가 좋다… 이런 내가 좋다!

쥬 럽마셸?

시리 응. ㅋㅋㅋ 쥬는?

쥬 나는 방탄을 좋아하면서 내가 머뭇거리거나 고민이 되는 순간에 그들이 해답이 되거나 실마리가 되어준 게 좋았어. 마음 속에서 '포기할까?' 싶은 생각이 들 때 한 번 더 해보게 된다거나, 타인에게서 섭섭하거나 아쉬운 감정이 들 때 그런 걸 좀 참고 좋게 생각해서 넘길 수 있게 해준다거나. 노래 가사나 멤버들의 행동, 말을 되짚어 보면서 '그래, 이렇게도 행동할 수 있고 저렇게도 생각할 수 있지' 같은 영향도 받았고. 덕분에 좀 더 나은 내가 되는 데에 큰 역할을 해줬던 것 같아. 그게 앞으로도 방탄을 놓지 못할 것 같은 이유이고. 다음에 또 이런 상황이 왔을 때, 이겨내거나 해결할 힘을 얻고 싶거든.

봄이 동기부여가 되는 거구나?

쥬 그치. 동기부여와 길잡이. 마치 석진이는 같이 길을 걸어가면서 옆에서 힘을 주는 사람이면, 호석이는 앞에서 길을 밝혀주는 사람인 것 같은. 이렇게 방탄이 같이 길을 걸어주고 밝혀주고 하니까 내가 나의 길을 걷는 것임에도 힘이 되어서 꾸준히 갈 수 있게 되는 것 같아.

봄이 그리고 사람도 얻었다면서.

쥬 덕질하면서 진짜 사람을 많이 얻었지. 물론 지금 여기 계시는 분들 중에도 알던 분이 있고, 새로 알게 된 분이 있으니까. 사실 우리가 이렇게까지 만나서 이야기하고 심지어 크리스마스*를 같이 보낼 거라고는….

몽 전혀….ㅋㅋㅋㅋㅋ

쥬 조금도 생각 못 했던 사람들이거든. 여러분뿐만 아니라 다른

· ·

* 누나즈의 2019년 마지막 수다는 무려 12월 25일 크리스마스에 몽의 집에서 이뤄졌다. 크리스마스에도 방탄으로 수다를 떨며 SBS「가요대전」방탄 무대를 함께 지켜보다니! 믿어지십니까, 여러분? 저희도 믿어지지 않습니다.

친구들, 회사 사람들까지 해서 최근 6개월이 굉장히 사람으로 풍성했던 시간이었던 것 같아. 그게 다 방탄 덕에 친해진 거였고.

봄이 〈둘! 셋!〉이네 〈둘! 셋!〉.

쥬 네, 〈둘! 셋!〉 전에 어떤 해외 아미가 "제가 왕따를 당하고 마음이 많이 힘들었는데, 방탄 덕에 친구가 생겨서 행복해요"라고 인터뷰한 걸 본 적 있는데, 그게 이해가 되더라고. 방탄이라는 공통의 취향을 공유하면서 사람이 생긴다는 게. 많은 걸 얻었네요, 진짜. 행복하세요….

뭉 ㅋㅋㅋ뭐야.

시리 아미는 아니지만.ㅋㅋㅋ

쥬 그러게. 내가 이기적이네. 아미는 아니지만 얻은 게 많다!

봄이 인생은 그렇게 사는 거지!

쥬 방탄을 이용해서 열심히!

시리 이용하라고 했잖아. 남준이가! *

쥬 맞아, 남준이가 이용하랬어. 그래서 이용하고 있어.

봄이 '덕질로 얻은 것'의 핵심 포인트인데? 남준이가 이용하라고 해서 이용한 후기.

....

* 2018 「Love Yourself」 시티 필드(Citi Field) 콘서트에서서 RM이 한 말. "Please use me, please use BTS to love yourself(부디 저를 이용해 주세요. 방탄을 이용해서 여러분 자신을 사랑해 주세요)."

용 멋지다. 봄이는?

봄이 난… 파도처럼 휘몰아치던 20대가 지나가고 직장 5, 6년 차
쯤 되면 이제 적당히 안정되고, 적당히 내 페이스를 찾은 것처
럼 살아가잖아. 근데 뭔가가 부족하지. 드라이(dry)하다고 해
야 하나. 거기에 방탄이 단비가 된 것 같아. 하루하루가 조금
더 재밌고 충만했던 날들이 많아졌어. 그건 다 방탄이 잘해
서! 왜냐면 나는 방탄이 만들어낸 콘텐츠를 소비하는 게 되게
재밌었거든. 가사를 봐도 시 한 편 읽는 것처럼 뇌가 촉촉해지
고, 파워 넘치는 군무를 보면 눈이 트이고, 재밌는 예능을 보
면 나도 꺄르르 따라 웃고. 모든 게 적당했던 내 일상에 실제
로 동기부여가 되는 것도 많았고, 젊은 친구들이지만 배울 점
도 많다고 느꼈어. 단순히 말하면 '와, 나도 좀 성실하게 살아
야겠다' 같은 것.

용 그러니까 감흥이 없다가 감흥이 생긴 건가.

봄이 응. 귀르가즘, 눈르가즘, 뇌르가즘…? 인사이트(insight)를 주
는 것들이 많았어.

시리 그러면 용은 취향을 얻었고, 나는 내가 순수한 사람이라는 깨
달음을 얻었고, 쥬는 사람도 얻고 길잡이도 얻었고, 봄이는 가
뭄 같던 삶에 활력을 얻었고!

쥬 맞습니다.

"스스로를 사랑하냐고 물으면 아직 모르겠어요.
그렇지만 왠지 그럴 수 있을 것 같은 기분이 들어요"

시리　이런 부분은 어때? 우리 탄이들하고 《Love Yourself》의 여정도 같이 달려왔잖아. 이 여정을 통해 각자 '러브 마이셀프'에 대한 생각은 어떻게 변했는지 궁금해.

쥬　근데 나는 원래 러브 마이셀프 하고 있었어서.

봄이　아, 저요!! (손손)

시리　네~ 말씀하세요!

봄이　저는 스픽콘 남준이 막콘 멘트*랑 같은 마음이에요. 원래는 러브 마이셀프를 하고 있다고 생각했는데, 그렇지 않은 것 같은 순간을 최근 많이 느꼈거든. 사실 지금도 '너는 그래서 러브 마이셀프를 하게 됐느냐'고 물으면, 나도 아직 잘 모르겠어! 근데 어쩌면 할 수 있을지도 모른다는 생각이 들긴 해. 그게 내 솔직한 마음.

．．．

＊ RM: "그래서 '너는 너를 사랑하냐'고 나에게 물으면 전 아직 잘 모르겠어요. 그렇지만 왠지 그럴 수 있을 것 같은 기분이 들어요. 「Love yourself: Speak yourself」는, 이 컨셉은 여기서 한 번 끝나지만 우리가 우리를 사랑하는 방법을, 그 길을 찾아가는 여정은 끝나지 않으니까 우리 앞으로도 이렇게 손 잡고 같이 우리 스스로를 더 사랑할 수 있게 함께 했으면 좋겠습니다."

시리　힝ㅠㅠ

봄이　남준이가 그 말 했을 때 굉장히 와 닿았어.

용　남준이 보면 항상 그런 거 많이 느끼는 것 같아. 와, 쟤도 진
짜 사람이고 똑같구나. 저 정도 이룬 사람도 고민하는구나,
아직도.

봄이　맞아. 솔직히 이번 콘서트를 통해 "제가 제 자신을 더 사랑하
게 되었습니다"라고 했으면 남준이가 좀 멀게만 느껴졌을지
모르겠어. 근데 남준이가 그렇게 솔직하게 말해줘서 더 가깝
게 느껴졌어. 영혼의 지도도 평생 찾아가야 하는 숙제잖아?
탄이들이나 우리나 같은 여정에 함께하는 거지.

시리　맞아. 30대가 되면서 편안해지기도 했지만 동시에 결혼한 친
구들, 아이를 낳은 친구들 혹은 사회적으로 벌써 성취를 이룬
친구들과 비교하면서 현타가 오는 지점도 많았어. 그런데 덕
질을 하면서 내가 좋아하는 것에 더 집중할 수 있게 되고, 비
교보다는 나 자신에게 더 집중할 수 있는 시간이 된 거 같아.

용　그리고 나는 진짜 동기부여가 많이 되는 것 같아. 저렇게 성취
를 이룬 사람들도 어쨌든 내면적으로는 계속 고민하고 싸워
나갈 수밖에 없는 게 인생이기 때문에, 더더욱 가만히 있기보
다는 계속 뭔가를 해야겠다는 생각. 그래야 덜 불안한 것 같
고. 슈가랑 RM도 그런 이야기를 했던 것 같은데, 휴식기에도

며칠 놀다 보면 불안해서 또 작업하고 일하게 된다는 것도 난 이해가 가. 어쨌든 하기 싫은 일이 인생에는 더 많고, 피하고 싶은 일도 참 많지만 그럼에도 아무런 의무가 없는 삶이 단 며칠만 주어져도 급격히 불안해지고 무너지는 게 사람이니까. 의무가 있는 내 삶을 사랑하고 감사하게 생각하면서 사는 것 같아.

봄이 맞아. 결국에 러브 마이셀프라는 이 숙제는 나 자신이, 우리 모두가 살면서 계속 풀어나가야 하는 거니까.

"잃은 건 잃은 대로, 얻은 건 또 얻은 대로"

시리 　좋네요. 어쨌든 네 명이 덕질로 얻은 것이 조금씩 다르지만, 결국엔 덕질 덕에 러브 마이셀프 했고, 하고 싶다는 결론은 같네. 근데 번외로, 그럼 혹시 방탄하면서 잃은 것도 있나요?

쥬 　멤버들따라 열심히 운동하다가 양팔을 잃었습니다. 근육이 없으면 하지 말았어야 했는데⋯.

용 　찐이다.ㅠㅠ

쥬 　덕분에 평소에 운동을 열심히 해야 한다는 것을⋯. 맞다, 방탄 덕에 운동을 시작한 거네. 전에는 운동 정말 싫어했는데 멤버들 운동하는 모습 보면서 저 건강한 친구들도 저렇게 운동을 열심히 하는데 나도 해야 하지 않겠나 해서 필라테스를 하게 되었습니다. 남준이와 홉이가 필라테스 한다는 것도 영향을 받았고. 땡큐(Thank you) 필라테스! *

누나즈 　(일동 웃음)

⋯⋯

* 데뷔 초, 구부정한 자세였던 RM에게 그의 아버지가 추천한 것이 바로 필라테스! 필라테스를 하며 RM은 자세만 올곧아진 게 아니라, 핫 바디(hot body)로 환골탈태하게 되었는데⋯. 때문에 아미들은 지금의 RM을 만들어준 필라테스에게 고마움을 느끼며, RM의 바람직한 짤들 앞에서 "땡큐 필라테스"를 외치곤 한다.

봄이 너에게도 '땡큐'가 될 수 있기를.

쥬 음, 그리고 잃은 것? 양 팔목과 눈 건강?

시리 시력을 잃었지. 우리 다 0.1씩 잃었을걸.

쥬 수많은 콘텐츠를 보면서.

시리 돈도 잃었고.

쥬 근데 생각해보면 콘서트 가서 멀리서 보느라 시력이 또 좋아졌어. 몽골 사람처럼 봐야 하니깐.

봄이 진짜!

쥬 아, 난 잃은 거 또 있어. 내 음악 플레이리스트! 예전에는 좋아하는 노래로 다양하게 채워져 있었는데, 지금은 방탄 음악으로 된 플레이리스트 밖에 없어. 그리고 보는 콘텐츠 폭도 좀 좁아졌어. 넷플릭스랑 소원해졌지, 방탄 보는 동안.

시리 맞아. 방탄으로 취향이 재편되어 버렸어!

봄이 나도 생각해 보니까 드라마 안 보게 되는 데에 방탄이 기여를⋯.

시리 드라마 하는 사람이 드라마를 안 보기.

쥬 나도 광고 안 보기. ㅋㅋㅋ

룡 아, 나도 그건 그래. 책 읽는 시간이 확실히 줄어들어서 좀⋯.

시리 본업 존잘러*들을 보느라 본업 소홀러들이 된 고백인가요.

---

* 본업을 매우 잘하여 (우리에게 기쁨을 주는) 사람들이라는 의미=방탄소년단♥

쥬 그래서 요즘은 조금 되돌리려고 플레이리스트도 새로 짜보고, 물론 첫 곡은 방탄 노래로 시작하긴 하지만…. 어쨌든 그렇게 노력하고 있어. 밸런스 맞추려고.

뭉 응. 한창 휘몰아친 시기는 지나서 이제 그런 밸런스는 맞춰지는 것 같아. 아, 근데 이런 면에서도 잃은 거 있는 듯. 확실히 덕질을 하게 되면 새로운 사람에 대한 관심은 줄어드는 것 같아. 기존의 인간관계에 만족하게 되고, 새로운 사람을 사귀어야 할 필요성을 못 느낀다는 거. 물론 덕메 생기면서 발이 더 넓어질 수도 있겠지만 그런 게 아닌 이상, 외부 세계에 대한 관심은 줄어들고 덕질하는 분야로만 깊이 파게 되는 듯해.

시리 대신 내 세계가 더 확고해지니까!

쥬 잃었기에 깨달음이 있었고, 또 얻은 것도 있으니까.

시리 플러스 마이너스 제로입니까?

쥬 결과적으로 보자면, 플러스가 있고 마이너스가 있다고 해서 제로로 수렴된 게 아니라 잃은 건 잃은 것대로, 얻은 건 얻은 것대로 다 남아 있는 것 같아.

봄이 오! 그런 소설 한 구절이 생각나. '오늘 기뻤다고 해서 어제의 슬픔이 사라진 게 아니라, 날마다 슬픔도 조금씩 자라고 기쁨도 조금씩 자란다'고.

시리 와, 좋다.

용   무슨 소설이야? 좋다.

봄이   몰라. 기억이 안 나네.*

시리   (필기 중) 기쁨 자라고, 슬픔 자란다.

봄이   모든 것이 플러스가 되는 거지.

쥬   그치. 다 플러스지. 그럼 됐지!

봄이   맞아, 그게 인생인 것을~

* 봄이가 기억을 거슬러 올라가 본 결과, 문장이 정확히 일치하진 않지만 니콜 크라우스(Nicole Krauss) 소설 『사랑의 역사』에서 보았던 문장으로 밝혀졌다.

"우리가 함께하는 지금, 영원한 화양연화"

시리   이렇게 방탄 덕질 하면서 많은 것을 얻고 또 잃은 여러분. 앞
으로도 아포방포* 하실 겁니까?

룡   응, 특별한 이유가 없는 이상 좋아하는 마음이 갑자기 사라지
지는 않을 것 같아. 그리고 지금까지도 엄청 성장했지만, 방탄
소년단이란 그룹이 앞으로 더 성장하면 개인으로도 활동을
하게 될 텐데 그때 각 개인이 어떻게 성장할지도 너무 기대되
어서.

시리   맞아. 너무 기대돼.

룡   응. 멤버 개개인의 행보가 궁금해서라도 계속 지켜볼 것 같아.

봄이   앞으로 덕질의 결이 조금 변할 수도 있겠지만, 그 변해갈 모습
도 기대가 돼. 지금까지 우리의 덕질은 이랬는데, 앞으로 방탄
이 어떻게 활동하느냐에 따라 우리의 덕질 방식도 달라질 거
고. 그런 게 굉장히 생동감 있으니까!

....

* '아미 포에버(forever), 방탄 포에버'의 줄임말. 2019년 2월, 정국이 아미들과의 공식 카페 채팅
에서 "요즘은 말 줄여야 인싸 아닙니까"라고 하며 '아미 포에버, 방탄 포에버'를 '아포방포'라 일컬
었다.

용   개인적으로는, 이제 멤버들 각자 개인 곡도 많이 작업하고 발표도 계속하는 중이니까 이게 점점 쌓이면서 얼마나 발전되어 있을지 기대돼. 또 얼마나 달라져 있을지도. 지금도 2014, 2015년 영상을 보면 완전 다른 사람이 있는 느낌이 들 때도 있으니까. 어떻게 변할지 모른다는 게 오히려 좋은 요소로 작용하는 것 같아.

시리   쥬는 뭐가 기대됩니까, 앞으로의 방탄 생활에서.

쥬   난 진이가 이야기했던 그 부분이 궁금해. 하나의 화양연화가 있었으면 다른 화양연화도 있다고. 걱정하지 않을 거라고 이야기했거든.*

누나즈   후⋯. (운다)

쥬   지금 이것이 하나의 화양연화라면, 그들의 또 다른 화양연화가 어떻게 펼쳐질지가 기대되는 것 같아.

시리   그래, 그것이 내가 방탄을 계속하게 되는 이유다! 그런 맥락에서 난 말하고 싶었던 게 있어. 나는 축복하고 싶어! 앞에 「그래미」 수상이나 그런 건 사실 부차적인 거였고 나한테 있어서

---

* "이 '화양연화'가 있었으면 다른 '화양연화'도 있다고 생각해요. 예를 들면, 꽃이 이렇게 두 개가 있으면 이 꽃이 있고, 저 꽃이 있고 둘 다 아름다운데 이 꽃만 아름답다고 할 수 없듯이 지금 이 화양연화의 좋은 점, 즐거운 점, 밝은 점이 있다면 (또 다른) 저 꽃만의 새로운 매력이 있다고 생각해요. 그래서 저는 무섭지만 (중략) 새로운 인연이 저에게 또 다른 '화양연화'가 되어 오지 않을까요?" 「화양연화 On Stage: Epilogue」 콘서트 DVD 속 VCR 영상에서 '지금 이 아름다운 순간의 끝에는 뭐가 있을까?'라는 질문에 진이 한 대답

진짜 축복하고 싶은 건, 왜 그런 문장 있잖아. '부디 당신의 가장 행복한 시절이 아직 오지 않았기를 두 손 모아 빈다.'* 이 구절처럼 지금이 방탄소년단에게 가장 행복한 시간이 아직 아니었으면 좋겠어.

용 이거 너무 멋있는 말 아니야! 눈물 나, 눈물 나.

봄이 무슨 마음인지 알 것 같아. 지금까지 걸어온 길도 충분히 의미 있지만, 인생에서 행복을 느끼는 나날들이 앞으로 더 많이 펼쳐졌으면 좋겠다는 마음.

쥬 결혼이랄지?

용 근데 진짜 그것도 있어. 개인사도 포함해서! 나도 그렇게 생각해. 예쁘게 연애도 했으면 좋겠고, 그게 자신에게 좋은 에너지를 줬으면 좋겠고. 남준이가 10년 뒤에 뭐가 되어 있으면 좋을 것 같냐는 해외 인터뷰에서 'I want to be a dad(아빠가 되고 싶다)'**라고 하더라고. 정말 그렇게 10년 뒤에는 아빠가 되어 있으면 좋겠다는 생각을 했어.

쥬 나도 10년 뒤에 엄마가 되어 있음 좋겠어⋯.(시무룩)

누나즈 할 수 있어! 왜 그래.ㅋㅋㅋ

시리 그리고 나의 또 하나의 바람은! 오래 오래 디너쇼까지 볼 수

⋯⋯⋯⋯⋯⋯⋯⋯⋯⋯⋯⋯⋯⋯⋯⋯⋯⋯⋯⋯⋯⋯⋯⋯⋯⋯⋯⋯⋯⋯⋯⋯⋯⋯

* 정희재 작가의 에세이 『어쩌면 내가 가장 듣고 싶었던 말』 중에서
** 2019년 「라디오 디즈니(Radio Disney)」 인터뷰 중에서

있는 거.

용 디너쇼까지 존버! 나도 어떤 형태로든 방탄이 활동만 해줬으면 좋겠어.

봄이 탄이들 밸런스 게임하는 거 봤어? 거기 질문 하나가 '아미들과 디너쇼 vs. 아미들과 환갑 파티'였어.

시리 난 디너쇼~ 디너쇼~!

쥬 난 환갑 파티! 탄이들 관절이 걱정돼서(?).

시리 유투(U2) 같은 밴드는 여전히 투어 다니면서 좋은 공연 보여주잖아. 방탄도 충분히 할 수 있을 것 같아.

용 노래를 보여주는 방식, 퍼포먼스는 바뀌겠지만 할 수 있다고 생각해. 나훈아 님도 열심히 공연하시는데 뭐!

시리 얼마 전 재개한 LA 콘서트에서 석진이가 이런 말을 했어. '한 편의 영화를 여러분들과 만들어 간다고 생각한다. 저희의 인생이 끝날 때까지 만들 영화니까, 잘 부탁드립니다'라고.* 평생 팬의 개념으로, 오래 오래 함께하길 기원합니다.

봄이 그렇습니다. 방탄도, 아미도 그리고 나도 시간이 흐르면 분명

. . . .

＊「BTS Permission to Dance on Stage - LA」2일 차 석진의 멘트. "자, 여러분 주위를 둘러보십시오. 영화 같지 않습니까? 저는 저와 여러분이 한 편의 영화를 만들어 간다고 생각하고 있어요. 이 영화를 만들기 위해 정말 어떠한 노력이라도 할 것이고 부끄러운 일이 있더라도 최선을 다해 할 예정입니다. 여러분과 같이 인생 영화를 만든다니까 기분이 좋은데, 저희의 인생이 끝날 때까지 만들 영화니까 잘 부탁드립니다. Thank you!"

히 지금과는 다른 모양이 될 테지만, 지금 이 시간들로 인해서 이미 인생을 응원하는 친구가 됐잖아. 앞으로도 그렇게 따로 또 같이, 화양연화의 시간을 함께 채워나가는 사이가 됐으면 좋겠다.

시리 이것이 진정한 아포방포네요.

쥬 방무행알!*아포방포!

용 풀어서 다시 한번 외쳐 주세요!

봄이 네. 방탄은 무조건 행복해야 해, 알겠지?

누나즈 아미 포에버 방탄 포에버 ♡

. . . .

＊ '방탄은 무슨 일이 있어도 행복해야 돼, 알겠지?'의 줄임말. 정국이 아미들과의 공카 채팅에서 '아미는 무슨 일이 있어도 행복해야 돼 알겠지?'를 줄여 만든 '아무행알'을 아미들이 응용한 것. 방탄을 아끼는 마음을 담아 '방탄은 무조건 행복해야 돼 알겠지?'를 줄여 '방무행알'로 부르고 있다.

러브 마이셀프라는
이 숙제는 나 자신이,

우리 모두가 살면서
계속 풀어나가야 하는 거니까.

결

結

Epilogue

YOU NEVER
WALK ALONE

YOU NEVER WALK ALONE

"방탄소년단에 대해 모여서 이야기한 내용을 책으로 만들어 볼래?" 쥬의 가벼운 제안이 신호탄이 되어 이곳까지 왔다. 사실 누나즈 네 사람은 (놀랍게도) 그다지 친한 사이가 아니었다! 그러니까 'n년 차 사회인'인 30대에는 어쩐지 조심스러울 수밖에 없는 아이돌에 대한 이야기(대부분 주접에다 쓸데없이 진지하고 가끔은 과잉된 감정까지 포함한)를 이렇게까지 툭 까놓고 솔직하게 이야기하는 사이가 될 줄은 꿈에도 몰랐다는 말이다.

조금은 얼어붙어 있던 첫 녹음 시간이 지나고 두 번째, 세 번째… n번째까지 만남이 잦아질수록 이전에는 상상조차 할 수 없었던 서로의 모습을 알아가기도 하고, 생각지도 못했던 서로의 매력(?)에 이끌려 급기야 크리스마스와 황금 같은 연말 시즌을 내내 함께하기에 이르렀으니 말 그대로 '이쯤 되면 인생이 걸렸다'고 말할 수 있겠다.

싫어하는 걸 욕하라고 하면 종일 할 수 있는데, 좋아하는 걸 왜 좋아하는지 설명하라고 하면 일단 입을 꾹 다물게 된다. 하지만 우리의 덕질 만족도가 왜 최상인지, 내 삶의 빛과 소금, 희망이자 때로는 내 두 번째 자아 같기도 한 나의 최애가 왜 천하제일로 잘났는지 자랑하면서 우리는 쑥스러움과 자기검열에서 벗어나 솔직한 마음을 마침내 마주할 수 있게 되었다.

일코와 덕밍아웃 사이에서 갈등하며 오늘도 가면을 쓴 채 어쩔 수 없이 일코를 하는 이들, 또 어쩌면 말 그대로 그저 연예인이고 아이돌일 뿐인데 파도처럼 덮친 감정에 현생이 휩쓸리고 있는 것 같아 '이 감정이 대체 무엇인지' 거울 앞에 서서 갈등하는 사람들, 그리고 가장 친한 친구인 최애가 '어쩌면 원수이자 벗'처럼 느껴지기도 했던 이들에게 부디 우리가 이 책을 쓰며 느꼈던 해방감이 고스란히 전해지기를 바란다.

'그럼에도 불구하고'라는 말을 좋아한다. 어떤 상황에서도 선을 긋거나 마침표를 찍지 않고 가능성을 열어두기 때문이다. 회사에서 화가 나는 일이 있어도, 참을 수 없이 무료한 나날이 계속될 때에도, 혹은 소중한 이를 잃어 가슴에 구멍이 뚫린 순간에도, 그저 내가 나인 게 싫어서 어디든 도망을 가고 싶을 때에도, '그럼에도 Love Yourself 하자'는 말이 와닿지 않을 정도로 자괴감에 빠질 때에도 결코 혼자가 아니라는 사실을 기억하며 우리는 '그럼에도 불구하고'

의 뒤에 올 말을 각자의 자리로 돌아가 완성해 보려 한다. 당장은 아니더라도, 그리 오래 걸리지는 않을 것이다.

우리 '인터내셔널팝케이센세이션선샤인레인보우트레디셔널트랜스퍼USB허브쉬림프 BTS'의 자랑스러운 리더가 한 말을 믿기 때문에.

"다른 사람에게 사랑을 줄 수 있는 사람은 무엇이든 할 수 있어요."

슬기로운 방탄생활

너와 나, 우리 모두가 후회없이 행복하게

초판 1쇄 발행	2022년 6월 24일
지은이	팀 누나즈
펴낸이	신민식
펴낸곳	가디언
출판등록	제2010-000113호
주소	서울시 마포구 토정로 222 한국출판콘텐츠센터 306호
전화	02-332-4103
팩스	02-332-4111
이메일	gadian@gadianbooks.com
홈페이지	www.sirubooks.com
출판기획실 실장	최은정
편집	김혜수
디자인	이세영
경영기획실 팀장	이수정
온라인 마케팅	권예주
종이	월드페이퍼(주)
인쇄 제본	(주)대성프린팅
ISBN	979-11-6778-047-8(03810)